KFIR
LUZZATTO

I0623090

OSSESSIONE

Traduzione in italiano dal testo inglese originale
di Martina Tabani
con revisione del testo italiano dell'autore

PINE TEN

© 2012, 2016 Kfir Luzzatto
Titolo originale: *An Italian Obsession*

ISBN: 978-1-938212-38-3
Edition 1

Pine Ten, LLC
205 North Michigan Avenue
Chicago, IL 60601

Questa storia, pur ispirata a personaggi e a fatti realmente accaduti e a luoghi reali, è opera di immaginazione e come tale va considerata. Sia gli eventi narrati che i personaggi non costituiscono dunque materiale di carattere storico. Ogni somiglianza a eventi realmente accaduti, a organizzazioni esistenti o a persone morte o viventi è pertanto solamente coincidenziale.

Dedicato a mio fratello, Enrico, che comprende le cose.

CAPITOLO 1

Niente nella figura snella di Alex mi avvertì che, prima o poi, quel viaggio insieme in paradiso sarebbe stato il preludio della mia caduta all'inferno. Si alzò con grazia quando l'insegnante della classe femminile ondeggiò in aria la sua ridicola bacchetta, incitando gli alunni di quinta ad alzarsi in piedi. Alex mi guardò dritto negli occhi, le labbra carnose socchiuse abbozzarono un sorriso malizioso, come a dire, "Ti ho visto che mi fissavi," poi abbassò lo sguardo con freddo riserbo e si unì al canto delle compagne di classe.

Ripensandoci, i segnali che mi aveva mandato in quei brevi istanti erano stati fin troppo provocanti perché un ragazzino della mia età fosse in grado di controllarsi, e in quell'esatto momento tutto ciò che avvertii fu un formicolio in tutto il corpo e una sensazione di piacere che arrivò strusciandomi di nascosto alla balaustra del coro.

Ho desiderato spesso di ritrovare quella sensazione inafferrabile...

Immagino che per un ragazzo sia naturale rivolgersi ai parenti più stretti e agli amici quando si sente smarrito e ha bisogno di aiuto per crescere, ma io non avevo davvero nessuno con cui parlare. Ai miei amici le ragazze non interessavano e non erano ferrati in materia. Mio fratello, Fabrizio, al tempo aveva cinque anni e non mi era molto d'aiuto sotto ogni punto di vista. Mio padre era un imprenditore, sempre impegnato in trattative importanti, affari e riunioni. Nonostante mi parlasse molto del suo lavoro, non ci ho mai capito un granché. Probabilmente non lo stavo ad ascoltare, o forse, in realtà, in quelle sue lunghe divagazioni non mi dava più di tante informazioni. So che c'entravano i termosifoni e sono abbastanza sicuro che in alcune occasioni avesse anche venduto o prodotto collant da donna, perché portava dei campioni a mia madre, ma è più o meno tutto quello che so. Quando era a casa, avevamo il compito di rimanere in silenzio perché potesse godersi i suoi pasti, il suo riposino, il suo grammofono o i suoi ospiti. Invece, la preoccupazione principale di mio padre era assicurarsi che ci comportassimo "adeguatamente" – un avverbio che assumeva ogni volta significati diversi e difficili da comprendere. Riesco quasi a sentire la sua voce dirmi che ben presto sarebbe arrivato anche per me il momento di soffrire per una ragazza, ma nel frattempo mi sarei dovuto concentrare soltanto sulla scuola. Alla paternale seguiva l'aneddoto trito e ritrito su suo padre, il quale, in un insolito accesso poetico, una volta gli manifestò il desiderio che consumasse il suo primo rapporto sessuale nello stesso bordello dove lui (mio nonno) aveva inaugurato il proprio cursus honorum.

Non potevo raccontare a papà della mia Alessandra. E nemmeno a mia madre. Era... come potrei definirla... una donna distratta, sempre presa da futili problemi che per lei avevano una grandissima importanza. Chiudeva tutti fuori dal suo mondo, dove questioni semplicissime diventavano catastrofi di proporzioni inaudite, e che minacciavano di rovinarle la giornata, se non la sua intera esistenza. Non ho mai capito come facesse a compicciare così poco nelle tante ore che passava a casa. Ancora oggi non me lo spiego. Era una madre da manuale, ogni cosa che diceva era quella giusta ed era apparentemente dedita a occuparsi di noi bambini e di mio padre, ma la sua mente era altrove, spesso in un mondo triste tutto suo, al quale noi non avevamo accesso.

Questo ridusse le mie scelte alla domestica che veniva tre volte alla settimana per lavare i pavimenti e fare il bucato, e a Emilia. Decisi di parlare proprio con lei, cosa che, ovviamente, si rivelò un errore. Era una donna anziana e austera che viveva con noi in una stanzetta spoglia – molto simile a una cella – in fondo al corridoio, accanto alla cucina. Religiosa devota, pregava prima di ogni pasto. Per lei divertirsi significava andare in chiesa e ogni due settimane, di martedì, fare visita a una nipote che abitava poco lontano (nessuno l'aveva mai vista e una volta sentii dire a mio padre che non credeva neppure esistesse). Indossava sempre abiti lunghi e grigi, aveva un sorriso triste in pendant con l'enorme croce che non smetteva mai di fare penzolare dai seni flosci e con il rosario che sgranava in maniera quasi meccanica ogni volta che pregava. Aveva una voce profonda e mascolina, ma parlava sempre piano, senza mai urlare. Dava l'impressione di essere perennemente preoccupata, come chi dentro una cristalleria vive con la paura di rompere qualcosa solo con lo sguardo. Ma sapevo bene che adorava noi bambini.

"Emilia, perché i maschi e le femmine non vanno in classe insieme?" le chiesi.

Si fece velocemente il segno della croce, borbottando qualcosa – forse una preghiera o uno scongiuro. Un lungo piumaggio bianco le copriva il labbro superiore e ogni volta dovevo impegnarmi per non fissarlo.

"È quello che vorrebbe Satana." Le tremava la voce, ma non per la mia domanda. Era il suo modo naturale di parlare. "Ci induce sempre in tentazione."

Dubitavo seriamente che Satana s'interessasse in alcun modo proprio ai fatti miei, ma sapevo che con Emilia era inutile discuterne.

"Ma a che serve tenerci divisi?" insistei.

"È la cosa giusta da fare. Comprenderai le strade del Signore quando sarai grande."

Annuì di sfuggita e chiuse gli occhi porcini; come sempre, significava che la nostra conversazione era terminata. Ma ovviamente la cosa non finì lì. Quella sera, mentre mi lavavo i denti, mia madre entrò in bagno con aria preoccupata.

"Roberto… Emilia dice che ti sei messo nei guai con una ragazza," disse. Se ne stava là in piedi a guardarmi con fare accusatorio, in attesa di una mia risposta.

"Quella vecchia capra s'inventa le cose," risposi non appena ebbi sciacquato la bocca dal dentifricio.

"Ti proibisco di parlare in questo modo! Non voglio che tu manchi di rispetto a Emilia. Stasera vai a letto senza frutta."

"Mamma," risposi, "abbiamo finito di cenare ore fa. Sto andando a dormire."

Glielo dissi piano per paura di metterla in imbarazzo.

"Be', comunque sia, fila a letto," ordinò con fare distratto.

Per gestire il problema che Emilia le aveva posto di fronte, aveva seguito tutti i passaggi, come da manuale – perlomeno quello che seguiva lei – così da convincersi di avere assolto i suoi doveri di madre. Sembrava che non fosse lì con me, ma in fin dei conti non lo era mai veramente.

CAPITOLO 2

Avevo sì e no sedici anni quando un amico mi presentò Dimitri. Come al solito, i miei genitori erano presi dai loro problemi e raramente mi facevano domande sulle mie amicizie, perciò immagino che fossero contenti di credere che mi comportassi bene fintanto che non gli davo preoccupazioni, mentre io presi il loro disinteresse come un'autorizzazione a frequentare cattive compagnie.

Dimitri Polansky e sua sorella gemella, Yulia, erano i rampolli di una famiglia di aristocratici russi che erano riusciti a fuggire durante la rivoluzione bolscevica, portando con sé tutti i loro averi, e a ottenere asilo politico in Italia. O almeno, questa fu la versione che ci rifilarono. Usavano la loro cosiddetta 'nobiltà' come scusa per i loro nomi assurdi, ma non c'era niente di davvero aristocratico in loro. Dimitri, un anno più grande di me, era meglio conosciuto per le feste selvagge che organizzava, mentre era risaputo che sua sorella fosse una di facili costumi. Di sicuro avevano un sacco di soldi e questa fu forse una delle ragioni per cui cercavo così tanto la compagnia di Dimitri. Rappresentava quel mondo libero e sconfinato per me ancora da esplorare. Stargli accanto significava appartenere a una cerchia di spiriti liberi che facevano cose da grandi con disinvoltura e senza pudore, ed io mi sentivo importante.

Se si prende un ragazzo dell'età di Dimitri senza un padre (i suoi genitori erano divorziati) e con una madre di mezza età che cambiava fidanzato come le altre persone cambiano i calzini, il risultato non dovrebbe sorprendere. Gli dava tutti i soldi che voleva, sia per mettere a tacere la propria coscienza che per tenerlo occupato, una combinazione ovviamente che non lasciava presagire nulla di buono. In realtà, alle feste di Dimitri non c'erano soltanto ragazze compiacenti e alcol. Come scoprii ben presto, giravano liberamente LSD e altre droghe senza nome ma altrettanto pericolose. Non so come riuscissi a declinare le continue offerte a provarle, ma non ho mai preso alcun tipo di droga, anche se per la mia astinenza, tutti quanti, compreso il sottoscritto, mi consideravano un pappamolle. Sono consapevole che me ne sarei dovuto andare nel momento stesso in cui mi resi conto che Dimitri era un drogato, ma la sua notorietà e la sua personalità erano così grandi che non ebbi abbastanza forza di volontà da rinunciarvi.

Non è difficile immaginare la mia emozione quando m'invitò per un fine settimana a casa di sua madre sul lago Maggiore. L'invito, ambito da molti, significava che contavo abbastanza da essere incluso nella sua piccola cerchia di amici intimi degni di passare del tempo con lui. Niente avrebbe potuto tenermi lontano da quel weekend, compreso il viaggio di due ore in solitaria con la moto, che, mi vergogno a dirlo, cominciò subito dopo il funerale di Emilia. La vecchia zitella era morta in pace nel sonno, lasciando questo mondo nello stesso modo tranquillo e insignificante in cui lo aveva vissuto. Anche la cerimonia funebre era stata una funzione scialba, a cui prendemmo parte soltanto noi, la famiglia e un paio di anziane signore che dedussi avesse conosciuto in chiesa. La sua unica parente, la nipote, non si presentò, perciò forse non era mai esistita veramente.

Non pensiate che abbia il cuore di ghiaccio. In un certo senso volevo davvero bene a quella vecchia befana. Senza farmi vedere, versai anche una lacrima quando misero il coperchio sulla bara, ma stavo facendo tardi per la festa di Dimitri, perciò non appena il feretro toccò terra, baciai mia madre, evitai mio padre e saltai in sella alla mia moto con la mente proiettata sulle sorprese che mi avrebbe sicuramente riservato quel fine settimana.

E, in effetti, fu proprio un gran week-end. Anche la madre di Dimitri amava le feste e aveva invitato i suoi ospiti. In pratica aveva dato un limite al numero di amici che lui e sua sorella potevano portare al lago, e a parte me, Dimitri aveva invitato soltanto il suo migliore amico, Franco. Anche Yulia aveva portato delle amiche. La prima era Marina, una stronza che avevo già conosciuto a Milano, e quando mi presentò l'altra, ci rendemmo entrambi conto di esserci già incontrati.

"Ragazzi, vi presento Alessandra. Alessandra, loro sono Roberto e Franco. Lui è un brutto tipo," disse con un sorriso contraddittorio, contraccambiato da Franco, "ma Roberto è un tipo a posto."

"Io ti conosco," disse Alessandra. "Venivi nella mia stessa scuola, giusto?"

"Credo di sì. Sì, hai ragione," risposi distaccato. Vederla aveva suscitato di colpo le stesse vecchie emozioni, ma dovetti non darlo a vedere. Mi sentivo stranamente in imbarazzo al pensiero che potesse ricordarsi il modo in cui la fissavo durante le prove del coro, benché fosse decisamente stupido da parte mia preoccuparmene a distanza di anni, quando lei se n'era probabilmente dimenticata. Dato che abitavamo nello stesso quartiere, sapevo che alla fine sarebbe successo di incontrarci e che avrei dovuto essere preparato, ma non lo fui.

"Ragazzi, ma voi due vi conoscete! È fantastico," s'intromise Yulia. Anche se era soltanto un anno più grande di noi, le piaceva recitare la parte dell'adulta e trattare tutti gli altri come dei bambini. A dire la verità aveva il corpo di una donna matura, con grandi seni che si assicurava di mettere in mostra il più possibile indossando abiti firmati. Aveva lineamenti eleganti e delicati, e capelli lunghi color platino, che contrastavano con la sua personalità aggressiva.

"Un po'," dissi, sperando di farmi valere. Mi accorsi che Alessandra mi dette un'occhiata di traverso, ma distolsi lo sguardo e chiesi a Dimitri, "Qual è il programma per oggi?"

"Per stasera niente di che. Domani arrivano al lago alcuni della nostra banda e si fermano da Marco, nel paese qui vicino, perciò abbiamo pensato di andare al Barracuda."

"Che è il Barracuda?" chiese Marina.

"È un night club sul lago, a soli venti minuti da qui. Voi marmocchi non potreste entrare," commentò Yulia con un sorriso velenoso, "ma il proprietario è un nostro caro amico e non farà domande."

"Vado in paese per un paio d'ore," disse Dimitri, "prendo la moto d'acqua. Venite anche voi?"

"Io sì," risposero all'unisono Marina e Franco.

"Tu, Roberto, che fai?"

"Sono sfinito," dissi. "Preferisco riposarmi un po'."

"Peggio per te," commentò Dimitri con leggerezza. "Ti faccio vedere la tua stanza. E tu, sorellona?"

"Ho promesso ad Alessandra che saremmo andate in piscina. Tra l'altro oggi non sono in vena di shopping."

Dimitri mi accompagnò in una camera piccola ma molto accogliente al secondo piano della sontuosa villa e se ne andò. Lasciai cadere la valigia sul letto e mi distesi nel tentativo di schiacciare un pisolino; sarà stato per l'ambiente poco familiare o per l'incontro inaspettato con Alessandra, ma di dormire neanche a parlarne. Dopo un po' mi alzai e decisi di andare in perlustrazione. Era una casa enorme, con un ampio parco che ospitava una bella piscina, un grande prato e un sacco di aiuole fiorite, e anche un molo privato dove tenevano ormeggiato un motoscafo.

Uscii di casa per andare in giardino passando per la cucina e attraversai uno stretto viottolo acciottolato, delimitato sulla destra da una siepe. All'altro capo c'era un cartello che con una freccia puntata verso il basso indicava 'piscina'. Decisi di dare un'occhiata, ma prima che arrivassi in fondo al sentiero, sentii delle voci provenire da oltre le piante e mi fermai. Sembravano davvero vicine, così sbirciai tra la siepe per cercare di capire da dove provenissero. Attraverso una piccola fessura tra i rami, vidi il riflesso azzurro dell'acqua e capii che la piscina era a pochi metri. M'inginocchiai per vedere meglio e avere una visuale completa. Yulia e Alessandra erano in piedi nell'acqua, a un tiro di schioppo. Alessandra indossava un costume intero, mentre Yulia era favolosa in un bikini colorato che metteva in risalto il suo corpo snello e formoso.

"Ma figurati. Provalo," disse Yulia.

"Qui...?" esitò Alessandra.

"Non c'è nessuno. E comunque a chi vuoi che importi," replicò Yulia.

"Ok, se pensi che vada bene..."

"Ma certo, sciocchina. Vieni. Lascia che ti aiuti."

Come ipnotizzato, rimasi a fissare Yulia che abbassava gli spallini del costume di Alessandra per poi calarsi il reggiseno fino alla vita lasciando i seni scoperti. Detti una rapida occhiata a entrambi i lati del viottolo per assicurarmi che nessuno mi cogliesse in flagrante nel mio voyeurismo. Non so cosa avrei detto se qualcuno mi avesse visto spiare tra la siepe, so solo che non riuscivo a staccarmi da lì. I miei occhi tornarono sulle ragazze ed ebbi le vertigini quando vidi Yulia accarezzare i seni di Alessandra, la quale, a disagio, fece un passo indietro per allontanarsi dalle sue mani.

"Hai delle belle tette, sai?" disse Yulia, impassibile di fronte alla mancanza di entusiasmo da parte di Alessandra. "Presto diventerai bellissima. In realtà lo sei già. Tieni," aggiunse togliendosi il sopra del bikini e porgendolo all'amica, "provalo."

Alessandra prese il reggiseno che Yulia le offrì e lo indossò. Le coppe sembravano pressoché vuote, dato che c'erano molte taglie di differenza. Vedevo bene la differenza ora che Yulia era lì in topless, completamente disinibita.

"Ti va un po' largo," commentò Yulia. "Ma ovviamente le mie sono più grandi. Ti piacciono?" chiese.

Alessandra, che stava guardando da un'altra parte, sollevò gli occhi e fissò Yulia. "Sono molto belle," rispose, con voce timida, poi distolse lo sguardo.

"Le puoi toccare. Ecco," disse prendendole la mano per metterla sul suo seno sinistro, "senti. Sono abbastanza sode, non credi?"

Vidi Yulia avvicinarsi ad Alessandra finché i loro corpi quasi non si toccarono. Alessandra era pietrificata e disinteressata, ma non indietreggiò. Ero eccitatissimo e avrei dato qualsiasi cosa per poter vedere di più, ma in quel preciso momento Dimitri mi chiamò da dentro casa, perciò mi alzai e mi allontanai più in silenzio possibile, scostando i pantaloni per cercare di nascondere una dolorosa erezione, certo che non sarebbe passata inosservata. Ricordo di averlo odiato per il suo dannato tempismo.

Dimitri decise che quella sera non avremmo avuto bisogno di una cena formale. Così qualcuno cucinò un buon sugo e presto un enorme vassoio di spaghetti arrivò in tavola. Aveva anche ordinato delle pizze a domicilio e la casa era ben rifornita di birre, così prendemmo i nostri piatti e andammo in salotto per oziare sul divano e sulle poltrone a mangiare. L'unica ragazza nei paraggi era Marina e anche lei scomparve dopo un paio di minuti portandosi con sé un piatto colmo. Come per magia comparve un mazzo di carte e ci sedemmo intorno al tavolo per una partita a poker. Avevo bevuto troppo e avevo la testa pesante, così, dopo aver perso un paio di mani, chiesi scusa e mi ritirai in camera.

Mi addormentai subito, ma a notte fonda mi svegliai col bisogno urgente di andare in bagno per liberarmi di tutta la birra che avevo bevuto. Troppo assonnato per vestirmi, uscii di camera in mutande contando sul fatto che a quell'ora nessuno sarebbe stato sveglio per vedermi in quel modo. Per andare in bagno dovetti passare davanti alla stanza di Alessandra, e mentre stavo attraversando il corridoio in punta di piedi, udii dei singhiozzi provenire da dietro la porta e poi delle voci.

"Smetti di fare la bambina, ok?" disse Yulia.

"Ce l'hai con me?" chiese in lacrime Alessandra con tono supplichevole.

"No. Smetti di lagnare! Finiscila di fare storie!"

Altri singhiozzi filtrarono dalla porta, seguiti da passi e poi dalla voce di Yulia in avvicinamento. "Ora me ne vado. Ci vediamo domani mattina."

Andai di corsa al bagno perché non volevo che qualcuno mi beccasse a origliare. Accostai la porta per evitare di fare rumore nel chiuderla e non accesi la luce. Attraverso lo spiraglio aperto, vidi Yulia uscire dalla camera di Alessandra, con indosso un pigiama di seta bianco latte; sul volto aveva un'espressione seria e imperscrutabile.

Di ritorno dal bagno, mi fermai di nuovo alla porta di Alessandra. La stanza adesso era completamente tranquilla e non arrivava alcun rumore. Rimasi in piedi ad ascoltare per circa un minuto e poi, in silenzio, tornai in camera mia.

Quella notte ebbi difficoltà a prendere sonno.

CAPITOLO 3

La mattina seguente, Dimitri ci svegliò presto per andare a fare un giro in barca. Non sono un appassionato di nautica e non ne avevo per niente voglia, ma sapevo che dovevo essere socievole con il mio ospite e, in effetti, non potevo usare la stanchezza come scusa ogni volta che voleva uscire. Il motoscafo era grande e non fu difficile trovare posto a sedere tutti e sei sulla lunga panchina a forma di U che correva lungo tutta la barca.

Il tempo fu clemente e la crociera sul lago si rivelò molto più divertente di quanto mi aspettassi. Dimitri, tuttavia, guidò in maniera sconsiderata. Andò veloce e virò bruscamente a ogni buona occasione, strappando gridolini di paura alle ragazze.

In parte a causa del movimento e in parte perché la stabilità della barca mi metteva ansia, mi sentii un po' male e ritenni più prudente cercare di farlo rallentare.

"Ehi, skipper," dissi quando raggiungemmo un punto senza curve e il motoscafo smise di vibrare, "ce l'hai la patente per guidare quest'affare?"

"Non mi serve. Porto questa barca da quando ho otto anni. Per legge devi essere maggiorenne per guidare sul lago, ma chi se ne frega. Pensi che m'importi della patente quando prendo la macchina di mia madre?"

"Magari a quella barca laggiù della polizia importerà eccome," dissi indicando una guardiacoste non lontano da noi che viaggiava a velocità di crociera, "e se continui a guidare così e a dare nell'occhio potrebbero fermarti per qualche domanda."

"Cagasotto," mi urlò. La buttò sul ridere per farci capire che gliene fregava ben poco, ma rallentò lo stesso. Seduto al suo fianco in cima alla panchina imbottita, guardai Alessandra a poppa, in mezzo a Yulia e Franco, che sorrideva e chiacchierava come se la notte prima non fosse successo niente. Marina si alzò dall'altro capo della barca e venne a sedersi accanto a me. Disse qualcosa, ma non riuscii a capire cosa a causa del forte vento e del rumore del motore. "Che?" gridai.

Mi mise un braccio intorno al collo e mi tirò a sé al punto che le sue labbra mi sfiorarono l'orecchio. Sentii il suo respiro caldo sul lobo. "Ti diverti?" chiese.

Ora toccava a me avvicinare le labbra al suo orecchio. "È fantastico!" risposi.

"Credo che tu piaccia a Yulia," disse. "Che ne diresti se ci provasse con te?"

"È molto carina," risposi imbarazzato.

"Sei proprio senza speranza," rise e mi dette una pacca sul ginocchio, prima di alzarsi per tornare a sedersi accanto a Yulia. Le disse qualcosa che ovviamente non riuscii a sentire ma che la fece ridere.

Non mi allontanai da Dimitri per il resto della gita e gli feci compagnia al timone, parlandogli di tanto in tanto quando credevo che stesse per accelerare di nuovo. Franco, invece, rimase tutto il tempo a poppa ignorandomi completamente. Avevamo poco in comune e comunque, sembrava che si stesse divertendo con le ragazze, contento che non m'intromettessi.

A mezzogiorno attraccammo su un isolotto in mezzo al lago, affollata di turisti. Passeggiammo per un quartiere pittoresco zeppo di negozietti che vendevano souvenir da quattro soldi agli stranieri. Per due volte dovetti essere sgarbato per togliermi di torno un personaggio ambiguo che insisteva nel vendermi per una sciocchezza un orologio d'oro, secondo lui prezioso. Finalmente arrivammo nella zona dei ristoranti e scegliemmo una tra le tante pizzerie per sederci a mangiare. Il proprietario ci dette un tavolo ad angolo, apparecchiato con una tovaglia pulita a quadri bianchi e rossi ed io mi ritrovai seduto di fronte ad Alessandra. Rimanemmo in silenzio, spiluccando quello che avevamo ordinato, mentre gli altri erano impegnati a fare baldoria. A ogni sua battuta di spirito, Franco strappò a Dimitri e Yulia delle grasse risate; Marina si unì con una barzelletta che, per i miei gusti, era fin troppo sconcia per una ragazza.

Di tanto in tanto lanciavo delle occhiate furtive ad Alessandra da sopra gli occhiali e un paio di volte la beccai a guardarmi assorta. Per oscure ragioni, mi sentivo a disagio a parlarle, perciò limitai la conversazione al minimo indispensabile. Neppure lei era loquace, ma gli altri non sembrarono accorgersene o forse, semplicemente non erano interessati a fare commenti sul nostro comportamento lunatico.

Yulia m'intimidiva e Marina non la sopportavo, perciò fui in qualche modo felice quando tornammo a casa e Dimitri ci lasciò liberi fino a sera. Mi ero portato un libro e dovevo anche recuperare un po' di sonno, così andai in camera a distendermi.

Il Barracuda si rivelò un locale di classe – ben più ricercato di quanto ci si aspetterebbe di trovare in un piccolo paese. Arrivammo prima delle dieci perché Dimitri voleva essere sicuro che avremmo avuto un buon posto. Il proprietario ci dette un salottino con un divano a semicerchio di pelle nera in uno degli angoli più bui del locale. Dimitri e Franco scomparvero per tornare un attimo dopo con bottiglie e bicchieri. Eravamo tutti e sei seduti sul divano, in grado a malapena di fare due chiacchiere tanto la musica era alta, spesso accecati dalle luci stroboscopiche che illuminavano la pista da ballo, ancora vuota a quell'ora. Se volevi parlare, dovevi avvicinarti tantissimo agli altri ed io non riuscivo a sentire una parola di quello che Dimitri e Franco si stavano dicendo all'altro capo del divano. Per quanto mi sforzassi, non trovavo nessun argomento che mi facesse sostenere una conversazione con qualcuno che andasse oltre a due frasi. Perciò rimasi in silenzio e così fece Alessandra, che era seduta accanto a me. Per compensare l'assenza di dialogo, bevvi più del dovuto, ma un'ora e mezzo dopo il nostro arrivo, il locale si era riempito di gente al punto che sulla pista non c'era più un centimetro libero.

Vennero a salutarci alcuni amici di Dimitri e si sedettero sul divano, ora davvero affollato. Una ragazza si mise seduta vicino sul pavimento e un'altra sul tavolino davanti a me. Mi disse qualcosa che non capii e quando le chiesi per la seconda volta, "Che hai detto?" mi guardò male e si alzò. Il rumore assordante, unito all'alcol che avevo bevuto, mi fece venire un fastidioso mal di testa. Cercai di ascoltare senza successo un discorso tra due che non conoscevo e che non so come, erano riusciti a mettersi seduti nei pochi centimetri quadrati liberi accanto a me.

Un peso mi atterrò sulle ginocchia e quando mi voltai vidi che Yulia si era seduta sulle mie gambe, appoggiando la schiena sul ragazzo seduto al mio fianco che con un'alzata di spalle tornò al suo drink.

"Ahi!" dissi.

"Ti dispiace?" chiese Yulia. Mise la mano destra sulla mia spalla sinistra per trovare l'equilibrio e sorrise.

"Fai come fossi a casa tua," risposi. Cos'altro potevo dire?

Aprì la borsetta nera da sera e prese un pacchetto di sigarette e un accendino DuPont d'oro. Era un pacchetto bianco di Muratti – le sigarette da donna. Me lo ricordo bene e non posso fare a meno di credere che se mi trovo qui in punto di morte, la responsabilità è di Yulia e di quel momento. Tirò fuori una sigaretta e se la mise in bocca, poi mi passò l'accendino. Voleva che lo accendessi per lei, così ci armeggiai un po', riuscii a fare uscire una scintilla e a portare la fiamma all'estremità della sigaretta. Aspirò profondamente e girò il filtro lentamente in senso orario, spingendolo avanti e indietro tra le labbra, per inumidirlo, poi lo tirò fuori e me lo mise davanti, vicino alla bocca.

"Tieni. Fatti un tiro," ordinò.

"Non fumo," risposi.

"Be', allora è arrivato il momento che tu cominci. Coraggio," replicò con arroganza, continuando a tenermi il filtro vicino alle labbra.

Non so quante volte mi sono maledetto per aver ceduto, perché quella fu la prima di una serie infinita di sigarette. A maggior ragione perché fino a quel momento avevo sempre odiato il fumo di sigaretta, m'irritava gli occhi e il naso, e avevo giurato che mai avrei fumato in vita mia. Ma con Yulia non avevo nessuna possibilità di successo; era troppo dominante perché potessi respingerla. È strano, ma credo che sia stato quel filtro umido a fare crollare ogni mia resistenza; trovai l'idea di mettermelo tra le labbra irrefrenabilmente eccitante. Era come se quella sigaretta bagnata fosse un concentrato degli ormoni che Yulia sembrava continuamente emanare. Mai prima di allora avevo provato un senso d'intimità come quello e non riuscii a trovare la forza di volontà necessaria per lasciare stare. So che sembrerà stupido, ma in quel momento fu esattamente il contrario. Andava ben oltre l'offerta di una sigaretta umida; era un invito a unire corpo e anima alla sua natura più intima. Era un gesto adulatorio, seducente e irresistibile.

Esitai, guardandomi intorno in cerca di una fonte d'ispirazione, e vidi Alessandra fissarmi con disapprovazione, o almeno così sembrò, lì in piedi a margine del salottino a osservare l'ambiente circostante. Non so perché la cosa mi fece salire un senso di ribellione, ma la mia fu una reazione di sfida, così portai la testa in avanti finché le labbra non si chiusero intorno al filtro e aspirarono con incertezza. Sputai subito fuori una nuvola di fumo senza nemmeno farla arrivare ai polmoni.

"Non fare la checca e tira come si deve," protestò Yulia. Mi rimise la sigaretta tra le labbra finché non le toccò con le dita, poi stette a guardare mentre inspiravo. Senza aspettare che buttassi fuori il fumo, fece un tiro anche lei e la sigaretta tornò subito tra le mie labbra. Ripeté quell'operazione per tre volte prima che iniziasse a girarmi la testa.

"Io... io devo andare in bagno," dissi. Ero debole ma cercai di alzarmi. Yulia mi lanciò una rapida occhiata e scese dalle mie gambe.

"Sei verde. Non vomitarmi addosso, ok?" disse con voce cupa. Allungò una mano per prendermi e tirarmi su. Cercai di trovare l'equilibrio per qualche secondo, poi corsi alla toilette sperando di arrivare in tempo.

Si sente spesso dire alla gente che gli è capitato di stare così male da volere morire. Fino a quel giorno ho sempre creduto che fosse una cosa stupida, ma non appena fui in bagno e misi la testa sopra il water, sentii un accesso di nausea come non avevo mai provato prima e che dovevo fermare a ogni costo. Tremavo, con la fronte madida di sudore freddo, e pensai che in un secondo sarei crollato a terra per non rialzarmi mai più. Poi finalmente vomitai, in preda a violente convulsioni. Quando quella crisi che aveva preso il controllo del mio corpo si placò, aprii gli occhi e vidi gli spaghetti della cena, ora una miriade di vermetti bianchi che galleggiava sul fondo della tazza del gabinetto. Mi alzai piano piano e misi la testa sotto il rubinetto. Lasciai scorrere l'acqua fredda sulla faccia e poi in bocca, finché quel getto ghiacciato non ebbe in parte lavato via il sapore del vomito. Dopodiché tornai al water per tirare lo sciacquone e mi ci sedetti sopra. Quando finalmente mi sentii in forze da alzarmi, bevvi un'altra po' d'acqua fresca, mi pettinai i capelli con le mani e uscii cautamente nel corridoio.

I miei piedi non erano ancora abbastanza stabili per tornare in discoteca, perciò rimasi nell'ingresso a leggere un vecchio ritaglio di giornale che parlava del Barracuda, appeso alla parete in una cornice da due soldi. Avevo ancora la vista un po' annebbiata e mentre ero lì che rileggevo i titoli per la terza volta, la porta accanto a quella del bagno in cui ero stato io si aprì e uscì fuori Alessandra. Il corridoio delle toilette era stretto ed io lo occupavo quasi per intero, così Alessandra si fermò davanti a me e mi lanciò un'occhiata indagatrice.

"Stai bene?" chiese. "Sei pallido..."

"Ora va meglio, ma per un attimo ho creduto che avreste dovuto portarmi via in barella," risposi, cercando di sorridere mentre lo dicevo.

"Se non sei abituato, non dovresti farlo. Giocare con le loro regole potrebbe essere... sbagliato..." aggiunse, palesemente in cerca delle parole giuste.

"Che vuoi dire?"

"Lascia perdere," rispose evasiva. Mi girò intorno e fece per andarsene, ma io la chiamai per nome e lei si fermò.

"Senti... che ne dici se ci sediamo al bar e ci beviamo una coca. Staremo più tranquilli."

"Mi sta aspettando una persona," disse con un gesto sprezzante della mano. Io annuii e lei se ne andò.

Rimasi all'entrata per un altro paio di minuti poi, di nuovo in forze, tornai al nostro tavolo. Nel tragitto passai davanti a una porta che dava su un balcone vista lago e pensando che una boccata d'aria fresca mi avrebbe fatto bene, mi fermai. Non appena feci capolino, vidi che sulla terrazza c'era una coppia e mi bloccai. Non riconobbi il ragazzo che era lì in piedi con Alessandra, ma doveva conoscerlo bene per forza visto che le cingeva la vita con un braccio in modo possessivo. Alessandra indicò qualcosa in lontananza ed io mi ritrassi velocemente; non volevo che mi beccasse a fissarla.

Sentii la collera crescermi dentro e la cosa mi fece arrabbiare con me stesso; avevo forse qualche diritto di prendermela per quello che faceva Alessandra? L'avevo ignorata da quando ero arrivato, ma ora mi rendevo conto che dietro al mio atteggiamento c'era il timore di un fallimento. Dalle elementari l'avevo idealizzata talmente tanto che era diventata un obiettivo irraggiungibile, un'immagine da venerare da lontano e a cui non avvicinarsi mai.

Ora che l'avevo vista con qualcun altro, quel muro che la rendeva intoccabile era crollato, ma ovviamente era troppo tardi. Il giorno dopo saremmo ripartiti per Milano e io avevo sprecato l'unica possibilità di conoscerla veramente.

Di nuovo nel salottino, lasciai che la vista si riadattasse alla luce fioca e detti un'occhiata in giro. Dimitri era seduto a un capo del divano in compagnia di una rossa che non avevo mai visto. Pomiciavano. Non c'era traccia di Franco o di Marina. Un po' di gente se n'era andata e la pista non era più gremita come prima, ma diverse coppiette continuavano a darsi da fare come marionette mosse da fili a ritmo di musica. Strizzai gli occhi fino quasi a chiuderli e continuai a passare in rassegna la stanza, finché non sentii una mano sulla spalla e udii la voce di Yulia.

"Sei tornato. Tieni, bevi," ordinò, passandomi un bicchiere che puzzava inequivocabilmente di whisky.

"Non posso mandare giù altro," dissi, tremando al solo pensiero.

"Ne hai bisogno, fidati. Se adesso non bevi, domani sarai a pezzi."

Presi il bicchiere e lo annusai. Anch'io mi ricordavo di aver sentito dire che l'alcol era la cura per le sbornie. Per sicurezza, decisi di seguire il suo consiglio e scolai il whisky fino all'ultima goccia come fosse una medicina. "Bravo bambino," disse con approvazione. "Ho voglia di ballare," aggiunse prendendomi la mano per condurmi verso quella massa di gente che ballava. Una volta in pista disse, "Aspetta un secondo," e mi lasciò lì per andare a parlare con il dj, che con un 45 giri in mano annuì in segno d'intesa.

"Vado pazza per questa nuova hit," disse quando tornò e iniziarono a suonare le prime note di *Hey Jude*.

Mi prese le mani e le mise sulla sua vita, poi appoggiò le braccia sulle mie spalle e cominciò a muoversi lentamente. Cercai con tutto me stesso di fare i passi giusti e allo stesso tempo, di sbirciare in fondo al suo décolleté. Dopo poco, appoggiò la testa sulla mia spalla destra – Yulia era leggermente più bassa di me – e venne più vicina. Giuro su Dio che non ero mai stato attratto da lei, ma quell'inatteso contatto fisico, sommato all'effetto dell'alcol, mi provocò un'erezione così forte da farmi male. Benedissi le luci soffuse perché, di sicuro, ero diventato rosso per la vergogna. Allontanai le chiappe nella speranza che non notasse la mia eccitazione, ritrovandomi però a ballare in un'angolazione assurda che mi faceva sforzare la schiena. Ma altroché se l'aveva notata, tanto che m'infilò la mano nei jeans finché non sentii le sue unghie lunghe affondare nelle natiche, proprio sotto la cintura, per spingermi verso di lei.

Ballammo senza dire una parola per tutti e sette i minuti di *Hey Jude*, le sue dita ancora implacabilmente avvinghiate dentro i miei pantaloni a tenere i nostri corpi saldamente premuti l'uno contro l'altro. Quando la canzone finì, ero già diventato il suo schiavo, pronto a fare qualsiasi cosa a un suo ordine.

"Ne ho abbastanza di questo posto," disse. "Beviamo qualcos'altro e andiamocene."

Una volta tornati al nostro tavolo, Yulia riempì due bicchieri fino all'orlo con la mezza bottiglia di whisky Jonnie Walker e me ne passò uno. Bevvi avidamente. Credo volessi fare il grande, ma non appena rimisi il bicchiere sul tavolo, ricominciò a girarmi la testa. Tuttavia, Yulia non sembrò accorgersene quando mi prese per mano e mi trascinò dietro di sé.

Fuori si avvicinò a un taxi – uno degli unici tre in zona – e disse all'autista, "Ci porti a casa." Salimmo a bordo per quel viaggio di dieci minuti e ci sedemmo nei sedili posteriori. Quando si strinse a me e mi stuzzicò giocando con la lampo dei miei jeans, mi sentii impotente. Non so se le mie capacità mentali fossero state compromesse da qualcosa che mi aveva messo nel bicchiere, ma ero alla sua mercé, incapace di pensare o di reagire a niente. Mi morse il lobo dell'orecchio sinistro e poi mi baciò sulle labbra, infilandomi in bocca la lingua invadente e indomabile. Aveva l'alito pesante per l'alcol e il fumo e per un istante credetti di sentirmi male.

Quando il taxi si fermò davanti alla porta di casa, Yulia pagò la corsa all'autista che prese e mise in tasca i soldi senza nemmeno controllare. Mi ricordai in ritardo che, forse, spettava a me pagare, ma ovviamente non ci fece caso. Mi tirò dietro di sé e io la seguii con incedere pesante, a mo' di rimorchio.

Non appena aprì la porta, ci ritrovammo faccia a faccia con sua madre, già pronta per uscire. Era con uno dei suoi 'amichetti'.

"Ciao, mamma," disse Yulia poco entusiasta.

"Buonasera, signora Polanski," riuscii a bofonchiare. La madre di Yulia aveva tenuto il cognome da sposata anche dopo il divorzio.

M'ignorò completamente e con fare distaccato, disse alla figlia, "Cerca di non ridurre la casa a un porcile come ieri. La donna delle pulizie non verrà prima di lunedì."

"Parla con Dimitri," rispose Yulia bruscamente, e mi tirò dentro con uno strattone.

Rimanemmo alla porta del salotto in attesa che sua madre se ne andasse. Quando sentimmo il portone d'ingresso chiudersi, Yulia mi chiese, "Ti va di andare a fare un tuffo?" E senza aspettare una risposta aggiunse, "Prima devo andare in bagno. Aspettami qui."

Avevo le vertigini e mi faceva male la testa. Mi misi seduto sul divano, poi, di nuovo in preda alla nausea, mi distesi. Chiusi gli occhi e rimasi immobile, finché non sentii che Yulia era venuta a sedersi accanto a me. Poi aprii gli occhi e la guardai. Avevo leggere fitte allo stomaco e la vista annebbiata. Si era sbottonata la camicetta fino a metà e con la mente inebriata, vidi che si era tolta il reggiseno. "Vieni?" chiese in modo invitante.

"Non ho il costume," reclamai a fatica.

"Neanche io, e allora?" domandò sollevando un sopracciglio.

"Io..." fu l'unica cosa che riuscii a dire e l'ultima che ricordo.

Mi svegliai al suono di un rumore irriconoscibile. Ero ancora disteso sul divano e la prima luce del giorno già filtrava attraverso le grandi finestre del soggiorno. Qualcuno che non avevo mai visto prima, un uomo sulla trentina, era seduto accasciato in una poltrona, con la camicia ricoperta di vomito. Era uno spettacolo ripugnante ma rimasi un po' a guardarlo, finché non fui certo che respirasse. Non che m'importasse più di tanto, ma immaginai di dovere fare qualcosa qualora fosse morto. Persino in quello stato confusionale, fui contento di non dovermene preoccupare.

Il rumore che mi aveva svegliato proveniva dai pressi della sala da bagno al piano terra, una costruzione pomposa, grande abbastanza da ospitare una famiglia ristretta, con pavimenti di marmo e rubinetteria placcata d'oro. Lentamente e a fatica, poiché la testa mi faceva un male terribile, mi alzai in piedi e con molta attenzione percorsi il breve tragitto per arrivare al bagno. Quando aprii la porta, vidi Dimitri seduto per terra, appoggiato contro la parete in posizione fetale e con la testa tra le gambe. "Mandali via," disse senza guardarmi mentre entravo. Aveva la voce strana, rauca.

"Chi devo mandare via?" chiesi, spaesato perché non vedevo nessuno nella stanza oltre a noi.

"I vermi. I vermi sul muro," frignò, sollevando la testa e indicando con il dito la parete davanti a sé.

"Non ci sono vermi sul muro," cercai di farlo ragionare, ma cominciò a piangere mentre borbottava, "Mandali via, ti prego... Lì, sul muro... Li vedi? Digli di andar via... I vermi sul muro... sono grossi, troppo grossi..."

Prima di allora non avevo mai visto nessuno con le allucinazioni, ma avevo sentito dire che era quello che succedeva in caso di overdose da LSD. Mi spaventai, e parecchio, quando mi resi conto che non potevo fare niente per aiutare Dimitri. Una cosa mi era chiara però: quella casa non faceva per me. Decisi subito che l'amicizia tra me e i Polansky era giunta alle battute finali.

Mi chiusi dietro la porta, lasciando Dimitri, ancora piagnucolante, al suo destino e arrivai in punta dei piedi in camera mia, cercando di fare meno rumore possibile. Una volta dentro, presi la borsa e uscii dalla porta di servizio. A quell'ora fuori faceva fresco, nonostante il caldo di fine agosto, e l'aria del mattino mi aiutò a schiarire la mente. Sbloccai lo sterzo della moto, ma non avviai il motore. La spinsi senza fare rumore finché la casa non fu più visibile, allora misi in moto e partii.

Fu l'ultima volta che vidi Dimitri. Mentre la moto mi portava via da casa sua e dal lago, mi sentii sollevato e contento di avere visto con i miei occhi a che livello si era abbassato, altrimenti, probabilmente, avrei continuato a cercare la sua compagnia, quella dei suoi amici e della sua strana famiglia.

Sì, senza ombra di dubbio l'avevo scampata bella.

CAPITOLO 4

La scuola elementare Marchi. È lì che tutto ebbe inizio e dove verso la metà della quinta fu gettato il seme del mio recente fiasco con Alessandra, in quell'edificio dai soffitti alti e gelido come il marmo. Al tempo, negli anni Sessanta, sapevano come tenerci buoni. L'Italia si era ripresa quasi completamente dalle ferite della seconda Guerra Mondiale, ma per quanto riguardava la disciplina, la scuola non aveva saputo che era finita e che i nazisti se n'erano andati. O almeno così sembrava a noi bambini.

Al giorno d'oggi è diverso, ma allora nella mia scuola, come in molte altre del paese, maschi e femmine erano separati. Nessuna bambina poteva assolutamente entrare nel nostro edificio e a noi maschi la cosa andava bene, non c'interessavano... Per lo meno non a me, finché non iniziarono le prove del coro.

All'altro capo del lungo edificio scolastico, il più lontano possibile da noi maschi, l'architetto aveva collocato l'entrata alla struttura gemella riservata alle femmine. Credo che l'idea fosse di proteggerci dai nostri impulsi, ma chi dice che il desiderio tra due sessi è una brutta cosa? Tuttavia, avevano ragione sul fatto che la vicinanza induce in tentazione... maledettamente ragione...

Un giorno d'aprile, avvertimmo nell'aria che stava accadendo qualcosa di straordinario. I maestri e le segretarie confabulavano per i corridoi, alcuni con sguardi emozionati; e soprattutto, in troppi camminavano indecorosamente a passo svelto, come se una nuova energia fosse stata iniettata nei loro corpi solitamente fiacchi. Non sapevamo esattamente cosa stesse succedendo, ma quell'annuncio non ci colse di sorpresa: la nostra scuola aveva avuto il grande onore di essere stata scelta per una visita del

Presidente della Repubblica. Quell'evento importantissimo richiedeva preparazione e uno degli elementi in programma era un coro scolastico che avrebbe cantato l'inno nazionale. Così un giorno il maestro di musica venne in classe nostra per scegliere gli alunni che ne avrebbero fatto parte. Ci venne ordinato di avvicinarci alla cattedra quando chiamavano il nostro nome e di cantare una canzone a piacere.

"Lucci Roberto," disse il maestro di musica leggendo da un elenco.

Abbassai lo sguardo e mi studiai le scarpe nella speranza che sarebbe passato al nome successivo se non avessi risposto abbastanza velocemente, ma rilesse il mio a voce alta.

"Sceglierà tutti i finocchi," mi sussurrò Paolo.

Era il bambino più grosso e forte della nostra classe e la sua parola aveva peso, perciò cercai con tutto me stesso di essere scartato. Scelsi una canzone montanara che di solito mio padre cantava in macchina e intonai le prime strofe timidamente, facendo del mio meglio per stonare.

"Alza la voce, figliolo," ordinò l'insegnante.

Feci come richiesto e alle mie orecchie sembrò solo un'imitazione orribile e distorta del canto di mio padre. Dopo una prova così terribile, di sicuro sarei stato respinto con disonore e il che mi andava benissimo.

"Bella voce," disse invece il maestro di canto. "Posso lavorarci."

Ebbi un tuffo al cuore quando l'insegnante annuì in senso di approvazione e mi fece cenno di unirmi al gruppetto di alunni che aveva scelto, là in piedi con aria triste in un angolo della classe. Ancora non sapevo che essere selezionato per il coro mi avrebbe cambiato la vita per sempre.

Poco dopo mi resi conto che in fin dei conti farne parte non era poi così male. La scuola era impazzita per la visita del presidente e ci chiamavano ogni ora per esercitarci, autorizzandoci a saltare geografia e storia romana. Le prove erano una passeggiata in confronto alle lezioni normali e iniziai ad apprezzare la relativa libertà e l'atmosfera rilassata che regnava durante quelle ore; la campanella, che segnava l'inizio delle lezioni, non suonava certo per me e questa cosa mi dava un senso di superiorità.

Le prove si tenevano in una grossa stanza al piano terra in fondo all'edificio, in una zona in cui non ero mai stato. Due palchi di legno erano disposti uno di fronte all'altro formando un angolo di trenta gradi. Noi maschi salivamo sul nostro direttamente dalla porta da cui entravamo, mentre l'altro rimaneva vuoto. All'inizio feci poco caso sia al secondo palco sia alla porta da cui vi si accedeva, gemella alla nostra, ma il quarto giorno quella stessa porta si aprì per fare entrare una trentina di bambine guidate da una signora con il naso aquilino, che si posizionò di fronte a noi senza parlare.

"Bambini e bambine," annunciò in pompa magna il nostro insegnante (essendo un uomo, era ovviamente al comando), "in questi ultimi giorni vi siete esercitati nelle vostre parti e ora siete pronti per iniziare a provare insieme. Il numero di prove che ci serviranno dipende da voi. Inizialmente chiederò a ognuno dei due gruppi di cantare la propria parte separatamente, poi proveremo insieme. Prima le ragazze, per favore," ordinò e nello stesso istante le femmine iniziarono a cantare.

Ma io non stavo ascoltando. Tutta la mia attenzione era stata assorbita da una bambina dritta di fronte a me, nella seconda fila. Era carina, ma non più delle altre ragazzine nel coro. Tuttavia non riuscivo a staccarle gli occhi di dosso. Aveva la pelle olivastra e i capelli lisci e lucenti, castani scuri. Gli occhi neri e profondi. Mi meravigliai di me stesso per avere colto tutti quei dettagli a colpo d'occhio.

Prima di allora non avevo mai notato niente in una bambina e di sicuro l'aspetto di quelle che conoscevo non mi era mai interessato. Per i 'maschi' le femmine non contavano nulla e la loro presenza in occasioni sociali, come le feste di compleanno, era poco più che tollerata. Provai a darmi una spiegazione del perché i suoi occhi fossero come calamite e le mie pulsazioni così veloci al punto da temere che il battito del mio cuore avrebbe sovrastato il canto.

"Chi è la ragazza nel mezzo?" chiesi a Maurizio, un bambino di un'altra classe che conoscevo a malapena.

"Quale?"

"La quarta da sinistra nella fila al centro."

"La rossa? Non la conosco."

"No, no. Quella accanto. Ma non sai contare?"

"Ah, penso si chiami Alessandra, ma non ne sono sicuro. Perché?"

"Ero solo curioso."

"Ti piace?"

"Macché! Chi se ne frega delle ragazze," mi affrettai a dire.

"Non io," rispose Maurizio con un sorrisetto compiaciuto, e la chiudemmo lì.

È difficile descrivere quanto fossi confuso. Per tutta la durata delle prove avevo tratto piacere semplicemente dal guardare una ragazza. Non riuscivo a capire perché quell'attrazione mi facesse sentire così bene e cosa significasse. Ero spaventato. Iniziai a prestare attenzione ai gruppi di alunne, osservandole furtivamente in cerca di Alessandra, e qualche giorno dopo la mia attività di spionaggio fu ricompensata quando la vidi allontanarsi con due amiche. La seguii da lontano, trovando riparo nelle ombre scure dei palazzi nelle strade strette, trasformandola in un'avventura clandestina. La mia caccia finì quando Alessandra entrò in un moderno edificio in Via Stampa – una strada tranquilla a pochi minuti da scuola – che non per colpa sua era destinata a giocare un ruolo importante nella mia vita.

Subito prima della visita presidenziale, la scuola annunciò una 'giornata di pesatura'; un'esperienza traumatica che c'imponevano a intervalli regolari, in cui, come su indicazione, dovevamo venire a scuola per l'ispezione medica con la biancheria pulita. Entrai nel panico a causa di una tosse che negli ultimi giorni era diventata sempre più cavernosa, nonostante i litri – o almeno così mi erano sembrati – di sciroppo che avevo ingollato su ordine di Emilia. L'ultima volta che un bambino aveva tossito in quel modo, gli era stato imposto di allontanarsi da scuola per settimane nella convinzione che potesse essere contagioso. Normalmente avrei accolto con piacere un esilio forzato da scuola, ma non adesso, Signore, ti prego... Non adesso che non vedevo l'ora di trovarmi di nuovo nella stessa stanza con Alessandra.

Quell'anno un bidello scontroso ci accompagnò nel seminterrato e ci ordinò di rimanere in mutande. Me ne stavo lì in fila a tremare in quella stanza gelida – il pavimento di marmo consumava il mio calore corporeo dai piedi – e aspettavo il mio turno impaurito. La testa aveva iniziato a prudermi non appena era stata annunciata l'ispezione una settimana prima, cosa che preoccupò molto mia madre; quando vedeva che mi grattavo si allarmava sempre fino a entrare in agitazione. Così, il giorno prima, mi aveva portato dal barbiere per farmi tagliare i capelli e poi mi aveva controllato tutta la testa con un pettine fitto, perciò ero sicuro che la visita non avrebbe rivelato la presenza di pidocchi. Ma le mie mutande erano abbastanza pulite? Quella mattina ero andato in bagno e nonostante avessi fatto molta attenzione, ci era caduta una goccia di pipì, lasciando una macchia giallo tenue sul tessuto immacolato. Ero lì in piedi, terrorizzato per quello che l'infermiera avrebbe detto a proposito di quella macchia – una soltanto, ma che avrebbe potuto farmi svergognare davanti a tutti.

Quel seminterrato buio e freddo mi metteva sempre una paura indescrivibile. La scuola lo usava principalmente per le visite mediche ed io lo detestavo. Ogni volta che mi ci portavano entravo nel panico; irrazionalmente non ero sicuro che alla fine ne sarei uscito. Non so quale fosse la sua funzione durante la guerra, ma ovunque regnava un'atmosfera di terrore; dolore e disperazione erano palpabili e reali, come se le pareti fossero impregnate della sofferenza di un numero infinito di esseri umani, ma probabilmente era solo un volo della mia immaginazione.

Il banco dell'infermiera non era lontano da dove mi trovavo e sentivo la sua voce dispensare il verdetto.

"Pulito. Sali sulla bilancia. Resta immobile! Avanti un altro."

Con un sospiro di sollievo, il ragazzo davanti a me scese dalla bilancia e corse nella stanza accanto dove avevamo lasciato i vestiti. "Lanatta," gridò l'infermiera. Piero Lanatta veniva a scuola con me dalla prima elementare. L'anno prima, l'ultimo giorno di scuola la nostra classe si era tuffata selvaggiamente nella piscina comunale; uscirono tutti tranne Lanatta. Ritrovarono il suo corpo disteso sul fondo. Un attacco cardiaco. In piedi in quel seminterrato gelido provai un nodo alla gola e gli occhi mi si gonfiarono di lacrime a sentire pronunciare il suo nome. Ormai ho dimenticato la sua faccia, ma aveva i lineamenti delicati, quasi femminili, e la carnagione di un bianco spettrale. Me lo ricordavo un ragazzo gentile e dalla voce pacata, che era stato in fila davanti a me negli ultimi quattro anni. Mi mancava.

"Signora, Lanatta è andato," dissi sottovoce.

"Andato? Che vuoi dire? Verrà punito per questo. Bidello!" strillò. "Perché non sono tutti presenti come avevo richiesto? Non posso lavorare in questo modo."

"È morto, signora," risposi, strozzando le parole.

"Ah, allora va bene," disse, dando l'impressione di essere sollevata dal fatto che i suoi ordini, dopotutto, erano stati eseguiti. "Avvicinati!"

Rimasi lì sentendo addosso i suoi occhi come fossero spilli, mentre le dita mi passavano tra i capelli come artigli ostili. In pratica smisi di respirare per evitare di tossire, finché non udii le parole magiche, "Pulito. Sali sulla bilancia." Feci come ordinato mentre l'infermiera armeggiava con i pesi, emettendo rumori di disapprovazione con la lingua.

"Stammi bene a sentire. Sei troppo magro. Di' a tua madre che se non avrai messo su qualche chilo per la prossima visita, dovrò segnalarti al Ministero della Salute. *Capito?*"

Oh sì che avevo capito. Non sapevo cosa ti facevano se ti segnalavano al Ministero della Salute, ma doveva essere qualcosa di brutto. Di solito era così quando c'entrava di mezzo il governo, o almeno era ciò che avevo dedotto ascoltando mio padre parlarne a casa. Forse avrei dovuto mangiare gli spinaci e la zuppa come mia madre mi supplicava sempre di fare. Dentro di me giurai che da quel momento avrei mangiato tutto quello che mi avrebbe messo sul piatto.

La visita del presidente si rivelò alquanto deludente. Ci aspettavamo la grandezza della Repubblica fatta persona e, invece, ricevemmo un signore anziano, piccolo e simpatico. Entrò in classe nostra e fece qualche domanda di rito, guardandoci con occhio disinteressato.

Comunque il coro fu un successo e rimasi sorpreso da quanto fui orgoglioso di farne parte. Nel trambusto che seguì, non so come ma riuscii ad avvicinarmi ad Alessandra nella fila che, armata di piccoli tricolori, aspettava che il presidente uscisse da scuola. Era la prima volta che mi avvicinavo così tanto a lei e le gambe mi tremavano un po'. Mi ritrovai un passo alle sue spalle, leggermente di lato, a fare finta di guardare la porta da cui pensavamo che sarebbe uscito il presidente, e invece inspiravo il profumo di pulito emanato dai suoi capelli.

"Ho dimenticato le parole," le sussurrò angosciata la ragazza che aveva di fianco. "Credi che se ne siano accorti?"

Mi resi conto che era l'occasione perfetta per parlare con loro. Cercai il coraggio d'intervenire nella conversazione per rassicurarla che nessuno avrebbe potuto notarlo, ma prima che riuscissi a dire qualcosa, Alessandra scrollò la testa, sfiorandomi leggermente la faccia con i suoi lunghi capelli, e disse, "Non essere sciocca!" Rimasi in silenzio, a godermi l'intimità di quel contatto fortuito.

Il nostro maestro di musica ci aveva consegnato gli spartiti con le parole delle canzoni. Io me l'ero dimenticato, ma Alessandra teneva il suo in mano. Doveva essersi accorta della mia presenza – forse sentiva il mio sguardo su di sé – e girò leggermente la testa, guardandomi di sfuggita con la coda dell'occhio. Poi lasciò cadere la partitura ed io mi affrettai a raccoglierla per restituirgliela. Il sorriso che ricevetti come ricompensa mi tenne sveglio per molte notti a seguire. Mi sarei preso a calci da solo ripensando a come mi ero lasciato scappare l'opportunità di parlarle quando le riconsegnai i fogli senza fiatare. Di sicuro si era accorta di quanto la stessi fissando intensamente ormai da giorni e li aveva fatti cadere apposta, per darmi un segnale e un'occasione di parlarle. Ma io l'avevo mandata in fumo e mi tormentavo, convinto che mi credesse uno stupido.

Mi sono domandato spesso cosa sarebbe successo se al posto di farmela sotto avessi capito l'antifona e le avessi detto qualcosa. Forse tutto il mio avvenire sarebbe stato diverso. O magari no. Conoscersi da bambini non vuol dire necessariamente che la passione non possa scoppiare anni dopo, o no? In un certo senso, è meglio non sapere; forse in fin dei conti non siamo padroni del nostro destino.

Ma sto divagando...

La visita del presidente segnò anche la conclusione dell'anno scolastico e l'inizio delle vacanze estive. Da lì a pochi giorni le elementari sarebbero finite e dovevo preparami per le medie. Ma a luglio Milano era un posto difficile per un bambino della mia età. Avevo ben poco da fare a parte andare in giro con altri bambini e cercare di stare lontano dai guai. Eppure i guai mi davano sempre la caccia, in un modo o nell'altro. Fu una banda di ragazzini di un'altra scuola, che decise di trasformare il nostro quartiere nel loro territorio, a farmi entrare in una banda rivale. Al tempo l'unica cosa che mi sembrò normale fare fu uscire a comprare un coltello a serramanico per essere pronto a fronteggiare quei bambini spietati, che non ci avrebbero pensato due volte prima di darmi una lezione con la catena della bicicletta se mi fossi imbattuto nella loro rabbia. Sarà stato per il caldo, ma nessuno sembrava avere bisogno di una ragione valida per attaccare briga; a volte anche solo fissare qualcuno era considerato un'offesa.

La mia prima lite, tuttavia, non si rivelò affatto come avevo pensato. Nonostante fossi preparato, quando un ragazzino più alto di me decise di prendermi di mira, entrai nel panico e lasciai in tasca sia il coltello sia il tirapugni. Tutto ciò che ottenni dall'entrare in una banda, a parte mandare in rovina la mia autostima, fu un sacco botte che mi lasciarono un occhio gonfio, nonché svariati lividi e tagli. I quali mi fruttarono anche una lunga e dolorosa ramanzina a casa.

Dopo quella volta decisi che avrei fatto meglio a starmene da solo piuttosto che in cattiva compagnia. Cominciò così un periodo più sereno, durante il quale la mia bicicletta divenne la mia compagna inseparabile. Girovagavo per le strade di Milano, tra vie acciottolate, angusti vicoletti e giardini pubblici, finché un giorno non mi ritrovai in via Stampa, forse guidato inconsciamente da continui flashback in cui l'immagine di Alessandra sembrava decisa a darmi il tormento. Giorno dopo giorno passavo con la bici davanti al suo palazzo, sperando di vederla di sfuggita, ma senza sapere esattamente in quel caso cosa avrei fatto. Per quel che ne sapevo, era andata via per l'estate e per fortuna non la incontrai mai.

Trascorrevo del tempo anche su una panchina vicino a Piazza Vetra, a leggere e rileggere l'insegna che indicava il luogo dove, nel diciassettesimo secolo, le streghe e gli untori venivano impiccati, bruciati al rogo e torturati in molti altri modi creativi. Seduto là a godermi la mia libertà, mi alternavo tra immagini di quei supplizi e sogni a occhi aperti su Alessandra, lì con me su quella panchina, mano nella mano.

Ma ero malinconico.

Fintanto che rispettavo gli orari dei pasti e non facevo rumore in casa, la mia famiglia non s'immischiava. I pochi amici che avevo erano già andati via per le vacanze e la città sembrava vuota, il suo battito vitale rallentato a un coma urbano.

Meno male che luglio giunse al termine e i miei genitori decisero che era arrivato il momento di portarci in campagna per "cambiare aria", perché altrimenti non sono sicuro che avrei resistito ancora a lungo a quel supplizio.

CAPITOLO 5

Quel fine settimana con i Polansky mi aveva lasciato l'irrefrenabile desiderio di una vera avventura romantica, ma quella che mi capitò si rivelò molto di più, nel bene e nel male. Lo strumento con cui persi la mia innocenza si chiamava Liliana, una ragazza mulatta dai lineamenti esotici che trovavo semplicemente irresistibili. Il ricordo del giorno in cui la conobbi è ancora vivido, come se fosse accaduto ieri. Ero andato al mercatino dei libri scolastici usati, non tanto per trovare qualcosa da comprare, quanto per pavoneggiarmi con la mia nuova motocicletta. Finalmente il giorno prima ero riuscito a pagarla e a ritirarla, usando tutti i soldi che avevo messo da parte in due anni, insieme a una somma inaspettatamente generosa che i miei genitori mi avevano regalato per il mio ultimo compleanno. La moto che avevo prima faceva così pena che avevo preferito non farmici vedere in giro. Ma questa era appariscente e gagliarda...

Liliana era là in piedi, dietro un tavolo a vendere manuali di latino sotto uno dei grossi tendoni che ospitavano file di lunghi tavoli stipati di libri di ogni genere. Avevo già comprato i miei in un altro stand, ma quando la vidi, li nascosi alla svelta nella cartella e mi avvicinai.

"Ciao! Hai una buona copia del *De Bello Gallico*?" chiesi. Non riuscii a farmi venire in mente niente di meglio per cominciare una conversazione. Patetico, vero?

"Certo," disse, porgendomi una copia. "Sono cinquecento lire," aggiunse con fare pratico.

Aveva profondi occhi neri e labbra sensuali e naturalmente umide che saltavano agli occhi come un'insegna luminosa, più della sua figura rotonda. Il volto era incorniciato da un taglio di capelli da maschiaccio. Quando fece un sorriso incuriosito, mi resi conto con un certo imbarazzo che la stavo guardando a bocca aperta. Sapevo che se avessi pagato il libro e me ne fossi andato, avrei perso la mia occasione, perciò decisi di essere coraggioso. "Cinquecento è una bella cifra," dissi. "E se invece ti portassi a fare un giro in moto?"

Mi studiò attentamente per qualche secondo, aveva l'aria divertita, poi disse, "Dipende dalla moto."

"È fantastica e nuova di zecca," mentii. "Vuoi darle un'occhiata? È dietro l'angolo, proprio qui fuori."

"Fammela vedere," rispose.

Mi seguì fuori del tendone e non potei credere alla mia fortuna: aveva davvero abboccato all'amo.

Anche se la mia moto era un semplice cinquantino di seconda mano, sembrava originale. Era rossa e argento e completamente accessoriata. La legge vietava a chi possedeva piccole motociclette di portare passeggeri, ma la contravvenzione non dissuadeva nessuno. E niente all'infuori di una sentenza di morte avrebbe potuto impedirmi di fare salire Liliana in sella dietro di me.

"Eccola qua," dissi.

Carezzai orgoglioso la moto sul serbatoio del carburante.

"Non è niente di speciale," disse con un largo sorriso, "ma se sei bravo a guidare accetto un giro e un gelato in cambio dei soldi."

"Affare fatto," risposi, forse troppo velocemente.

Accesi il motore sforzandomi di dare l'impressione di essere esperto. Si mise a sedere dietro di me e partii. Il suo corpo morbido a contatto con la mia schiena ebbe su di me l'effetto di una droga e mi dispiacque quando arrivammo alla gelateria e dovetti fermarmi. Scendemmo dalla moto e ci mettemmo in fila. Temendo un silenzio imbarazzato, iniziai a farfugliare qualcosa a proposito del giro che avevamo fatto, della moto e del mercatino dei libri. Tuttavia c'era una cosa che mi lasciava perplesso.

"Puoi andartene così senza dire niente a nessuno?" domandai.

"Posso fare quello che mi pare. Stavo solo aiutando un vicino, ma mi conosce e non sarà sorpreso di vedere che me ne sono andata. Vado e vengo quando voglio," aggiunse, facendolo sembrare un avvertimento. "A proposito, come ti chiami?"

"Sono Roberto. E tu sei..."

"Liliana," rispose allungando la mano a presa in giro. "Mi piace il pistacchio e il cioccolato," aggiunse venendo al sodo ora che la coppia davanti a noi si era spostata, lasciandoci spazio per ordinare.

Presi i gelati e mi appoggiai alla moto per mangiarlo. Lo divorò voracemente, che come imparai in seguito era il suo modo di fare per ogni cosa. Liliana viveva una vita affamata.

"Ora ti dispiace portarmi a casa? Non ne posso più del mercatino e non mi va di tornare indietro."

"Va bene. Ho fatto anche io."

"Ah, tieni il tuo libro," disse consegnandomelo.

"In realtà non mi serve," risposi con un sorriso. "Ce l'ho già." Volevo che sapesse quanto ero stato furbo e impavido.

"Che carino che sei," disse, dopodiché rimontò in sella dietro di me.

Nel riaccompagnarla a casa seguendo le sue indicazioni, feci del mio meglio per alternare sgassate e frenate, sentendo ogni volta come si stringeva a me e come il calore del suo corpo trasmetteva vibrazioni eccitanti al mio. Quando arrivammo al suo indirizzo, entrai nel panico. Non sapevo cosa dire o fare e mi resi conto che tutto il mio atteggiarmi da 'figo' era stato nient'altro che una farsa; le circostanze adesso mi stavano smascherando e mi sentii impotente. Spensi il motore e parcheggiai accanto al portone di casa sua. Liliana scese e mi fissò a lungo in silenzio, mentre io infilavo il bloccasterzo.

"Non salirai, in caso te lo stessi chiedendo," disse a bruciapelo. "Dammi la mano," ordinò prima che riuscissi a pensare a una risposta.

Troppo confuso per discutere, gliela detti. Liliana prese una penna dalla tasca e scarabocchiò qualcosa sul dorso.

"È il mio numero di telefono. Chiamami se ti va."

Feci cenno di sì con la testa, cercando di dimostrare scarso interesse, ma mi batteva il cuore all'impazzata. Entrò nel palazzo senza più guardarmi e io me ne andai con la mente in subbuglio. Fui fortunato ad arrivare a casa tutto intero per come avevo guidato con noncuranza, pensando solo a Liliana e cercando di immaginare cosa volessero dire le sue ultime parole. Non mi ci volle molto per trovare il coraggio di dare una spiegazione ai fatti di quel pomeriggio: un colpo di fulmine, ecco di cosa si trattava. Non ne avevo dubbi.

Aspettai due giorni prima di chiamare quel numero. Non fui capace di resistere oltre. Quando rispose, mi resi conto che non sapevo come iniziare il discorso.

"Ciao, sono Roberto," riuscii a dire.

"Ciao, Roberto. Ti va di venire?" chiese molto semplicemente.

Se mi andava di venire? Morivo dalla voglia di vederla, ma ovviamente non glielo dissi.

"Sì, oggi pomeriggio non ho da fare," risposi con sufficienza.

"Allora vieni alle cinque. Il mio appartamento è al terzo piano. Ti aspetto," concluse e riattaccò.

Quel pomeriggio devo essermi lavato i denti cinque volte e mi lavai anche i capelli. Tirai fuori la moto dal garage del palazzo alle quattro in punto, anche se per arrivare da Liliana ci volevano solo dieci minuti. Arrivai presto, ovviamente, e feci un giro del quartiere per ammazzare il tempo. Alle cinque spaccate bussai alla sua porta. Mi ero messo una bella giacca di pelle sopra un paio di jeans alla moda, strappati.

Liliana aprì con indosso una semplice maglietta bianca su un paio di jeans molto simili ai miei e mi fece cenno di entrare. Attraversammo un piccolo salotto pieno di mobili pesanti di cattivo gusto. Un'anziana signora dalla pelle scura e piena di rughe era seduta sul divano e non ci degnò nemmeno di uno sguardo. Un breve corridoio conduceva a una porta con un cartello che diceva, 'Camera di Liliana – Umore: pericoloso. Stare alla larga!' Spinse la porta e mi fece un gesto invitante con la mano. "Benvenuto nel mio regno," disse e credetti di percepire un filo di amarezza nella sua voce.

La stanza era piccola, con un divano stretto che faceva anche da letto, un armadio minuscolo e un tavolino. Un giradischi con il piatto vuoto che girava inutilmente produceva un fastidioso rumore stridulo. Si mise a sedere sul divano e mi prese la mano perché mi sedessi al suo fianco. Mi guardò dritto negli occhi per un minuto senza parlare, come se mi sfidasse a distogliere lo sguardo. Quando non lo feci, finalmente parlò e ordinò, "Baciami!"

Quella sua improvvisa schiettezza mi lasciò di sasso e anche un po' spaventato. Le sue labbra si avvicinarono sempre più alle mie ed io spinsi la testa in avanti per coprire quell'ultimo ineluttabile centimetro. La sua bocca sapeva di mandorle, arancia e cioccolato. La pelle emanava un profumo che su di me aveva un effetto afrodisiaco. In quel sovraccarico di sensazioni, il mio cervello aveva smesso di funzionare e mi sembrava di sprofondare in un dolce stagno profumato di fragranze stuzzicanti e miele rilassante.

Quando la punta della sua lingua toccò un lato della mia, per un istante quella sensazione sconosciuta mi disorientò. Poi capii cosa stava accadendo e cosa volesse dire, così mossi timidamente la punta della mia cercando di corrispondere i suoi movimenti, nella speranza di fare la cosa giusta.

"Baci bene," sussurrò.

Si allontanò un po', dopo quella che sembrò sia un'eternità che un momento troppo breve. Ero euforico; era stato il mio primo vero bacio con la lingua e non avevo lasciato trapelare la mia inesperienza. Adesso ero un uomo, senza più niente da invidiare ai miei amici e alla loro presunta esperienza con le ragazze.

"Neanche tu sei male," dissi cercando di sembrare disinvolto.

"Shhh..." mi rimproverò.

Si distese sul divano e mise un LP sul giradischi, poi mi tirò a sé per la camicia. Passammo le due ore successive a baciarci e ad accarezzarci, imparando i profumi e i sapori l'uno dell'altra. Ogni volta che la puntina del giradischi arrivava alla fine e la musica s'interrompeva, Liliana la riposizionava all'inizio del disco, ma una volta ci facemmo prendere così tanto dalle nostre effusioni che la musica si fermò per qualche minuto senza che ce ne accorgessimo. Fui scaraventato fuori da quello stato di ebbrezza quando all'improvviso Liliana mi scansò con una spinta e si mise a sedere con un balzo. Il disco suonava a vuoto, con l'ago intrappolato in un giro infinito e facendo un debole suono graffiato. Sentii avvicinarsi alla porta un rumore di passi pesanti, sostenuti da un bastone. Liliana prese velocemente la puntina del giradischi e lasciò cadere l'ago a metà della prima canzone, facendo ripartire la musica con un rumore stridulo che mi dette i brividi. I passi si fermarono e dopo qualche secondo ripresero, questa volta allontanandosi.

"Cos'è stato?" chiesi.

"Mia nonna," rispose, ancora seduta senza toccarmi. "Mi lascia in pace solo se sente la musica dalla mia stanza, ma se c'è silenzio viene sempre a vedere che succede. Non ci sono problemi se non ci dimentichiamo di tenere il giradischi acceso."

Mi misi a sedere al suo fianco, con le mani sulle ginocchia. In qualche modo percepii che non voleva essere toccata.

"Vive qui con te e i tuoi genitori?"

"Siamo solo io e mio padre. Mia madre è morta tre anni fa, così mio padre ha deciso di rientrare dall'Argentina. C'era andato prima della guerra e là ha incontrato mia madre."

Non dissi niente, sorpreso dal suo desiderio di parlare di cose private con qualcuno che conosceva a malapena, ma avvertendo il bisogno che aveva di raccontarle. Nel vedere che stavo ascoltando, continuò.

"La nonna non sa una parola d'italiano, perciò sta in casa tutto il giorno. Si siede sul quel divano ed io sono l'unica persona con cui può parlare perché tutte le sere mio padre rientra tardi dal lavoro. Mi fa impazzire."

Cercai disperatamente qualcosa da dire, ma niente sembrava adeguato a quel momento, allora rimasi zitto ma le presi la mano. Lasciò che la tenessi ma era molle, inerte, singolarmente in contrasto con la determinazione che aveva mostrato prima. Continuò a fissare un punto indistinto della parete, la sua naturale espressione esuberante era sparita.

"È ora di andare," disse, rivolta al muro.

Si alzò in piedi senza guardarmi. Anche io mi tirai su e rimasi immobile, sentendomi stupido perché non sapevo cosa si aspettava che facessi. Dovevo salutarla con un bacio? Sperava che le dicessi parole di affetto? Il mio imbarazzo venne presto sostituito dalla confusione. Mi prese la mano e passando per il salotto, mi accompagnò alla porta, l'aprì e rimase in attesa, voleva chiaramente che me ne andassi.

"Non fare caso ai miei sbalzi d'umore. Non significano niente, ma sono fatta così," disse con voce sommessa, ed ebbi la sensazione che tra di noi si fosse aperta una grossa voragine.

"Io..." iniziai a dire, ma mi appoggiò il suo dito indice sulle labbra e mi zittì.

"Torna domani," disse semplicemente.

La fissai, cercando di afferrare quali pensieri nascondesse dietro quell'espressione distaccata, ma non servì a niente. Sua nonna era seduta sul divano con un ridicolo vestito a fiori, il bastone da passeggio tra le gambe e lo sguardo fisso sul televisore spento.

Annuii e Liliana chiuse la porta.

Se mi avessero chiesto di descrivere Liliana con un solo aggettivo, avrei detto 'morbida'. Lo era il suo corpo in qualunque punto lo toccassi; erano morbidi i capelli e il loro piacevole profumo. Non aveva una personalità spigolosa, era come se di fronte a tutte le cose brutte del mondo lei rimanesse tranquilla. La sua voce era carezzevole e in qualche modo riusciva a far suonare piacevole ogni cosa che diceva, anche quando voleva essere scortese.

Dopo tutta quella morbidezza e quel calore, non mi aspettavo di dover pagare a caro prezzo le mie prime due ore di innocente piacere con una ragazza. Probabilmente Emilia l'avrebbe definito il 'castigo divino per i miei peccati', che si manifestò con un dolore quasi insopportabile ai testicoli. Iniziò alla porta di Liliana e si fece più forte quando mi sedetti sulla moto. Quando arrivai a casa non riuscivo più a stare dritto e corsi in camera, adducendo un forte mal di testa per scampare alla solita domanda di mia madre, "Come è andato il pomeriggio?" Distendermi alleviò un po' il dolore. Rimasi al buio e riportai la mente a quel pomeriggio, ripensando a ogni singolo momento. Dentro di me non avevo dubbi che perdermi nel mio paradiso passeggero fosse valso ogni secondo di dolore, e se Dio voleva punirmi per questo, ero più che disponibile a pagarne il prezzo.

Il giorno dopo fu più o meno una ripetizione del precedente, con l'eccezione che non ci fu bisogno che mi ordinasse di baciarla; avevo aspettato con tale bramosia il momento in cui avrebbe chiuso la porta alle nostre spalle e acceso la musica, che non appena si mise seduta sul letto mi sporsi e la baciai senza tanti preamboli.

Baciare era fantastico, ma temevo la monotonia, e il pensiero che forse Liliana si aspettasse che osassi di più mi mise molto sotto pressione. Rendendomi conto che in un modo o nell'altro dovevo fare qualche miglioramento, dopo un po' di coccole portai la mano su per la sua schiena in cerca del gancio del reggiseno sotto la maglietta. Finalmente lo trovai ma non voleva saperne di aprirsi e dopo che ebbi armeggiato per un po' senza successo, Liliana mi allontanò la mano e lo slacciò da sola. Insieme tirammo via la sua maglietta, scoprendo due seni tondi e pieni.

Non ero mai stato così vicino ai seni di una ragazza prima di allora e in realtà tutto ciò che sapevo di queste cose veniva dalle foto dei giornalini e dai fumetti che giravano di nascosto a scuola. Tuttavia sapevo che sarebbe stato normale palpeggiarli, perciò li accarezzai delicatamente finché i capezzoli non furono dritti; allora iniziai a massaggiarli in modo più aggressivo, afferrandoli con tutta la mano e strizzandoli con le dita.

"Mi fai male," protestò Liliana dopo un po' e io smisi di palpeggiarla, bofonchiando qualche scusa. Si abbassò la maglietta e ci baciammo ancora, ma non era lo stesso, così dopo qualche minuto me ne andai.

Questa volta ero stato attento e più delicato nello strusciare il mio corpo al suo, perciò il dolore ai testicoli sembrò più sopportabile.

Ripetemmo quella routine tre o quattro volte la settimana e alla terza accettò di uscire insieme. La portai al cinema dove sapevo che ci sarebbero stati alcuni miei amici.

"Te la sei già 'fatta'?" mi domandò uno di loro.

"Certo," risposi, non del tutto consapevole di cosa volesse dire.

"È un bel pezzo di gnocca," disse. Aveva un tono d'ammirazione e mi sentii davvero orgoglioso.

Io e Liliana stavamo uscendo da due mesi l'ultimo giorno in cui la vidi. Mi ero adeguato al suo stile di vita alquanto asociale e alla sua predilezione per lunghe ore sul divano, passate, a quanto pare, ad assorbire il calore che io ero più che felice di darle. Sembrava avere costantemente bisogno di contatto fisico – così tanto che a volte si comportava come una pazza. A volte, però, riuscivo a convincerla a uscire insieme, per una pizza o un gelato, perciò la mia cerchia di amicizie la considerava la mia 'ragazza'.

"Paghi sempre tu per me," mi disse un giorno quando cercai di obiettare un suo rifiuto a venire al cinema. "Non ho tanti soldi, altrimenti verrei e pagherei da sola, ma non posso permettere che ci pensi tu ogni volta."

"Non m'importa," risposi, e dicevo sul serio. Il costo di un biglietto del cinema mi sembrava un prezzo più che ragionevole da pagare per avere il privilegio di essere visto in pubblico mano nella mano insieme a lei.

"Ma a me sì," commentò, poi mi baciò mordendomi il labbro inferiore in modo provocante e mettendo così fine alla discussione.

In realtà non era povera, ma tutto ciò che la circondava era 'economico'. Viveva in un bel quartiere, ma il suo palazzo non era elegante e non aveva il portiere. L'appartamento era stato arredato con mobili dozzinali, del genere che si potrebbero trovare nei grandi magazzini a buon mercato, e tutto ciò faceva pensare a uno status sociale proletario. Persino i vestiti di Liliana avevano un'aria piuttosto fuori moda.

Non m'importava. Non sarebbe stato un problema se avesse dormito in una tenda e fosse stata vestita di stracci, ma era un animo fiero ed io capivo il suo desiderio di evitare quei posti dove il suo abbigliamento avrebbe potuto non essere all'altezza di quello delle altre ragazze.

Per questo fui molto felice quando un sabato sera accettò di venire con me a una festa. Dovevamo incontrarci là dopo cena, non appena fossi riuscito a svignarmela da tavola, ma quando arrivai, erano già passate le undici e l'atmosfera non era particolarmente allegra. Tre o quattro persone erano in piedi fuori della porta d'ingresso a fumare e a chiacchierare a voce bassa. Altre erano sedute sui divani con i bicchieri in mano e alcuni vagavano per la stanza, quasi completamente al buio, illuminata soltanto da deboli lampadine rosse e blu. Cinque coppie, o giù di lì, ballavano avvinghiate in modo variamente sensuale, sicuramente eccitate dalle bottiglie semivuote di alcolici che riempivano il tavolo vicino. Passai in rassegna la stanza in cerca di Liliana, ma non era seduta da nessuna parte. Rimasi deluso nel costatare che, evidentemente, aveva deciso di non venire e non si era presa il disturbo di dirmelo, ma mi sedetti un attimo, nella remota possibilità che potesse ancora farsi viva. La musica si fermò e qualcuno fece un po' di luce; battei gli occhi per adattare la vista a quel chiarore improvviso e guardai la coppia che era in piedi proprio di fronte a me e che si stava baciando con passione. Il ragazzo lo conoscevo; aveva tre anni più di me e viveva nel mio quartiere. Non m'interessava più di tanto, ma continuai a guardarli per vedere chi fosse la ragazza. I suoi capelli avevano un'aria familiare e il profilo... I miei occhi vedevano ma la mia mente si rifiutava di registrare. Partì una nuova canzone e la coppia ricominciò a ballare, girando in tondo finché la ragazza non guardò verso di me. La faccia di Liliana comparve oltre la spalla del ragazzo; mi fissò con aria annoiata, senza traccia di stupore, rimorso o imbarazzo. Era totalmente inespressiva e distaccata, e dentro di me qualcosa si ruppe. Forse avrei potuto trovare un po' di conforto se avesse finto di essere sorpresa o imbarazzata, ma la sua assoluta mancanza di emozioni fu troppo per me.

Sapete, dicono che una ragazza può spezzarti il cuore. Liliana il mio lo distrusse in mille pezzi ed era come se una mano gelida l'avesse afferrato, strizzato per farlo smettere di battere e l'avesse strappato via dal mio corpo. Uscii in una sorta di trance e non so come, mi ritrovai a una fermata del tram dove rimasi seduto finché non ne arrivò uno. Montai senza sapere o curarmi di dove fosse diretto. Nonostante la gelida notte, non sentivo freddo, tanto era quello che provavo dentro di me. Non ricordo in che modo tornai a casa o cosa feci nei giorni seguenti.

Non rividi né risentii mai più Liliana. Non so se fosse sua intenzione farmi del male, o se semplicemente non le importasse. Mi sfuggiva cosa avevo potuto combinare per meritare quello che mi aveva fatto e aspettai invano un suo segno, una chiamata, un biglietto... una spiegazione che non arrivò mai. Questo aggiunse un'ulteriore questione irrisolta alla mia lista; chissà quale ruolo ha giocato quell'esperienza nel farmi essere ciò che alla fine sono diventato...

CAPITOLO 6

L'esperienza con Liliana mi rese per un po' asociale. Me ne stavo in casa quasi tutto il tempo a leggere un sacco, evitando la compagnia di persone che conoscevo, e soprattutto ero poco propenso a ricevere domande sul suo conto. I miei genitori sembrarono felici del mio cambiamento in meglio e non mi chiesero niente. Tuttavia, non sapevano del mio vizio del fumo. Il giorno in cui ero tornato dal fine settimana al lago, avevo comprato un pacchetto di sigarette della stessa marca che aveva fumato Yulia e piano piano era diventata una dipendenza. Cercavo in ogni modo di non fumare in casa per paura di essere beccato, ma di notte, quando la voglia era irresistibile, mettevo la testa fuori della finestra del bagno e facevo giusto un paio di tiri, noncurante del forte vento autunnale che mi gelava la faccia. Per evitare che i miei genitori lo scoprissero, mi lavavo i denti dopo ogni sigaretta e tenevo sempre delle mentine in tasca, ma vivevo costantemente nel terrore di essere smascherato, annusandomi ogni volta i vestiti per assicurarmi che non avessero preso l'odore di fumo.

Avevo preso l'abitudine di fare lunghe passeggiate senza meta, io e le mie sigarette, e naturalmente, per caso o per volontà del mio subconscio, un pomeriggio mi ritrovai di nuovo in via Stampa. Non appena realizzai dove ero finito, quella strada mi attrasse come una calamita e girellai per il quartiere. Mi ci vollero cinque giri prima di vedere Alessandra uscire dal suo palazzo. Andò a passo spedito verso il negozio di alimentari e dalla vetrina la vidi in piedi al bancone che comprava alcune cose. Dopo un attimo di esitazione, entrai anch'io. Il negozio aveva la licenza per vendere sigarette, così, facendo finta di non averla notata, andai dritto dal cassiere e comprai un pacchetto di Nazionali – probabilmente le sigarette peggiori e più economiche in commercio. Con la coda dell'occhio non la persi di vista. In base ai suoi movimenti calcolai il momento giusto per allontanarmi dalla cassa, così che fui pronto a girarmi per ritrovarmici faccia a faccia quando venne a pagare.

"Ciao!" la salutai, sperando di sembrarle sorpreso.

"Che ci fai qui?" domandò brusca.

"Compro le sigarette," dissi, mostrandogliele.

"E così adesso fumi," dichiarò. Aveva un tono accusatorio.

"Più o meno," dissi. Ero sulla difensiva. Credevo mi avrebbe preso più sul serio vedendo che ero un adulto che fumava, ma il suo atteggiamento era chiaramente ostile. Sembrava avesse preso il mio vizio come un'offesa personale.

"Ma tu non abiti da queste parti?!"

"No, passavo di qua," risposi, a disagio per quell'interrogatorio, "ma visto che ci sei, perché non ci andiamo a prendere un gelato?"

Mi lanciò una strana occhiata, poi disse soltanto, "Devo andare."

"Sarà per un'altra volta allora?" chiesi speranzoso.

"Umm... forse," rispose, ma non sembrò convinta.

"Senti," dissi, "perché non mi lasci il tuo numero, così ti faccio uno squillo uno di questi giorni?"

"Mia madre non è contenta che mi chiami a casa gente che non conosce," rispose, e aggiunse, "Ciao," poi se ne andò tagliando corto.

L'atteggiamento di Alessandra avrebbe dovuto scoraggiarmi, ma la mia ossessione nei suoi confronti, risvegliata dal nostro incontro, crebbe ogni giorno di più. Il fatto che mi trattasse con freddezza aumentò la mia attrazione per lei. Nei momenti più noiosi delle ore di latino chiudevo gli occhi e rievocavo l'immagine in cui era in piscina con Yulia. La sera mi sdraiavo sul letto e richiamavo alla mente la sua voce supplichevole, proprio come l'avevo sentita venire dalla sua stanza quella notte al lago, e cercavo d'immaginare cosa potesse averle combinato Yulia per farla piangere. Inventai diverse storie, una più eccitante dell'altra, che finivano sempre con il litigio che avevo sentito, per creare un collegamento con la realtà. Non riuscivo proprio a togliermela dalla testa, notte e giorno.

Così iniziai ad aggirarmi per il suo quartiere, finché una settimana dopo il nostro primo incontro, la vidi andare a piedi verso il parco. Indossava uno spolverino nero e si era raccolta i capelli in una coda di cavallo. Allungai il passo e la raggiunsi.

"Ciao, Alessandra, ti posso parlare un secondo?"

"Se insisti," rispose, con un'alzata di spalle indisponente.

In piedi di fronte a lei, mi resi conto che non c'era un modo intelligente per dirle indirettamente quello che volevo. Dovevo essere schietto. "Ascolta," dissi, con aria visibilmente afflitta, "non so cosa ho combinato per farti arrabbiare, ma volevo solo essere carino e comprarti un gelato..."

"Be', non m'interessa," rispose a tono, con fare stizzito. "Perché non vai a spendere i soldi del gelato con Yulia?"

"Yulia? Perché dovrei? Non sono in contatto con lei. In realtà sono abbastanza sicuro che mi odi profondamente."

"Di certo al lago non sembrava così..."

"Sì, lo so che mi ha fatto delle avances ma io non ero... come posso dire... 'collaborativo'."

"Quindi voi due non state uscendo insieme?" chiese, per la prima volta con aria concitata. "Non ti ha mandato lei a parlarmi? Dimmi la verità!"

"Non la vedo da quella sera in discoteca e per quanto mi riguarda, non penso d'incontrarla in futuro. Come mai tanto fastidio?"

"Tu non la conosci," disse, evitando di darmi una risposta diretta, "altrimenti non vorresti avere a che fare nemmeno con i suoi amici."

"Be', visto che non sono un suo amico, posso offrirti quel gelato?"

"Sì, penso di sì," rispose, ora con un sorriso, e il mio cuore ebbe un sussulto.

Il mio corteggiamento – perché era proprio di questo che si trattava, una corte all'antica, come si faceva anteguerra – procedette a piccoli passi. Benché l'equivoco sulla mia relazione con Yulia fosse stato chiarito, Alessandra faceva ancora la misteriosa, perciò io mi comportavo con prudenza, temendo di camminare su un filo di lana senza sapere bene dove si sarebbe spezzato. All'inizio ci fu una pizza, poi un film e un altro ancora. Durante il secondo si appoggiò su di me e mi mise la testa sulla spalla; trovai così il coraggio di prenderle la mano e lei mi lasciò fare. Quando la riaccompagnai a casa, si era già fatto buio e fresco, ma propose di sederci su una panchina nel parco di Piazza Vetra.

"Fa freddo," disse non appena ci fummo seduti. "Ho le mani ghiacciate. Vieni qui. Scaldami."

Feci come chiesto, le presi le mani e le massaggiai per scaldarle. "Mi stai scorticando." Sorrise, guardandomi dritto negli occhi, ed io mi fermai. Seppi con certezza che era arrivato il momento, quello giusto, così le misi il braccio intorno alle spalle; lei si avvicinò e ci baciammo.

"Ci hai messo parecchio," sussurrò quando le nostre labbra si separarono. La baciai di nuovo senza rispondere. Aveva ragione ed io dovevo recuperare il tempo perso.

Non sentivamo più freddo e rimanemmo seduti là a lungo, o così parve, e quando Alessandra mormorò qualcosa sul fatto che doveva tornare a casa, ci avviammo insieme mano nella mano, attraversando la gelida notte avvolti dalla nostra bolla di calore, da cui tutte le cose brutte del mondo erano tagliate fuori. La passeggiata di due minuti fino al suo portone sembrò l'inizio e non la conclusione di quella serata.

Quelli furono senza dubbio i giorni più felici della mia vita. Per la prima volta capii cosa significasse amare ed essere amati. Non si trattava di un'infatuazione di gioventù come quella che avevo avuto con Liliana, e non era frutto della mia ininterrotta scoperta dei piaceri del sesso. Ero innamorato e il mio sentimento era contraccambiato; trovavo semplice dirle, "Ti amo," e così lei. E con l'amore arrivò il desiderio di dare piacere. Ho avuto molte donne da allora, ma non ho mai più provato quella fusione di corpo e anima che Alessandra ed io raggiungemmo insieme.

Ma amarsi l'un con l'altra a livello fisico non era una faccenda semplice senza un posto sicuro in cui farlo. Il mio e il suo appartamento erano fuori discussione, perciò dovevamo approfittare dei momenti in cui, durante le feste spesso popolate da gente che conoscevamo a malapena, potevamo usare di nascosto stanze in casa di estranei. Stavamo sempre in ansia per paura che all'improvviso potesse entrare qualcuno, per questo non ci toglievamo mai i vestiti, accontentandoci di esplorare i nostri corpi furtivamente e in silenzio sotto i vari strati.

Finché i genitori di Alice non andarono in Giappone.

Alice era la migliore amica di Alessandra ed era uscita spesso con noi a mangiare una pizza o a vedere un film, per non farla pensare al ragazzo che l'aveva scaricata. Era figlia unica, al tempo aveva quasi diciassette anni, e i suoi genitori si fidavano di lei al punto che la lasciarono sola quando dovettero partire. Alessandra era radiosa quando mi dette la notizia.

"I genitori di Alice staranno via per due settimane e lei ci lascerà usare il suo appartamento quanto vogliamo," annunciò. I suoi occhi brillavano per l'emozione.

"È fantastico!" dissi, già eccitato di fronte alla prospettiva di stare in pace con Alessandra senza dovermi preoccupare di essere interrotti.

"A condizione che non lasciamo tracce, perché la donna delle pulizie viene tutte le mattine e la madre di Alice le ha dato istruzione di riferirle qualsiasi cosa insolita avvenga in casa." Annuii e continuò, "E ovviamente, le ho promesso di raccontarle tutto quello che faremo."

"Che vuoi dire?" chiesi confuso. "Com'è che sono affari suoi quello che facciamo quando siamo soli?"

Mi abbracciò e poi alzò lo sguardo per controllare la mia faccia, appoggiandomi il mento sul petto e sorridendo civettuola. "Perché... si sa che noi ragazze ci raccontiamo tutto. È solo curiosa..."

"Ma questa cosa mi mette a disagio," replicai.

"Be', non dovrebbe," rispose e lì si chiuse la questione.

Il nostro primo incontro a casa di Alice si rivelò tutto ciò che avevo sognato, e anche di più. Decidemmo di non usare una delle camere da letto quando ci rendemmo conto che il salotto, con il divano morbido e il tappeto a pelo lungo, era più che confortevole. Inoltre ci sentivamo più disinibiti in un ambiente non così personale come la camera di un'altra persona. Chiudemmo le veneziane, lasciando la stanza in penombra, poi ci sedemmo sul tappeto ai piedi del divano e ci baciammo a lungo, alimentando la nostra crescente eccitazione.

"Spogliati," comandò alla fine sottovoce, e iniziò a sbottonarsi la camicetta. Malgrado la mia naturale timidezza nel denudarmi completamente di fronte a lei per la prima volta, non riuscii a togliermi i vestiti con sufficiente rapidità. Mi voltai un po' in disparte; non guardarla spogliarsi mi dette conforto, come se anche lei non mi stesse fissando. Anche la luce fioca nella stanza venne in mio aiuto per superare l'inibizione. Lanciai l'ultimo indumento intimo per terra e mi girai lentamente. Ero seduto sul pavimento, mentre lei era rimasta in piedi, con niente addosso; era di una bellezza disarmante, la mano destra tesa in avanti per invitarmi ad alzarmi. L'afferrai e Alessandra mi tirò dolcemente per aiutarmi. Ero lì in piedi, troppo felice anche solo per muovermi, e lei scoppiò a ridere.

"Che c'è di così divertente?" chiesi, ferito al pensiero che il mio corpo avesse in qualche modo deluso le sue aspettative.

"Ti…" per poco non strozzò per ridere, "ti sei lasciato i calzini."

Guardai in basso e vidi che aveva ragione; mi unii alla sua risata e poi feci un passo avanti, sentendo per la prima volta la sua pelle calda e liscia come seta completamente contro la mia.

Passammo le ore seguenti a esplorare i nostri corpi, senza riserve o timori, fidandoci in tutto e per tutto l'uno dell'altra.

"Voglio restare vergine," aveva detto con voce sommessa all'inizio, "per quando troverò l'uomo della mia vita. Sarà il mio regalo di nozze."

Non ero deluso. L'amavo così tanto che avrei fatto qualsiasi cosa per lei e nessun sacrificio era troppo grande se la rendeva felice. E rispettare la sua verginità non era una vera rinuncia; in realtà servì solo a stimolare la nostra creatività nel darci piacere in modi sempre nuovi e in continuo mutamento.

Ma la sua scelta di rimanere vergine non poteva durare a lungo. Non le feci pressioni e questo forse servì a rendere tutto così perfetto. Il terzo giorno, mentre le ero sopra e i nostri cuori battevano all'impazzata, rimasi paralizzato quando iniziò a guidarmi dentro di lei.

"Sei sicura?" chiesi praticamente nel panico.

"Sì, sì!"

"Non te ne pentirai?"

"No. Smettila di parlare!" mi sgridò spazientita.

"Aspetta un secondo," dissi. Allungai la mano per prendere il pacchetto di preservativi che tenevo nei pantaloni e che mi erano costati un sacco di vergogna in farmacia. Ne tirai fuori uno e glielo mostrai.

"È un giorno sicuro," disse allontanandolo.

"Sicura?" chiesi dubbioso.

"Sono sicura. Oggi no. Non ne abbiamo bisogno."

Così andammo fino in fondo, all'inizio impacciati, ma presto raggiungemmo un'armonia perfetta, quasi sacra, di anima e corpo.

In quelle due settimane magiche, imparai a conoscere ogni dolce sapore e profumo inebriante del suo corpo; ne esplorai la topografia, fotografando nella mente le sue valli e le montagne da ogni angolazione; regolai i miei movimenti in base al ritmo dei suoi respiri, finché non diventammo una cosa sola e il mondo fuori dai suoi occhi cessò di esistere. La nostra intimità diventò così perfetta che non c'era gesto che sembrasse inappropriato o squallido, mentre sondavamo insieme le tante sfaccettature del piacere e scoprivamo nuovi giochi erotici e luoghi in cui fare pratica.

Non ci drogammo, né ci ubriacammo. A dire il vero, l'unico alcolico che portai nell'appartamento fu una bottiglia di Grand Marnier. Ricordo che versai alcune gocce di quel liquore denso e dolce su ognuno dei suoi capezzoli per poi leccarlo mentre lei inarcava indietro la schiena in preda al piacere. Ho ancora quella scena vivida davanti agli occhi. Il suo corpo perfetto che si stagliava contro i sottili fasci di luce che filtravano dalle veneziane, dipingendole i seni con figure sempre diverse. La pelle immacolata pareva così perfetta e liscia da sembrare irreale, al punto che mi chiesi se fossi sveglio o stessi sognando.

Per placare la sete e per reidratare i nostri corpi sudati bevevamo Coca Cola e ci nutrivamo di sottaceti, noccioline e amore.

Alessandra aveva una voglia strana, quattro dita sotto l'ombelico, a forma di caravella, completa di alberi e vele. Mi piaceva baciarla e chiamarla la mia *Niña*, come la nave più piccola di Colombo. Rideva tutte le volte che lo facevo, ridacchiando come una bambina perché lo facessi ancora e ancora.

Un pomeriggio, mentre eravamo distesi abbracciati sul divano, soddisfatti dopo aver fatto l'amore, finalmente trovai il coraggio di chiederle della notte al lago.

"Che è successo la prima notte dai Polansky?" domandai.

"Che vuoi dire?" rispose guardinga.

"Lo sai... Tra te e Yulia in camera tua..."

"Cosa ti ha detto?" Adesso la sua voce era fredda e distaccata.

"Non mi ha detto niente. Ho sentito che parlavi con lei quando sono passato vicino alla tua porta per andare in bagno. Sembravi davvero sconvolta..."

"Non mi va di parlarne," disse seccamente.

"A me puoi dirlo," risposi.

"Non voglio," ribatté e mi spaventai nel vedere che gli occhi le si erano gonfiati di lacrime. La tenni stretta a me e la baciai, asciugandole le lacrime. Tremò un po' ma non disse niente.

Non ho più osato chiederglielo di nuovo.

Rimase a lungo in silenzio, poi disse con un filo di voce, quasi impercettibile, "Amami."

"Ti amo," dissi.

"Dimostrami quanto," sussurrò.

E glielo mostrai. In ogni modo possibile e immaginabile, finché non mi abbracciò freneticamente, in affanno e gemendo come mai prima di allora. Poi sentii qualcun altro gemere e ansimare insieme a lei all'unisono e scoprii che quel qualcuno ero io, o meglio, *noi* – in una perfetta comunione di anima e corpo.

Quando i nostri cuori tornarono a battere normalmente e i nostri corpi sudati si sdraiarono aggrovigliati in una nuova e gloriosa quiete, un attimo prima che il sonno ci richiamasse a sé, per un istante Alessandra aprì gli occhi e disse semplicemente, "Ti amo."

Furono due settimane davvero felici. Le uniche di perfetta e autentica felicità che riesco a ricordare. Perciò mi chiedo: tutto qui quello che la Vita aveva in serbo per me?.

CAPITOLO 7

Le cose si complicarono di nuovo quando i genitori di Alice rientrarono dal Giappone e ci ritrovammo chiusi fuori dal nostro piccolo giardino dell'Eden. I nostri amici si lamentavano perché stavamo sempre appiccicati, non eravamo più divertenti, ma non potevamo farne a meno. Sembrava impossibile tenere le mani lontane l'uno dall'altra e ogni occasione era buona per baciarci e toccarci, anche davanti agli altri. In realtà, sbottonarci e accarezzarci in pubblico dava un pizzico d'avventura in più alla nostra storia. Uno dei nostri posti preferiti era la 'panchina delle streghe' nel parco di Piazza Vetra, quella su cui mi ero seduto anni prima, perso in un sogno perverso, a pensare alle torture medievali e ad Alessandra; pomiciare su quella panchina era un desiderio personale che si avverava.

Quando un giorno Alessandra mi annunciò che sua madre voleva conoscermi, mi agitai. "Sa che usciamo e vuole essere sicura che tu sia un ragazzo a posto. Non c'è niente di cui essere nervosi," mi rassicurò. E in effetti sua madre fu molto carina con me. Mi offrì della cioccolata calda facendomi sentire un ragazzino, ma viste le circostanze mi andava bene. Finché mi trattava come un bambino non mi avrebbe fatto domande imbarazzanti. Completato il rito della cioccolata, mi chiese giusto un paio di cose sulla scuola. Sembrò particolarmente interessata ai miei genitori e infine mi domandò quale film saremmo andati a vedere quel giorno. Il timore insensato che potesse chiedermi se facessi sesso con sua figlia non si concretizzò mai. L'impressione che dava era che, ai suoi occhi, Alessandra fosse ancora una ragazzina innocente. Il sesso non era contemplato. All'idea mi venne da sorridere. Se solo avesse saputo...

Per altri aspetti, tuttavia, la mia vita non stava andando poi tanto bene. Ero così preso a tenere a bada gli ormoni, che avevo perso qualsiasi interesse verso la scuola e i miei voti parlavano chiaro. Il fatidico giorno in cui l'insegnante consegnò la pagella di metà semestre, cinque insufficienze gravi mi dettero una meritata mazzata, ma il mio shock fu cosa da nulla rispetto a quello di mio padre.

"Cinque insufficienze? Cinque!" continuò a ripetere incredulo. "Che ti sta succedendo? È un disastro. Se continui così l'unico lavoro che riuscirai a fare sarà vendere arance. Vendere arance. Che cosa ho fatto per meritarmi questo?" si chiese amareggiato. Era tipico di mio padre considerare tutto dal suo punto di vista. Non era preoccupato tanto per il mio futuro da fruttivendolo quanto che la gente avrebbe attribuito a lui il fallimento del figlio con ripercussioni negative sulla sua immagine.

"Puoi scordarti la moto finché i tuoi voti non migliorano. Vai a prendere le chiavi del garage e portamele. E ti sospendo la paghetta. Non vedrai un centesimo fino a quando non comincerai a comportarti bene."

Così iniziò il mio periodo di 'magra'. Dovevo rovistare tra i cuscini di tutte le poltrone di casa in cerca di spiccioli caduti dalle tasche, oltre a non farmi scappare i pochi soldi che lasciavano in giro. Per fortuna riuscii a convincere mia madre a darmi qualcosa ogni tanto alle spalle di mio padre, ma non era abbastanza per andare avanti. Avevo un sacco di spese: oltre all'esigenza di portare fuori Alessandra, dovevo comprare le sigarette. Fino allora le avevo sempre prese dal tabaccaio, ma quelle legali erano molto tassate e non potei più permettermele. Vidi un'unica soluzione possibile: avrei dovuto comprarle sottobanco da quelli che le prendevano a buon prezzo in Svizzera e le rivendevano in Italia alla metà di quanto costavano normalmente.

Con un paio di domande a compagni di scuola bene informati ottenni il nome di un contrabbandiere affidabile, la signora Masi, e un indirizzo nel quartiere, raggiungibile a piedi. Subito dopo la scuola andai a cercarla e mi ritrovai in una strada in cui non ero mai stato prima, in piedi di fronte all'ingresso di uno squallido palazzo da cui arrivava un afrore di urina. All'interno, a lato di una porta di legno, su una targhetta quasi illeggibile c'era scritto 'Masi'. Bussai delicatamente. Un anziano signore in pantofole aprì la porta e mi fissò ostile.

"Che vuoi?" chiese sgarbato.

"Cerco la signora Masi," dissi, colto di sorpresa dal suo aspetto e dalla sua mancanza di entusiasmo per la mia visita.

Fece capolino fuori della porta, controllò a destra e sinistra, poi indietreggiò e mi fece cenno di entrare. Varcai la soglia un po' intimorito dallo strano comportamento di quel vecchio e la prima cosa che catturò la mia attenzione fu un odore pungente di cavolo che proveniva da ogni angolo del corridoio. Era un vecchio appartamento con le piastrelle del pavimento in pessimo stato e su cui era stata data la cera da poco. Era freddissimo, solo come una casa senza riscaldamento può essere.

In due passi arrivammo a una porta che dava in una piccola stanza buia occupata dalla donna più grassa che avessi mai visto. Avrà avuto una cinquantina d'anni e stava seduta in una poltrona la cui imbottitura aveva visto giorni migliori, accanto a una di quelle grosse radio costruite prima della guerra, quando si pensava che dovessero essere gli oggetti di arredo di maggiore effetto in casa. Assomigliava a una piccola credenza, con una base da cui troneggiava la radio, minacciosa con tutti quei quadranti e pulsanti vari. La donna alzò la testa dal cucito che teneva in grembo per squadrarmi.

"Chi ti manda?" domandò, fissandomi con attenzione.

"A scuola Giovanni mi ha detto che posso comprare da lei a prezzi vantaggiosi," risposi, quasi in tono di scuse. Giovanni mi aveva avvertito che sarebbe stata diffidente per via delle tante soffiate alla Guardia di Finanza su chi cercava di guadagnarsi da vivere in modo onesto... Be', magari non proprio onesto, ma erano giorni difficili e la gente avrebbe dovuto avere più compassione. Visto il proliferare di attività clandestine, la polizia aveva condotto con successo diverse irruzioni in cui aveva arrestato ed estromesso dall'attività molti contrabbandieri. Per questo che ogni nuovo cliente era visto con sospetto e trattato come un possibile poliziotto in borghese.

"Giovanni, quello con i capelli neri e l'orecchio a cavolfiore?" mi domandò a trabocchetto.

"No, Giovanni con i capelli rossi."

"D'accordo, ti credo. Allora, che tipo di sigarette vuoi? Ho tutto. Rothmans, Marlboro, Gauloise, Camel... Quali vuoi?"

"Prendo le Rothmans," dissi. Non le avevo mai provate, ma a scuola le avevo viste a un ragazzino e avevo apprezzato l'aspetto bello e sontuoso del pacchetto, con il logo blu e oro in rilievo. Fantasticai all'idea che me ne sarei vantato con gli altri compagni.

"Una o due stecche? Se ne prendi due ti faccio un bello sconto."

"Non ho i soldi per una stecca... Mi piacerebbe, ma posso permettermi soltanto due pacchetti."

"D'accordo, ma due pacchetti valgono a malapena il fastidio," reclamò. Si alzò in piedi con un sospiro e appoggiò con cura il cucito sulla poltrona. Andò verso la radio, girò una manopola e sollevò il coperchio, mettendo così in mostra cataste di sigarette di svariate marche. Ogni pila arrivava fino in fondo alla base della radio che era stata sventrata per ricavare lo spazio necessario. Con uno scambio di denaro, divenni l'orgoglioso proprietario di due pacchetti di sigarette straniere dall'aspetto professionale.

"Grazie mille," dissi. Mi sforzai di sembrare gentile, volevo ingraziarmi quella risorsa di tabacco a buon mercato.

"Aspetta un momento," rispose, fissandomi attentamente. "Mi sembri un bravo ragazzo. Che ne diresti di avere una fornitura gratis di sigarette?"

Una fornitura gratis? Ero sicuro che mi stesse prendendo in giro. Tuttavia le dissi, "Darei un braccio pur di averla!"

"Per *questo* non ce n'è bisogno," rispose con un largo sorriso. "Posso usare un ragazzo sveglio come te per trovare clienti. Ti propongo un affare: ogni due stecche che mi fai vendere, ti regalerò un pacchetto di sigarette a tua scelta. Che ne dici?"

Non riuscivo a credere alla mia fortuna. Le mie preghiere erano state ascoltate e avrei avuto un po' più di soldi per Alessandra, senza dover smettere di fumare.

"Affare fatto!" risposi. "Ci vediamo."

L'anziano signore mi seguì alla porta e mi fece uscire. È strano, ma nonostante ci fossimo visti molte volte nelle settimane seguenti, non imparai mai il suo nome, così decisi di chiamarlo 'signor Gufo', data la sua somiglianza con l'animale. Ovviamente non davanti a lui. Veniva sempre ad aprire la porta e ripeteva ogni volta la solita routine, controllando prima a sinistra e poi a destra. Era troppo vecchio perché fosse il marito della signora Masi e troppo giovane per essere suo padre, così lo etichettai come suo fratello. Era magrissimo, in realtà era solo un ammasso di ossa, e con il suo atteggiamento cupo permeava l'appartamento di un'atmosfera alquanto deprimente. Fosse stato per me, non avrei avuto niente da spartirci, ma il fascino di sigarette americane gratis era troppo forte per rinunciare.

Scoprii che avevo talento nel trovare potenziali clienti. Il quartiere della signora Masi si rivelò pieno di concorrenza. Imparai presto che un uomo dal passo incerto, che si guardava intorno timoroso, era senza dubbio un dilettante in cerca di un contrabbandiere affidabile da cui comprare le sigarette. Il mio compito era avvicinarlo e mandarlo dalla signora Masi che avrebbe usato tutta la sua affabilità per farlo diventare un cliente abituale.

L'aria innocente e la giovane età erano i miei strumenti da lavoro, e mi permettevano di avvicinare anche i più diffidenti. Divenni così bravo che a un certo punto non seppi più dove nascondere tutti i pacchetti di sigarette che mi ero guadagnato. La signora Masi era estasiata ed io ero diventato il suo cocco.

Ero 'in affari' da tre settimane – era così che avevo iniziato a considerare quell'attività – ed ero fuori in perlustrazione, quando vidi un uomo sulla quarantina, con un giubbotto logoro e un cappello malconcio. Camminava con passo incerto un paio di strade da casa della signora Masi. Fumava una sigaretta senza filtro che sembrava essersi fatto da solo e sbirciava timidamente dentro gli ingressi dei palazzi che trovava lungo il suo cammino. La carnagione scura rivelava le sue origini meridionali e aveva l'espressione inequivocabile di un novellino in cerca di sigarette a buon mercato.

"Ehilà, signore!" gridai, incamminandomi verso di lui. "Posso aiutarla?"

"E te chi sei?" chiese, lanciandomi un'occhiata perplessa.

Invece di rispondere a quella domanda diretta, mi avventurai con la mia solita parlantina da venditore, "Sono sicuro che se le facessi un regalo, non le dispiacerebbe. Direbbe di no a un pacchetto di sigarette americane gratis?"

"Perché vuoi regalarmi qualcosa? Non mi conosci."

"No, ma penso di sapere cosa le serve…"

"Ah, sì? Sentiamo."

"Credo che abbia bisogno di sigarette, per questo voglio procurargliene un pacchetto gratuito in omaggio." Quel tipo faceva il finto tonto e la cosa iniziava a darmi sui nervi. Due settimane prima ci avrei rinunciato perché eccessivamente stupido, ma da allora ero diventato troppo avido e sicuro di me per lasciarlo andare.

Tuttavia, non sembrò cogliere l'allusione e disse, "Non credo tu abbia intenzione di darmi qualcosa senza pagare."

"Guardi, signore," risposi, ormai spazientito, "capisco che per lei è una cosa nuova, ma se viene dal mio principale e compra tre stecche, le darà un pacchetto gratis. *Agge capito*?"

"Oh, adesso ho capito che intendi. Sì, devo comprare delle sigarette. Spero che il tuo principale non sia lontano."

"No, è qui vicino. L'accompagno," dissi, sollevato che finalmente stesse riprendendo terreno, e mi diressi all'indirizzo della signora Masi, seguito dal cliente che avevo appena preso all'amo. Giunti al portone d'ingresso, mi fermai fuori. "Aspetti qui finché non la chiamo," ordinai. Era la procedura standard; ogni volta bussavo alla porta ed entravo per fare rapporto alla signora su un nuovo cliente e su quello che voleva. Poi, quando aveva pronto un piccolo assortimento di merce, mi rimandava fuori per farlo entrare. Dal nostro primo incontro si era fatta più cauta ed evitava di mostrare ai clienti dove teneva le sue scorte. Girava voce che una sua collega – una gentile vecchietta – fosse stata derubata e picchiata selvaggiamente da un cliente.

"Questo non ha l'aria di essere ricco, ma penso che sgancerà per tre stecche di Marlboro," la informai con l'aria di chi se ne intende.

"Bene, aspetta un secondo e..."

Proprio in quel momento scoppiò il finimondo. Sirene spiegate, provenienti da ogni dove, ci fracassarono i timpani. La casa aveva un'entrata sul retro, ma a giudicare dal rumore che arrivava da quella direzione, era stata bloccata. Qualcuno iniziò a dare colpi alla porta d'ingresso e urlò, "Aprite, polizia!"

La signora Masi guardò incredula prima me e poi il vecchio. "Ha portato qui la finanza. Stupido idiota!" disse con rassegnata disperazione.

Per fortuna che gli occhi non possono uccidere, altrimenti non sarei qui a raccontare questa storia.

Non so se fu più umiliante essere messo in custodia preventiva dalla polizia o il fatto che non mi presero sufficientemente sul serio da ammanettarmi come fecero con la signora Masi e il signor 'Gufo'. Ci prelevarono da casa così velocemente che non avemmo il tempo di capire cosa ci stava succedendo, poi ci portarono alla centrale in auto separate. Il mio falso cliente, che più tardi si rivelò essere l'Ispettore Carmana della Guardia di Finanza, era a capo dell'operazione.

Il viaggio verso la stazione di polizia durò circa un quarto d'ora, che trascorsi in uno stato di torpore, seduto sul sedile posteriore della volante in mezzo a due poliziotti in uniforme, guardando con invidia le persone fuori dal finestrino. Per la prima volta nella mia vita capii cosa volesse dire camminare liberamente per strada. Osservai un ragazzino spingere la bicicletta accanto all'auto della polizia e mi proiettai con la mente nel suo corpo, immaginando la sensazione dell'aria fresca in faccia. Vidi di sfuggita un cameriere che serviva il caffè al tavolo di un piccolo bar, all'angolo di una strada commerciale, e fui infastidito per come era libero. Per la prima volta nella mia vita colsi il significato di libertà, quella di cui mi avevano privato.

L'auto si fermò fuori di un edificio grigio e anonimo, identificabile come una stazione di polizia solo per lo stemma che svettava sopra l'ingresso, accanto alla bandiera. Una volta dentro, una delle guardie mi condusse in una piccola stanza e mi lasciò lì. Era spoglia, c'erano solo un tavolo di metallo e due sedie di legno. Mi sedetti e senza niente di meglio da fare, percorsi con lo sguardo le pareti e lessi e rilessi le tante scritte lasciate dai detenuti nel corso degli anni. I muri erano sporchi e a quanto pare, non vedevano una nuova mano di bianco da decenni, infatti c'erano ancora scritte come 'Morte ai fascisti' e 'Lunga vita al re', scrupolosamente incise nello spesso strato d'intonaco. So che è sciocco sentirsi meglio al pensiero che da qualche parte, ci sarà sempre qualcuno che sta peggio di te, ma in molte occasioni mi ha aiutato a non perdermi d'animo quando sono stato nei guai, e non mi ero mai trovato in uno peggiore. Iniziai a chiedermi chi avesse scritto la prima di quelle iscrizioni e cosa gli fosse capitato. Probabilmente era stato un partigiano che coraggiosamente aveva tenuto testa ai dittatori; riuscivo a immaginare l'interrogatorio, condotto di sicuro con l'uso della tortura, cui aveva resistito. Cercai di visualizzarne il volto e mi sorprese la facilità con cui riuscii a evocare la sua immagine, seduta sulla sedia di fronte a me con lo sguardo fisso sulla porta, nel timore di ciò che sarebbe potuto entrare. Non avevo sentito il rumore della chiave chiudere la serratura quando il poliziotto mi aveva lasciato lì, ma non osai alzarmi per andare a controllare. Dopo tutto, cosa averi fatto se l'avessi trovata aperta? Non potevo prendere e andarmene dalla stazione di polizia... O sì?

La stanza era fredda e la stufetta elettrica che il poliziotto aveva acceso prima di uscire non sembrava essere di grande aiuto. C'era anche un silenzio innaturale. Più me ne stavo seduto lì, più la tensione saliva. Credo che mi avessero lasciato di proposito a bollire nel mio brodo. Sentivo le pareti e le loro crepe stringersi intorno a me e per la prima volta nella mia vita provai una sensazione di claustrofobia. Mi sentii sollevato quando l'Ispettore Carmana entrò nella stanza e si sedette nella sedia di fronte a me. Senza dire una parola, prese un pacchetto di sigarette dalla tasca e me l'offrì. Erano le terribili Nazionali che sapevano di cartone bagnato, ma ne presi una in segno di riconoscenza e la misi in bocca. Me l'accese e stette a guardarmi mentre l'aspiravo avidamente, poi si sporse in avanti e mi fissò dritto negli occhi. "Allora," disse. Non era una domanda ma una semplice affermazione con cui sembrò pretendere un commento da parte mia.

"Sono nei guai?" domandai, sentendomi subito stupido ai miei stessi orecchi.

"In guai seri, direi. Ma posso aiutarti... Se tu aiuti me."

"E come?"

"Sei un minorenne e istigare i minori ad attività illegali è un reato grave. Vogliamo la tua completa testimonianza sul rapporto che ti lega a queste persone. Vogliamo sapere tutto di loro e abbiamo bisogno che tu ci dica come sei finito coinvolto."

"Cosa gli farete?"

"Sarà un problema dei giudici deciderlo, non mio. Ma ti assicuro che per un bel po' non vedranno altro che le pareti di una cella."

Valutai la cosa. Non ero particolarmente legato alla signora Masi. In fin dei conti mi aveva messo lei in questo casino. Non era niente di più che un datore di lavoro, eppure diventare una spia della polizia non mi sembrava la cosa giusta da fare. Pensai al 'signor Gufo'; era così vecchio che in prigione sarebbe sicuramente morto. "E che succede se non vi aiuto?" chiesi.

"Uscirai da qui con la fedina penale sporca. Non credo che sarebbe una mossa intelligente da parte tua. Non è un bel modo di cominciare a farti una vita, sei così giovane..."

Sembrò sinceramente preoccupato e, per di più, a quelle persone non dovevo un bel niente. "Le racconterò tutto," dissi, trovando per la prima volta il coraggio di guardarlo negli occhi. Mi sorrise e annuì. Aveva denti bianchi e dritti, che in contrasto con la carnagione scura catturavano l'attenzione quando li mostrava fugacemente. Mi faceva venire in mente un predatore; sperai soltanto che avesse già saziato la sua fame.

Raccogliere la mia deposizione si rivelò una cosa lunga. Prima di tutto, l'Ispettore Carmana andò via promettendo di tornare presto, ma per la polizia, a quanto pare, la parola 'presto' aveva un vago significato perché ci volle più di un'ora prima che un giovane poliziotto in uniforme entrasse nella stanza con carta e penna. Appoggiò tutto sul tavolo senza dirmi una parola e senza guardarmi, poi uscì. La sensazione di claustrofobia era aumentata rispetto a prima e desiderai con tutto me stesso di potermene andare. Ero anche preoccupato che i miei genitori si fossero ormai resi conto che ero sparito e che mi stessero sicuramente cercando. Finalmente, l'Ispettore Carmana rientrò con il poliziotto di prima e dietro suo comando, iniziai a raccontare la mia storia dall'inizio, impiegando gran parte delle tre ore seguenti. Il giovane poliziotto scribacchiava senza sosta, sintetizzando quello che dicevo, e quando l'ispettore si dichiarò finalmente soddisfatto che non avessi altro da aggiungere, mi consegnò quel mucchio di fogli per leggerli e firmarli. Ero così impaziente di uscire da lì che controllai giusto qualche parola per pagina e firmai l'ultima.

"Adesso posso andare?"

"Dovrai aspettare fuori che qualcuno venga a prenderti. Abbiamo chiamato i tuoi, stanno arrivando."

Mi fecero sedere su una panca nel corridoio, fuori da una fila di uffici da cui proveniva lo strano concerto di clic-clac delle macchine da scrivere. Per ingannare il tempo, c'inventai sopra un motivetto e lo canticchiai in testa. Entravano e uscivano parecchi poliziotti in uniforme e in borghese, ma nessuno faceva caso a me.

Finalmente, la voce di Carmana che chiamava 'Roberto' mi distolse di colpo da quella trance mentale e quando alzai gli occhi, rimasti incollati al pavimento per gran parte del tempo, vidi mio padre venire lungo il corridoio a fianco dell'ispettore. Carmana fece un vago gesto verso di me con la mano e gli disse, "Può portarlo via," poi se ne andò, lasciandoci soli in un microcosmo d'imbarazzo creato dalla presenza di mio padre.

"Papà," dissi, mentre mi alzavo dalla panca di legno nella speranza di un abbraccio paterno di cui avevo estremamente bisogno. Per questo motivo, lo schiaffo inaspettato che mi arrivò in faccia fu ancora più doloroso.

"Delinquente! Cretino! Sei la rovina della nostra famiglia!" mi urlò addosso, dandomi uno schiaffo sull'altra guancia. Mi tirò l'orecchio così forte che pensai me l'avrebbe strappato via, mi trascinò lungo tutto il corridoio fino all'entrata della stazione di polizia e fuori, verso l'auto parcheggiata. Mi fece entrare con uno spintone nel lato del passeggero, mise in moto e partì di scatto in preda ai nervi. Non mi rivolse parola e quando arrivammo al nostro palazzo, parcheggiò l'auto sul retro e mi fece imperiosamente cenno di scendere. In ascensore non mi guardò e tenne le mani in tasca, giocando nervosamente con alcuni spiccioli. Respirava profondamente, come se fosse stato sul punto di sputare fiamme dal naso.

Mia madre venne ad aprirci la porta addirittura prima che riuscissimo a sfiorarla. Era chiaro che era stata ad aspettare là dietro il rumore dell'ascensore, segno che eravamo tornati a casa. Una volta entrati, nel corridoio d'ingresso mio padre scoppiò in tutta la sua rabbia repressa. "Ecco il delinquente di tuo figlio, che se ne va in giro a fare affari con la malavita. Guardalo bene," disse con terrificante calma, e mi dette un altro schiaffo.

"Io..." cercai di dire, ma venni zittito da un altro ceffone. Questa volta il colpo era stato inflitto con forza e caddi a sedere per terra, frastornato. Mia madre si portò la mano alla bocca per soffocare un gridolino, ma non disse niente. Guardai mio padre slacciarsi la cintura e sfilarla lentamente dai pantaloni, arrotolandola nella mano per ottenere una buona presa.

"Questo è quello che ti meriti," disse e in quello stesso momento sollevò in aria la cintura.

"Ti prego..." cercò d'intervenire mia madre, ma a mio padre bastò uno sguardo per metterla a tacere.

Sapevo di meritare una bella dose di botte per quello che avevo fatto e, a essere sincero, la punizione che m'impartì mio padre non fece troppo male – almeno non fisicamente. Quello che mi ferì veramente fu il modo umiliante in cui fui trattato e la mancanza di compassione che mostrarono i miei genitori. Sapevo di avere mandato tutto a rotoli, ma pensai che il loro amore nei miei confronti avrebbe permesso loro di capire che avevo fatto una ragazzata, che me ne pentivo, ma che non era mia intenzione fare niente di male. Sapevo di potergli fare capire quanto li amassi e quanto fossi dispiaciuto di averli delusi, ma non ebbi mai l'occasione di dire niente.

Dopo parecchie frustate, mio padre non ce la fece più e m'intimò di andare in camera mia senza osare uscire se non dietro suo ordine. Chiusi la porta alle mie spalle e mi buttai sul letto, rannicchiandomi più che potei; per la prima volta da anni piansi, le lacrime arrivarono da un dolore interiore sordo e cupo. Ma lo feci in silenzio, condividendo la mia sofferenza solo con il mio cuscino; non detti loro la soddisfazione di sentirmi piangere.

CAPITOLO 8

Il tempo scorre lento quando te ne stai rinchiuso in una piccola stanza senza molto da fare, così ritrovai l'abitudine, accantonata negli anni precedenti, a leggere. Ripresi familiarità con *Moby Dick* e con *L'ultimo dei Mohicani*, e nelle pause tra una lettura e l'altra, ricominciai anche a disegnare. A scuola avevo sempre detestato le lezioni di disegno ornato, durante le quali perdevamo tempo a riprodurre sezioni di edifici romani prive di senso. Tuttavia, segretamente amavo il potere che la matita mi conferiva, la possibilità di fare comparire dal nulla oggetti tridimensionali su un foglio di carta bianco. Nel mio blocco da disegno trovai una pagina con i primi schizzi di un capitello corinzio che avrei dovuto consegnare come compito per casa mesi prima e iniziai a lavorare sui dettagli più minuziosi. Con la matita tra le dita, minuto dopo minuto dimenticai i miei problemi.

Andai in bagno diverse volte al giorno – era implicitamente permesso e mi aiutò a sentirmi meno prigioniero. A parte questo, rimasi in camera mia come ordinato, da solo e ignorato quasi del tutto dal resto della famiglia.

Il giorno dopo la mia reclusione, in tarda mattina, mia madre entrò in camera portando un vassoio con un pranzo dall'aspetto poco invitante. Una ciotola coperta da un piattino, accanto a un panino, conteneva una specie di zuppa; un triste petto di pollo bianchiccio giaceva circondato da piselli al centro di un piatto, a fianco di un bicchiere d'acqua.

"Non ho fame," dissi, senza guardarla. Mi era appena venuto in mente che uno sciopero della fame sarebbe stato una buona strategia per vendicarmi del trattamento che mi avevano riservato.

"Qualcosa devi pur mangiare," mi rispose evitando anche lei di guardarmi dritto in faccia. Le botte del giorno prima ci avevano lasciato in imbarazzo, ognuno per i propri motivi.

"Sì, certo..." bofonchiai, continuando a non rivolgerle lo sguardo mentre appoggiava il vassoio sul tavolo.

"Io e tuo padre..." s'interruppe, chiaramente in cerca delle parole giuste per descrivere il mio comportamento scellerato. "È stato... Hai fatto una cosa molto brutta," riuscì a dire alla fine. Rimasi in silenzio; mia madre mi guardò triste per qualche istante e poi se ne andò.

Mi dispiacque per lei. Una mattina si era svegliata ed era diventata la madre di un criminale minorenne. Doveva averle rovinato la giornata. Scommisi che fosse preoccupata da morire al pensiero che i vicini potessero scoprirlo. E cosa avrebbe pensato il severo signor Danieli del negozio di alimentari? La prossima volta le avrebbe dato un pezzo di manzo peggiore, visto che il suo status sociale si era abbassato di livello? O forse, avrebbe semplicemente aspettato che mia madre se ne fosse andata dal negozio prima di scambiarsi occhiate di commiserazione con gli altri clienti?

Non mi sorprese che fosse triste.

La mia risolutezza a non mangiare non durò a lungo. Spazzolai tutto quello che c'era sul vassoio e poiché avevo ancora fame, per dessert trovai nel cassetto una cioccolata bianca. Essendo nel pieno della crescita, avevo continuamente voglia di cibo. Per questo tenevo sempre delle barrette di cioccolato in camera contro gli attacchi di fame notturni. Finii tutta la cioccolata e tornai alla lettura di *Moby Dick* con un po' di rinnovato ottimismo.

Era un sabato e ricordo che pensai quanto fosse vero che ci sono sempre due facce in una medaglia: essere punito aveva anche significato un'assenza giustificata da scuola, atteggiamento che mi sembrò contraddittorio per dei genitori intenzionati a educare il proprio figlio. La giornata passava ed io iniziai a chiedermi per quanto tempo mi avrebbero tenuto in punizione.

Verso sera si ripeté il rito del vassoio. "Ha chiamato Alessandra," disse mia madre mentre lo posava. Tanto ero avvolto nella mia infelicità che l'avevo completamente dimenticata. "Che ha detto?" domandai in apprensione.

"Voleva parlare con te e le ho detto che sei in punizione e che non potevi venire al telefono. Mi ha chiesto di dirti di chiamarla quando puoi." Mi sentii sollevato; almeno Alessandra sapeva che non ero sparito e avrebbe aspettato la mia telefonata.

"Chi è Alessandra?" chiese mia madre. Era chiaro che stesse solo cercando di fare conversazione, ma fondamentalmente la cosa non la interessava davvero.

"Un'amica," risposi.

"Mi sembra molto simpatica." Lo disse senza pensare, come se stessimo facendo una piacevole chiacchierata tra madre e figlio, dimenticando che io ero il detenuto e lei la mia carceriera. Tenni gli occhi bassi ostentatamente fissi sul libro, senza rispondere, e dopo qualche secondo, se ne andò.

La domenica, mi svegliai al suono delle campane che di prima mattina chiamavano i fedeli in chiesa. Non mi ero mai alzato così presto di domenica, anche se, ovviamente, le campane dovevano essere sempre state le stesse. Mi chiesi come fossi sempre riuscito a dormire con tutto quel fracasso. Aprii la finestra, inspirando avidamente l'aria fresca del mattino; nonostante la coltre di smog, aveva il profumo di una libertà che avevo sempre dato per scontata ma di cui, solo allora, stavo imparando a conoscere il valore. Andai in bagno facendo più rumore possibile, per segnalare a mia madre che c'ero, che ero sveglio e per farle capire, o almeno speravo, che avevo fame. Avrei potuto rovinare anche il sonnellino del mattino a mio padre, cui teneva molto, e provai soddisfazione al pensiero. Finii di lavarmi i denti e tornai a letto in compagnia del mio libro, in attesa che si muovesse qualcosa. Tuttavia, la porta di camera non si aprì prima di mezzogiorno, quando, con mia sorpresa, mio padre entrò senza richiuderla. Alzai la testa dal libro e lo fissai con fare interrogativo.

"Volevo farti sapere che ho venduto la tua motocicletta," disse ed io avvertii una fitta di dolore nella consapevolezza che non l'avrei mai più guidata. Avevo un nodo in gola e gli occhi divennero lucidi.

"Perché?" fu tutto ciò che riuscii a dire prima di soffocare le parole. Trattenni le lacrime, sapendo che avrebbe goduto nel vedermi piangere. Il suo atteggiamento era inutilmente crudele e non potevo permettergli di capire quanto mi avesse fatto male.

"Perché?! Ah, ah!" disse, scrollando la testa. Riuscì a fare un'espressione dispiaciuta, come a insinuare che la cosa feriva più lui che me e senza aggiungere altro, batté in ritirata chiudendosi dietro la porta. Di nuovo solo, lasciai che il mio dolore prendesse il sopravvento; le lacrime presero a scendermi giù per le guance, facendosi strada verso gli angoli della bocca dove annunciarono la loro presenza con un pungente sapore salato. Premetti le labbra contro la manica della camicia per fare tacere i singhiozzi e rimasi seduto lì a lungo, svuotato. Più tardi, quando mia madre arrivò con il solito vassoio, le detti le spalle e aspettai che uscisse dalla stanza. Anche lei mi aveva tradito; era l'unica che avrebbe potuto spalleggiarmi, ma non si era scomodata. Non ero più dispiaciuto per lei e sperai che il droghiere l'avrebbe trattata male pubblicamente.

Quella sera fui convocato in salotto. Mio padre era seduto nella sua poltrona preferita. Aspettò teatralmente che mia madre, che era venuta a prendermi, trovasse posto in piedi al suo fianco, poi si rivolse a me. "Puoi lasciare la tua camera, per il tempo restante," disse. Non capii cosa intendesse con 'il tempo restante', ma ero felice che il mio periodo di detenzione fosse giunto alla fine.

"Bene. Devo andare a cercare qualcuno che mi presti il quaderno di latino per l'esame di domani," dissi. Era una bugia inventata su due piedi come scusa per correre da Alessandra. Tuttavia, mio padre fece cenno di no con la testa e disse, "Non andrai a scuola domani."

"Che vuoi dire? Ho un compito e se lo salto, sarò rimandato a latino."

"Non andrai mai più in quella scuola. Ti ritiriamo," disse mio padre.

Iniziò a prendermi il panico. Stava succedendo qualcosa di molto brutto e ingiusto.

"Non capisco. Volevate così tanto che andassi bene a scuola e adesso volete che abbandoni? E cosa farò?"

"Oh, farai strada. Molta strada, ma non qui," rispose quasi brutalmente. "Un mio caro amico ci ha consigliato un collegio, uno di quelli dove sanno come gestire ragazzi come te. Ho già parlato con il preside e avremo tutte le pratiche pronte già per la fine della prossima settimana. Comincerai il lunedì dopo."

Ero esterrefatto. Mi stavano cacciando. Avevano deciso di sbarazzarsi di me, così, senza mostrare alcun segno di rammarico. E come sarebbe andata a finire con Alessandra? Mi vennero in mente una centinaio di domande contemporaneamente; il cervello mi sembrò un nido di calabroni. Dimenticai dove fossi; la mia faccia dovette tradire le mie emozioni perché mia madre parlò per la prima volta. "È per il tuo bene," disse, aspettandosi, a quanto pare, che quella stupida frase sistemasse ogni cosa. Mi venne da piangere. In quel preciso istante li odiai entrambi e non li considerai più sangue del mio sangue. Non ero più il bambino che poteva contare su sua madre o suo padre per sentirsi felice e al sicuro. Mi ero sempre illuso che, a prescindere da cosa potesse andare storto, i miei genitori avrebbero trovato la soluzione al posto mio. Non più ormai. La fiducia in coloro che ami è dura a morire, ma la mia era ormai stecchita e sepolta, per sempre.

CAPITOLO 9

Almeno mi lasciarono in pace per qualche giorno prima che il mio esilio avesse inizio. Non so se erano rimasti a corto di modi per tormentarmi o se avevano semplicemente perso interesse nei miei confronti. Qualunque fosse la ragione, ero felice di starmene lontano da loro. Avevo abbastanza cose cui pensare e di cui preoccuparmi nel cercare di mettermi il cuore in pace per l'amaro destino che mi aspettava. Non sapevo come dare la notizia ad Alessandra. Subito dopo l'annuncio del mio esilio, non ebbi la forza di fare niente, tantomeno di dirglielo. La riunione con Padre e Madre si era conclusa in un silenzio imbarazzante, con me che cercavo di elaborare quello che avevo sentito e mio padre in attesa di una reazione emotiva. Gli ci sarà voluto un minuto buono prima che si rendesse conto che non ce ne sarebbe stata una.

"È tutto," disse.

"È tutto?" gli feci eco.

"Sì," confermò.

Mi sono chiesto spesso se avrei fatto meglio a pregarli. Forse era quello che cercavano: suppliche e lacrime. Magari le cose sarebbero andate diversamente, ma non mi dettero alcun suggerimento che implorarli avrebbe potuto fare la differenza, o che potevano esserci delle condizioni per cui avrebbero preso in considerazione di annullare il mio esilio. E a me non venne in mente che potevo o avrei dovuto farlo. Forse lo shock o l'odio che sentivo crescere dentro di me ebbero la meglio, così mi limitai a voltarmi senza dire un'altra parola e uscii.

Non provarono a fermarmi.

Di nuovo nella mia stanza, rimasi seduto alla scrivania per diverso tempo. Tenni lo sguardo incollato alla parete mentre il cervello si sforzava di dare un senso a quello che mi avevano appena detto. Mi ritrovai a studiare piccole imperfezioni sul muro e a farmi domande sui dettagli di una cornice che prima di allora avevo a malapena notato. La mia mente corse senza meta tra domande insignificanti, finché non mi venne il dubbio di aver perso la testa.

Mi svegliai ore dopo nella sedia con la schiena dolorante e mi trascinai a letto, dove abbandonai la mia coscienza al silenzio della notte.

La mattina seguente, attesi che mio padre uscisse di casa e poi sgattaiolai via prima che a qualcuno venisse in mente di fermarmi. Aspettai Alessandra fuori da scuola. Era una fredda giornata d'inizio febbraio, così camminai avanti e indietro per evitare di congelarmi i piedi, finché non la vidi uscire circondata da un gruppetto di ragazze.

"Roberto!" gridò sorpresa. "Che succede? Tua madre mi ha detto..."

"Ti spiegherò tutto." Detti un'occhiata infelice alle sue amiche. Se ne stavano lì, palesemente in attesa di dettagli piccanti, e la cosa mi mandò su tutte le furie. "Facciamo due passi," proposi.

"Ciao, ragazze," disse Alessandra, poi infilò la mano in tasca del mio cappotto e intrecciò le sue dita con le mie. "Sei gelato!" esclamò. Be', avevo problemi più seri di quello. Forse morire assiderato non sarebbe stata una soluzione così inadeguata per i miei genitori, pensai amaramente.

"Su, racconta," reclamò Alessandra.

"Andiamo a sedere da qualche parte," risposi.

Mi lanciò un'occhiata preoccupata, ma non disse niente. Mentre camminavamo verso casa sua in un silenzio agghiacciante, mi resi conto che con lei dovevo essere sincero e lasciare che sapesse tutta la verità.

"Mi sono cacciato in guai seri," dissi quando ci sedemmo sulla panchina del parco che consideravamo ormai di nostra proprietà. Sentii che dovevo andare per gradi. Dopotutto, ammettere di essere stato arrestato dalla Guardia di Finanza non era niente in confronto a quello che le avrei detto dopo. Così le raccontai ogni cosa, del fatto che mi avevano messo in detenzione preventiva e quello che era successo prima, nei minimi dettagli, inclusi quelli più dolorosi. Mi servì per guadagnare tempo per arrivare alla vera brutta notizia. Mentre il mio racconto andava avanti, Alessandra si fece sempre più cupa, ma quando arrivai al punto in cui mio padre era venuto a prendermi, il suo sguardo si addolcì e mi strinse il braccio con la mano in un gesto spontaneo di compassione.

"Tu sei proprio matto!" disse alla fine, scrollando la testa incredula. "Cosa credevi di fare invischiandoti con quella gente? Non mi sorprende che tuo padre abbia perso le staffe. Dimmi, i tuoi si sono calmati adesso? A quanto pare sì, visto che ti hanno fatto uscire."

Così arrivò la parte difficile. Era intelligente e non dovette ascoltare più di tanto per capire cosa stavo cercando di dirle. Molto prima che arrivassi alla fine del mio racconto, le si gonfiarono gli occhi di lacrime e affondò la testa sull'incavo della mia spalla. "Il mio povero cucciolo," continuò a mormorare, senza mai smettere di lisciarmi la schiena. Fece venire le lacrime agli occhi anche a me, che asciugai di nascosto con il dorso della mano. Le accarezzai la nuca per consolarla, anche se ero io quello che aveva più bisogno di conforto.

"Cosa facciamo?" chiese dopo un po'.

Sapevo cosa voleva dire. Anche io mi ero domandato se il nostro amore avrebbe superato la lontananza e quanto spesso saremmo riusciti a vederci. Non avevo le risposte ma sapevo che dovevo essere ottimista. "In qualche modo ce la caveremo," dissi, ma non fui convincente nemmeno ai miei occhi.

"Come?"

"In questo momento non lo so, ma troveremo un modo. Sono sicuro che tornerò a casa almeno un fine settimana sì e uno no, e poi tu hai le vacanze..." risposi, abbracciandola più forte per enfatizzare quello che avevo detto. Tuttavia, la sentii priva di energie, come se avesse perso quel potere tutto suo di darmi forza. E non discutemmo, cosa che per qualche motivo aumentò il mio avvilimento.

Quel martedì, andai a scuola durante la pausa pranzo. Non me la sentivo di sparire senza dirlo a nessuno; se dovevo andarmene, volevo farlo con stile, informando tutti del personaggio pericoloso con cui erano andati a scuola. Volevo anche fare vedere il mio disprezzo verso gli insegnanti, i cosiddetti 'professori', ora che non potevano più punirmi. I miei compagni di classe avevano già sentito delle voci sul mio battibecco con la polizia e mi salutarono con manifestazioni di rispetto e con un coro di domande.

"Ciao, Lucci!" gridò uno dei ragazzi, Alfredo. "Com'è che non sei in prigione? Abbiamo sentito dire che hai rubato una macchina e che sei stato pizzicato dalla polizia."

"No, ha accoltellato uno sbirro," aggiunse un secondo ragazzino di cui non ricordavo il nome.

"Insomma, Lucci, qual è la vera storia?" volle sapere il terzo, di nome Renato, con un sorrisetto sprezzante. Questo Renato era un compagno di classe che detestavo particolarmente, così presi la palla al balzo, gli andai vicino e a denti stretti gli dissi minaccioso, "Entrambe. Ti aspetto fuori..." Lo sguardo sorpreso sulla sua faccia mi fece sorridere per la soddisfazione, ma dovetti voltarmi prima di scoppiare a ridere.

"Che succede qui?" tuonò una voce alle mie spalle. Non fu necessario guardare per sapere a chi appartenesse; aveva il timbro inconfondibile dell'odiatissimo vicepreside, il professor Marchetti, un sadico maiale che si divertiva a inventare punizioni sempre nuove per ogni minima infrazione. Anche la più piccola provocazione sembrava un pretesto per inviare rapporti dai toni velenosi ai genitori degli studenti. Fu un premio incontrarlo, visto l'umore che avevo quel giorno.

"Ah, Marchetti. Che cosa posso fare per lei, buon uomo?" domandai, cercando di sembrare solenne. I ragazzi intorno a me voltarono la testa, si tapparono la bocca con la mano e si contorsero in ogni modo possibile pur di evitare di ridere. Il vicepreside divenne di un bellissimo colore viola e iniziò a balbettare. Lo faceva sempre quando si arrabbiava parecchio, ed io ci avevo sperato.

"Ch... ch... chi credi di essere, Lucci? Te lo faccio vedere io. Sei so... so... sospeso. Scriverò una bella lettera ai tuoi genitori. Proprio bella!"

"Marchetti, non può sospendermi," risposi serafico con un grande sorriso.

"N... n... non posso? Ti faccio vedere io cosa posso fare. Ti faccio e... e... espellere da questa scuola. Da questa scuola. Dalla mia scuola."

"Non può cacciarmi dalla sua piccola, patetica scuola, Marchetti. Sono io che mi ritiro. Trovo che sia un istituto al di sotto dello standard e mi trasferisco in uno più appropriato a persone di qualità. Mi stia bene, buon uomo," dissi. Valutai che fosse una buona battuta finale, così salutai il mio pubblico, che ancora lottava coraggiosamente contro il bisogno di ridere. Detti le spalle al vicepreside, il quale sembrava avere perso del tutto la parola, m'incamminai con calma giù per le scale e uscii.

La mia visita di commiato a scuola mi aveva messo di ottimo umore e una volta in strada, valutai chi avevo dimenticato di salutare. C'era solo un'altra persona che volevo davvero vedere: l'anziana signora che vendeva carta e penne. Prendevo da lei i quaderni e gli articoli di cancelleria, nel negozietto non lontano da scuola e poco più grande di una cabina del telefono. Mi piaceva andarci, in parte perché adoravo l'odore della carta che impregnava quell'esiguo volume d'aria stantia, e in parte perché l'anziana signora sembrava sempre avere del tempo per me. Si divertiva a rispondere alle mie infinite domande su bellissime penne molto costose, che sapeva non avrei mai comprato. La maggior parte delle volte ero il suo unico cliente, e per fortuna, perché con due persone quel piccolo spazio sarebbe stato affollato. Non potevo andarmene senza dirglielo. Si sarebbe chiesta che cosa mi era successo. Oltretutto, aveva più di ottant'anni e avrei potuto non ritrovarla viva quando fossi tornato per la prima volta a casa dal collegio.

Così percorsi a piedi la breve distanza dalla scuola al suo negozio, ma rimasi turbato nel trovarlo chiuso. Un cartello sulla porta diceva, "Torno subito", ma ero troppo nervoso per aspettare, e andai via.

Per tutta la vita mi sono pentito della mia impazienza. Non vidi mai più l'anziana signora e quando ripassai dal suo negozio, anni dopo, era diventato una pizzeria. Mi è sempre dispiaciuto sapere che aveva sicuramente considerato irriguardoso da parte mia il fatto di essermene andato senza dirle niente. E, a essere sincero, aveva ragione.

Durante la settimana feci del mio meglio per non pensare a cosa mi aspettava. Cercai d'illudermi più e più volte che quei giorni sarebbero durati per sempre, come il disco di Liliana che girava a ripetizione. Essere cinico mi aiutò un po', così recitai la parte dell'indifferente, imponendo a me stesso di considerare tutti gli altri meno fortunati di me perché obbligati a restare bloccati nel loro vecchio, immutabile mondo. Così facendo gestii la paura che avevo di lasciare quei luoghi familiari dove avevo vissuto per tutta la vita, diretto verso un futuro incerto.

Riuscii a evitare quasi del tutto i miei genitori. Le poche volte che vidi mio padre, distolsi lo sguardo e passai oltre; neanche lui mostrò alcun segno d'interesse a volere parlare con me, perciò fu facile. Non so cosa avessero detto a mio fratello, ma anche lui mi evitava nonostante artificiosi spettacolini pensati per convincermi del contrario e che mi facevano sentire un morto vivente. Mia madre, d'altro canto, cercava di comportarsi come se non fosse successo niente, ma da me otteneva soltanto monosillabi. Ce l'avevo con lei più di quanto volessi ammettere e non m'importava che lo sapesse il mondo intero. Mi sentivo preso in giro per il modo brusco con cui era finita la mia infanzia senza che io fossi stato consultato al riguardo; e mi sentivo tradito dai miei genitori, i quali, invece di prendersi cura di me e spianarmi la strada verso un mondo crudele, si comportavano da nemici. E poi ce l'avevo con il mondo in generale, perché nessuno accorse in mio aiuto per mostrarmi la via d'uscita da quel casino in cui mi ero cacciato.

Alla fine l'ultimo giorno arrivò, spietato e ineluttabile. Le mie cose erano già state impacchettate, inclusa una giacca che sembrava la divisa di un carcerato. Me l'aveva comprata mia madre perché, a quanto pare, era richiesta nella mia nuova scuola. Avevo salutato le poche persone che per me contavano e ora dovevo affrontare il duro compito di separarmi da Alessandra. Avevamo parlato a lungo durante quella settimana, rubando ogni suo minuto libero per stare insieme, ma con il passare dei giorni le frasi che ci dicevamo erano diventate sempre più corte e le nostre voci sempre più flebili. A parte ripeterci parole rassicuranti che ci eravamo già scambiati mille volte nella settimana, a conferma di quanto il nostro amore fosse forte e di come ci avrebbe fatto superare quel difficile momento, c'era poco altro da dire.

"Stasera Giorgio dà una festa," disse quella domenica mattina.

Giorgio era suo cugino, tre anni più grande di lei. Lo avevo incontrato un paio di volte e mi era piaciuto, ma non me la sentivo di passare l'ultima sera alla sua festa.

"Be', non so... Preferirei starcene tu ed io da soli, da qualche parte..."

"Lo faremo. Ci lascerà usare camera sua. Mio zio tornerà molto tardi, non c'è problema."

Mi lanciò un'occhiata eloquente che trovai difficile interpretare. Strano, perché il nostro rapporto era così aperto che parlavamo di ogni cosa senza mai ricorrere a sguardi e allusioni. Ad ogni modo, la sola cosa che m'interessava era trascorrere le mie ultime ore con Alessandra, indisturbati. Quando ero lontano da lei, sentivo un vuoto dentro che non riuscivo a immaginare neanche come sarebbe stato passare un giorno senza vederla.

Non mi era mai passato per la testa che i miei genitori potessero opporsi a farmi uscire quell'ultima sera, ma ovviamente non appena feci per varcare la soglia di casa, mio padre si mise di mezzo.

"Dove stai andando?" domandò con falso interesse.

"Fuori," risposi seccamente.

"Domani mattina dobbiamo alzarci presto. Partiamo alle sette, non credo sia una buona idea uscire adesso."

"Avevo prestato un libro a un amico e lo voglio portare con me. Vado a prenderlo e torno." Lo dissi in modo annoiato, nella speranza che il mio tono di voce non tradisse quanto fosse importante per me uscire. Dovevo solo trascorrere le ultime poche ore con Alessandra e impacchettarle in un ricordo da portare con me. Ero certo che, se lo avesse saputo, mio padre mi avrebbe tolto quell'ultima piccola consolazione per puro divertimento.

"Va bene, ma torna per le nove," disse con sufficienza.

Quando feci cenno di sì con la testa, sorrise soddisfatto; di sicuro era già convinto di avermi abbattuto il morale e di avermi trasformato nel figlio disciplinato che dovevo essere. Sarebbe andato su tutte le furie se non fossi tornato all'ora stabilita, ma non m'importava. Che cosa poteva farmi che non avesse già fatto? Non poteva mandarmi via due volte, riflettei.

Alessandra mi aspettava alla porta di casa di Giorgio e quando entrai, mi prese per mano senza dire niente e mi guidò attraverso la folla. Il salotto era pieno di gente che chiacchierava con il bicchiere in mano, mentre alcuni ballavano. Ci muovemmo lentamente, facendo attenzione a non scontrarci con nessuno e senza rovesciargli il drink, finché non arrivammo in camera di Giorgio e Alessandra chiuse a chiave la porta alle nostre spalle. Poi si tolse la camicetta e l'appese alla maniglia per coprire il buco della serratura. "Così nessuno potrà spiarci," rispose alla mia domanda implicita.

Era là in piedi in reggiseno, in attesa che facessi la mossa successiva. Così mi avvicinai, l'abbracciai e iniziai a baciarla. In un istante ci ritrovammo sul letto, affamati di baci e di carezze. L'unica luce nella stanza proveniva da un piccolo abat-jour con la lampadina rossa, che conferiva a quella scena un'atmosfera surreale. Cercai nella mia testa qualcosa da dire, in un improvviso impeto di panico provocato dall'ormai inevitabile presa di coscienza che il tempo a nostra disposizione stava per scadere e che ogni cosa rimasta inespressa tra di noi sarebbe andata perduta. Ma le parole sembravano intrappolate nel mio petto, incapaci di trovare una via d'uscita.

Lentamente e con delicatezza, Alessandra mi sbottonò la camicia e mi abbassò la lampo dei jeans.

"Ti voglio," sussurrò.

Il cuore cominciò a battermi forte non appena vidi che stava piangendo. Mi tirò la testa verso di sé e mi dette un lungo, dolce bacio, misto a lacrime salate. Mi misi a piangere anch'io ma questa volta non provai a nasconderlo.

Facemmo l'amore intensamente, con frenesia animale, e poi di nuovo con calma, teneramente. Non parlammo; non c'era bisogno di parole, nessuna sarebbe stata d'aiuto.

Fui svegliato da un colpo alla porta. Ci eravamo addormentati tra le braccia l'uno dell'altra e adesso in casa regnava il silenzio, la festa era chiaramente finita.

"Cenerentola, scendi dalla carrozza," dall'altro lato della porta arrivò la voce attutita di Giorgio. "I miei tra poco saranno a casa."

Ci vestimmo in silenzio, non era rimasto niente di non detto. A mezzanotte passata, l'accompagnai a casa a piedi, stringendola così forte a me da farle male, ma non si lamentò. Quando fummo alla sua porta, ci baciammo per l'ultima volta, scambiandoci futili parole che avevano la pretesa di sembrare progetti per il futuro. Le lacrime scesero di nuovo sulle sue guance, sembravano non finire mai.

"Adesso vai," dissi, "prima che mi metta a piangere anch'io."

Annuì, mi dette un altro bacio fugace e corse dentro il palazzo. Indietreggiai di qualche passo e mi appoggiai contro un'auto parcheggiata. Mi sentivo troppo debole per muovermi. Devo essere rimasto là per molto tempo, con la testa vuota e il cuore pesante. Un gatto randagio si avvicinò guardingo, si mise seduto a pochi passi in mezzo alla strada e alzò gli occhi verso di me con sguardo beffardo. Non so perché, ma il modo in cui mi guardò fu la goccia che fece traboccare il vaso, così mi allontanai dal portone di Alessandra e tornai a casa a piedi con il capo chino.

CAPITOLO 10

Il collegio Sant'Anna, appena fuori Pavia, era il posto scelto per il mio esilio. Lo chiamavano collegio ma in realtà era un carcere privato. Quel lunedì mattina mio padre fermò l'auto di fronte a un lungo edificio grigio, la cui tetra facciata macchiata di smog gli conferiva un'aria inospitale. Arrivammo prima di mezzogiorno – ben più tardi rispetto a quanto programmato – perché ovviamente si era perso nel leggere la mappa stradale e avevamo dovuto fare diversi giri della città prima che accettasse di chiedere indicazioni. Non importava quante volte si fosse perso prima di allora, né quante volte avesse letto male la mappa trasformando ognuno dei nostri viaggi in un'impresa molto più lunga del necessario; diceva sempre di sapere la strada meglio di chiunque altro e rifiutava ogni aiuto. Ne nasceva sempre un battibecco con mia madre, che voleva fargli ammettere che si era perso. Questa volta però, ad accrescere la già pesante negatività che regnava in auto, era rimasta in silenzio mentre mio padre girava a vuoto per le strade quasi deserte di Pavia, borbottando tra sé e sé dettagli della cartina che teneva nella mano sinistra.

La strada vuota e silenziosa amplificò quella sensazione surreale – quasi extracorporea – per cui mi sembrava di assistere a qualcosa che stava succedendo a qualcun altro. Scendemmo di macchina senza parlare, mentre io fissavo l'anonima facciata della mia nuova casa. Era illuminata da un sole splendente, il cielo era quasi completamente sereno, ma l'aria era fredda e umida, in sintonia con quel posto. Mio padre si mise il cappello e guardò l'edificio. Mia madre rimase nascosta alle mie spalle. Presi una delle mie due valigie e salii le scale che conducevano al grande portone d'ingresso con foga e atteggiamento di sfida, come a dire, "Non c'è problema." Mio padre mi seguì con l'altra valigia e mia madre chiuse la nostra piccola processione, riuscendo in qualche modo a darsi un'aria indaffarata mentre in realtà non stava facendo niente.

Varcata la porta ciclopica, fummo accolti da un denso odore di minestrone. Sembrava invadere l'intero edificio e raggiunse le mie narici. Mi ci vollero giorni per abituarmi e non sentirlo più continuamente. Non c'era nessuno, così attraversammo un corridoio dai soffitti altissimi, dove i nostri passi risuonavano come quelli di una marcia militare, finché non arrivammo a una porta con la targhetta 'Segreteria'. Di fronte c'era una lunga panca di legno e mio padre mi fece cenno di andarmi a sedere. Bussò leggermente al vetro satinato della porta e si fece avanti senza aspettare un invito a entrare, seguito da mia madre. Mi lasciarono seduto su quella panca con le due borse ai miei fianchi. Ebbi la sensazione di essere stato lì per molto tempo prima che la porta si riaprisse e l'indice piegato di mio padre mi convocasse dentro. Tutto ciò che possedevo al mondo e di cui m'importasse era in quelle valigie, perciò ritenni che sarebbe stato imprudente lasciarle incustodite, ma non riuscivo a sollevarle entrambe da solo perché erano troppo pesanti, così le trascinai per il corridoio e attraverso la porta. Ricordo ancora vivamente il modo in cui mio padre rimase lì a guardarmi mentre ero in difficoltà, senza prendere minimamente in considerazione l'idea di aiutarmi. Non sapevo di poterlo odiare più di quanto avessi già fatto, ma quel piccolo e forse insignificante incidente mi fece capire quanto poco gli importasse di me. Negli anni seguenti, il ricordo di quel momento mi è spesso tornato in mente come il giro di boa nel rapporto con la mia famiglia e mi ha aiutato a convincermi sempre più di non pentirmi per le mie azioni e di non avere sensi di colpa.

Nella stanza vidi un'enorme scrivania, fiancheggiata da due librerie piene di libri dall'aria molto seria. Un uomo sulla cinquantina era in piedi dietro la scrivania, impeccabile in un abito grigio e una cravatta semplice che spuntava da un cardigan bordò tutto abbottonato. Aveva i capelli grigi e sopra il grosso naso aquilino portava un paio di occhiali con la montatura in corno. Non sorrideva.

Mia madre era seduta in una delle due poltroncine di fronte alla scrivania, mentre mio padre si mise in piedi al suo fianco. Lasciai cadere le valigie e guardai quel gruppetto con aria interrogativa.

"Stai dritto!" ordinò quell'uomo; poi, rivolgendosi ai miei genitori, spiegò, "La disciplina deve essere impartita fin dall'inizio, altrimenti non impareranno mai."

Ero indignato per il modo ostile in cui si era presentato e fissai i miei come a dire, "Che razza di posto è questo?", ma mio padre guardava con ammirazione quell'uomo, mentre mia madre era impegnata a studiare il motivo decorativo del tappeto, evitando entrambi di incrociare il mio sguardo. Per la prima volta da anni, mi comportai bene e invece di ribellarmi, decisi di accettare la situazione, almeno finché non avessi imparato le regole di quello che avevo già capito essere un luogo maledetto. Mi raddrizzai e risposi, "Sì, signore."

Mio padre mi guardò in modo strano, era sorpreso. Sapevo cosa stava pensando: avevo mostrato a quell'estraneo il rispetto che si era sempre aspettato da me e che non era mai riuscito a ottenere, e si sforzava di capire che cosa avesse sbagliato in tutti quegli anni. La cosa mi fece sorridere.

"Sono il professor Renato Fasulo, il preside di questa scuola," disse l'uomo. "Potrai parlarmi solo per rispondere alle mie domande o quando sarai interpellato. È tutto chiaro?"

"Sì, professore."

"Bene. Chiarito questo punto possiamo procedere. Da questo momento sei un alunno dell'istituto, uno dei migliori e dei più antichi d'Italia, la cui tradizione risale al millesettecento.

Risponderai soltanto a me e al personale della scuola. Ora vai e aspetta fuori finché non ti chiamiamo."

Mi voltai senza dire una parola, aprii la porta e per la seconda volta trascinai diligentemente le mie valigie fuori. Qualche minuto dopo, la porta si aprì di nuovo e i miei genitori con il preside vennero nel corridoio.

"Non preoccupatevi. Faremo di lui uno studente modello," disse il professore, rivolgendosi ai miei genitori come se io non ci fossi.

Mio padre lo ringraziò e si strinsero la mano. Mia madre mi abbracciò doverosamente, senza tuttavia riuscire a trasmettermi alcun calore, poi con fare distratto sussurrò per l'ultima volta la sua stupida battuta, "È per il tuo bene." Io rimasi lì, impietrito, senza contraccambiare il suo abbraccio.

"Ti comporterai bene, mi hai capito?" fu l'ultimo avvertimento di mio padre, inflitto con un eloquente cenno del capo, inteso, ovviamente, a farmi capire quali cose terribili mi sarebbero successe se non gli avessi dato retta. Abbastanza superfluo, dato che me ne ero già reso conto da solo.

Assolte le loro funzioni di genitori, si voltarono e andarono via. Li guardai percorrere velocemente il corridoio finché non varcarono il portone d'ingresso a passo svelto. Era chiaro che avevano fretta di uscire. Non si voltarono per guardarmi, per portare con sé durante il viaggio un ultimo ricordo di noi tre insieme o, come forse avevo segretamente sperato, perché cambiassero idea all'ultimo minuto, incapaci di sopportare l'idea della separazione, e mi portassero a casa con loro. Rimasi a guardare. Avevo bisogno di quella prova oggettiva per disilludermi del tutto.

"Il tuo professore verrà presto per accompagnarti al tuo alloggio," disse la voce del preside alle mie spalle. Perso nei miei pensieri, mi ero quasi dimenticato della sua esistenza. Non aspettò una mia risposta e chiuse la porta, così mi misi di nuovo ad aspettare seduto su quella panca dura.

Restare in attesa sembrava essere diventata una parte integrante della mia vita.

Il mio professore, il signor Paolini, era alto, magro e rude nei suoi rapporti con gli studenti. Tuttavia, imparai presto che era il più gentile di tutta la combriccola che gestiva il collegio Sant'Anna, o meglio, per dire le cose come stavano, il *riformatorio* Sant'Anna. Comparve dal nulla, si presentò velocemente e prese una delle mie valigie, ordinandomi di seguirlo. Dopo una rampa di scale, mi accompagnò in una stanza enorme, dove contai quarantadue letti disposti su due file. Percorso lo stretto corridoio che le separava, finalmente ci fermammo ai piedi di uno dei letti situato verso la fine del dormitorio. Adiacente a ogni branda, era stato posto un armadietto alto e stretto di metallo, chiuso con un lucchetto.

"Questo è il tuo letto," disse. "Ecco la chiave del tuo lucchetto. Tutte le tue cose devono andare dentro l'armadio, che devi sempre tenere chiuso a chiave. Puoi riporre le valigie sotto il letto, ma devono essere vuote. La scuola non si assume alcuna responsabilità per oggetti rubati o smarriti. Tutti gli altri adesso sono in classe, ma tra un'ora andranno a pranzo. Quando senti la campanella, corri in mensa al piano terra. Scendi le scale che abbiamo preso per venire su e quando arrivi in fondo gira a destra. La riconoscerai perché vanno tutti lì al suono della campanella. Dopo pranzo, segui gli altri nel salone principale, dove ti sarà dato il programma della settimana e altre informazioni importanti. Tu ed io faremo due chiacchiere questo pomeriggio alle cinque per istruzioni più precise. Mi trovi in giro. Domande?"

Non ne avevo. Avrei potuto chiedergli come avrei riconosciuto la campanella del pranzo, non avendola mai sentita prima, o come e dove l'avrei dovuto 'trovare in giro', ma non ero in condizioni di fare domande. Ero sempre stato da solo in camera, avevo sempre amato la mia intimità dandola per scontata, e adesso eccomi qua, a condividere i miei momenti privati con una quarantina di sconosciuti. Il solo pensarci mi dava il capogiro, ma mi resi conto che prima mi fossi messo il cuore in pace, meglio sarebbe stato.

Il professor Paolini andò via di fretta, senza farmi domande personali o senza dirmi niente per calmare il trauma iniziale. Ebbi la sensazione che quella mattina tutti volessero scappare da me e alla svelta. Mi misi a sedere sul letto, non riuscivo a pensare e non avevo voglia di disfare le valigie. Dopo un po' tirai fuori il blocknotes e iniziai a scrivere la prima lettera per Alessandra. Ne avevo bisogno per riportare la mente su di lei e dimenticare per un istante che mi trovavo in un luogo ostile e lontano. Le frasi uscivano confuse e poco comprensibili, ma non m'importava. Non l'avrei comunque spedita.

Sentii il suono di una campanella in sottofondo. Immaginai che fosse quella del pranzo, ma non avevo fame. Non volevo mangiare. Non volevo essere lì. Mi venne in mente un'idea: forse, se avessi fatto lo sciopero della fame, sarebbero stati costretti a rimandarmi a casa.

La porta del dormitorio si aprì ed entrò un ragazzo. Era poco più basso di me e robusto. Mi studiò un attimo, poi disse, "Ciao!" avvicinandosi. "Sei quello nuovo? Sei sfortunato, ti hanno dato il letto accanto a Johnny il puzzone. Io sono Fabrizio," disse, porgendomi la mano paffuta perché gliela stringessi.

Lo trovai simpatico. Per la prima volta quel giorno qualcuno sembrava felice di vedermi e mi stava dando il benvenuto. Mi alzai dal letto e gli strinsi la mano.

"Piacere, Roberto, e sono appena arrivato. Chi è Johnny il puzzone?" domandai.

"Lo scoprirai, ma ora dobbiamo sbrigarci se non vogliamo perdere il pranzo. Sono solo passato a prendere una cosa." Andò verso un letto della fila opposta, cinque spazi dal mio, e aprì l'armadietto con una chiave che teneva nella catena che aveva al collo. Prese qualcosa da dentro una scatola, chiuse lo sportello e fece scattare il lucchetto. Dopodiché si voltò verso di me e disse, "Andiamo."

Tutto a un tratto non me la sentii più di rimanere nel dormitorio a morire di fame. A quanto pare avevo trovato un amico, e il che fece una grande differenza.

CAPITOLO 11

La vita al Sant'Anna ruotava intorno all'educazione e, per chi come me non era mai stato sottoposto a rigida disciplina, i primi giorni sembrarono un folle incubo. La mattina iniziava con il trillo assordante di una campanella che ci svegliava di soprassalto spaventandoci a morte e se non eri abbastanza veloce a uscire dal letto, il professore ti urlava addosso con un contorno di minacce varie. La mattina dopo la mia prima notte, la maggior parte della quale passata a rigirami da una parte all'altra del materasso duro, venni sbalzato fuori dal letto da un fragore così improvviso che iniziai a tremare, e per riprendermi mi ci vollero cinque minuti buoni.

Un'altra sgradevole caratteristica della scuola era che non si poteva mai passeggiare da un posto a un altro. A meno che non avessi una giustificazione per andare in giro da solo per i fatti tuoi, dovevamo rimanere sempre uniti. Quando lasciavamo la stanza, dovevamo formare una fila doppia, poi ci facevano marciare come in una stupida esercitazione militare fino alla destinazione successiva agli ordini di uno degli studenti, solitamente scelto in base al merito vocale.

Sfortunatamente, il volume non era sempre accompagnato da un senso del ritmo e i risultati spesso erano disastrosi. Al mattino, marciavamo in quel modo verso la mensa, da lì in classe e poi di nuovo alla mensa per il pranzo. Dopo una breve ricreazione, tornavamo in classe, poi a cena e finalmente verso il dormitorio. Questa routine si ripeteva ogni giorno, anche se a volte facevamo delle piccole e sempre piacevoli variazioni. Persino la lezione noiosa di un prete fanatico, che approfittava di un pubblico obbligato ad ascoltarlo, contava come svago.

I primi giorni mi unii ai ranghi come in un sogno, rifiutando di credere che sarei diventato un membro di quella colonia di formiche, ma dopo un po' divenne un'abitudine e mi resi conto che la ripetizione porta all'accettazione. Arrivai a un punto dove non mi importava più di niente e prima di quanto avessi immaginato.

La scuola aveva orari rigidi per tutto; avevamo quarantacinque minuti per pranzare e cenare, e quindici per le abluzioni del mattino. Quel momento della giornata era per me il più difficile. Non solo il letto era duro e la stanza fredda, tanto che mi alzavo sempre anchilosato e dolorante, ma dovevo lavarmi il viso e i denti in fretta e furia insieme ai miei compagni di stanza, dopo avere fatto una fila infinita davanti a un lavatoio che sembrava un trogolo per maiali, dotato di uno scarso numero di rubinetti che si degnavano di fare uscire solo poche recalcitranti goccioline di acqua ghiacciata.

E poi dovetti affrontare il problema della doccia.

Quella prima notte, andai a dormire dopo una lezione lunga e confusa del signor Paolini. Mi sedetti sul letto, in dubbio con me stesso se spogliarmi o se semplicemente sfilarmi le scarpe e crollare vestito com'ero. Il professore mi aveva trattenuto a lungo dopo cena – una punizione per essermi dimenticato di cercarlo alle cinque del pomeriggio come da istruzioni – e quando arrivai a letto, trovai il dormitorio già avvolto nell'oscurità. La maggior parte degli alunni dormiva e solo pochi erano seduti a scrivere lettere o a leggere alla debole luce di piccole candele. Quando mi buttai sul letto, troppo stanco per spogliarmi, il ragazzo accanto a me si alzò in piedi e mi guardò in faccia. "Ehi," disse in tono amichevole. "Io sono Johnny, tu come ti chiami?"

"Roberto," risposi guardingo, visto che ero già stato avvisato che a questo Johnny mancava qualche rotella e che avrei dovuto fare attenzione a non avvicinarmi troppo.

"Sei nuovo." Non era una domanda, perciò non si aspettava di certo una risposta da parte mia, ne conseguì un silenzio imbarazzato. Dopo un minuto durante il quale non smise mai di guardarmi a bocca aperta – o almeno così pensai, ma al buio non potevo dirlo con certezza – sentii il bisogno di rompere il silenzio.

"Da quant'è che sei qui?" domandai.

"È il mio secondo anno. E tu, quanto ti fermi con noi?"

In parte avevo evitato di riflettere sulla questione e mi dispiacque quando la tirò fuori.

"Oh, non lo so. Vedo se mi trovo bene e poi decido."

"L'hai fatta grossa, eh?" disse in tono compassionevole.

"Grossa è dire poco," confessai. "Dimmi," chiesi, sentendo che adesso che avevamo rotto il ghiaccio non sarei passato da maleducato a fare qualche domanda, "perché ti chiamano 'Johnny il puzzone'?"

"Non mi lavo," rispose. Lo disse senza giri di parole, quasi come fosse un'osservazione ovvia. "Almeno non durante la settimana. Faccio la doccia la domenica mattina... e non sempre."

Come molti altri ragazzi della mia età, non ero mai stato un accanito sostenitore della pulizia prima che Alessandra entrasse nella mia vita, ma ne ero diventato ossessionato quando avevamo iniziato a uscire insieme. L'assenza di ragazze in quel posto implicava che adesso potevo regredire alla mia precedente indifferenza verso l'igiene. Ciò nonostante, tuttavia, lavarsi esclusivamente la domenica e non tutte le settimane, mi sembrò un tantino eccessivo.

"Ma perché? Non ti prude dappertutto?"

"A volte sì, ma preferisco così. Se sei furbo farai lo stesso, almeno i primi tempi."

"Perché mai dovrei..."

Non riuscii a finire la domanda perché un ragazzo tre letti dopo il mio, alzò la voce per zittirci. "La piantate?" disse irritato.

"Scusa, non volevo disturbare..."

"Non me ne frega un cazzo, chiudi il becco!"

Non sarebbe stata una buona idea discutere la mia prima notte, perciò mi distesi e così fece Johnny. Mi avevano dato una coperta ruvida che pizzicava, ma ero talmente stanco che quel tessuto antipatico non mi avrebbe tenuto sveglio. Tuttavia, ebbi difficoltà ad addormentarmi; tante erano le cose che mi erano passate per la testa che non avevo ancora avuto il tempo di elaborarle.

Nei miei primi tre giorni al Sant'Anna girovagai come in un sogno, rifiutando di ammettere con me stesso di trovarmi lì fisicamente. L'obbligo di adottare strane regole, come quella di escludere l'acqua quando mangiavo la zuppa, a confermò che stavo, di fatto, sognando. Era una delle regole assurde inventate dalla signora Fasulo, moglie del direttore e proprietario dell'istituto, obiettivamente una sadica. Il secondo giorno per cena ci fu il brodo di pollo – una specie di lavatura di piatti che volevano spacciarci come brodo. Per mascherare il sapore orribile di quell'intruglio, il cuoco aveva aggiunto una generosa quantità di sale, perciò al primo cucchiaio mi venne subito una gran sete. Mi versai alla svelta l'acqua nel bicchiere dalla brocca che avevo accanto al piatto e lo portai alla bocca, ma non riuscii a berne neanche un sorso perché una mano alle mie spalle afferrò il bicchiere e mi spinse a forza il braccio sul tavolo. Sorpreso da quell'inaspettata intromissione, mi voltai e mi ritrovai faccia a faccia con i capelli bianchi e il viso ossuto della signora Fasulo.

"Cosa credi di fare?" domandò freddamente.

"Bere l'acqua, signora," risposi, meravigliato che non lo vedesse da sola.

"Non si beve l'acqua prima che tutti abbiano finito il brodo. È la regola!"

"Ma ho sete," protestai, "è troppo salato."

"Nel brodo hai tutta l'acqua di cui hai bisogno. Nessuno beve l'acqua insieme al brodo. Potrai farlo dopo che l'ultimo avrà finito il suo brodo. Fino ad allora, niente acqua," disse, e se ne andò senza lasciarmi la possibilità di controbattere.

Avevo fame, ma non avrei mandato giù quella brodaglia senza l'acqua. Mi guardai intorno; tutti gli altri ragazzi stavano mangiando con avidità. Mi chiesi amaramente se sarei diventato un alunno ammaestrato e pre-programmato, e se mi sarei comportato in modo sottomesso come loro. Decisi che non sarebbe andata così e allontanai la ciotola. La signora Fasulo mi lanciò un'occhiata maligna e per un momento pensai che mi avrebbe costretto con la forza a ingollare quell'intruglio, ma evidentemente decise che non valevo tanto sforzo e si voltò dall'altra parte. La pancia mi faceva male per quanto era vuota, ma piegare il mio orgoglio sarebbe stato ancora più doloroso.

Mi ci vollero tre giorni per concludere che, anche se non avevo intenzione di accettare il fatto che dovevo rimanere in quel penitenziario, era arrivato il momento di lavarmi. Ci era consentito il tempo di una doccia prima di andare a letto e ogni sera i miei compagni di camerata si affrettavano in piccoli gruppetti per andare a lavarsi non appena iniziava quel momento di libertà, prima che finisse l'acqua calda. Avevo usato altre volte le docce aperte ma avevo sempre detestato dovermi denudare davanti a un mucchio di estranei e, non so come mai, mi sentivo a disagio al pensiero di lavarmi con dei compagni di classe che avevo conosciuto soltanto tre giorni prima. Così quella sera aspettai che tutti gli altri fossero tornati dalle docce e poi andai da solo, contento di averle tutte per me, anche se significò lavarmi con l'acqua tiepida.

Aprii lo sportello del mio armadietto e tirai fuori un pezzo di sapone e un piccolo asciugamano. Quando lo richiusi, vidi che Johnny il puzzone mi stava fissando, perciò risposi con uno sguardo inquisitorio. Fece per parlare ma richiuse la bocca, scrollò il capo come per sbarazzarsi di alcuni pensieri e poi mi dette le spalle. Ci feci poco caso visto che oramai lo avevo già etichettato come svitato.

L'acqua della doccia era ancora calda così rimasi sotto il getto a insaponarmi con calma, godendomi la sensazione di tepore sul corpo. La stanza delle docce era male illuminata, motivo per cui mi ci volle un po' di tempo per rendermi conto che l'ombra comparsa dietro la tenda sudicia e lattiginosa era quella di un uomo. Colto alla sprovvista, scostai la tenda e rimasi esterrefatto quando vidi il professor Fasulo, in piedi con la schiena appoggiata al muro e il corpo leggermente piegato in avanti. Aveva la mano destra dentro i pantaloni e capii con orrore che si stava masturbando.

"Professore!" fu tutto ciò che riuscii a dire.

"Va tutto bene, figliolo," rispose. Non so se fu l'espressione idiota di gratificazione che aveva in faccia o il suo modo calmo e irritante di parlare a spaventarmi, ma indietreggiai, girandomi un po' in parte per nascondere la mia nudità senza perderlo di vista. Il cuore mi batteva così veloce che mi faceva male la gola. Si spostò dalla parete per avvicinarsi ed io feci un altro passo indietro, cercando di interporre come barriera il getto della doccia. L'acqua calda era finita e saette gelide, miste ad altre tiepide, mi colpivano la schiena facendomi tremare, ma non m'importava. Sarei morto congelato piuttosto che farlo avvicinare. Sembrò perplesso e offeso quando vide in basso le goccioline d'acqua che gli avevano bagnato le scarpe. "Hai un fisico molto atletico," disse. "Quali sport pratichi?"

Non potevo crederci; cercava di fare conversazione mentre io ero sul punto di avere un attacco isterico. Non riuscii a trovare nulla da dire o in ogni caso la forza di rispondergli. Rimasi lì in piedi a scrollare la testa mentre lui continuava.

"Sai, posso rendere il tuo soggiorno in questa scuola molto più piacevole se diventassimo amici..."

Andò avanti a masturbarsi mentre parlava. Volevo guardare da un'altra parte ma avevo paura che potesse balzare dentro la doccia e impossessarsi di me, perciò continuai a fissarlo concentrandomi su un punto sopra le sue spalle. Sembrò dispiaciuto e scrollò la testa.

"Be'... Se cambi idea, puoi contare su di me. Ricordati, posso essere un buon amico."

Annuii. Sembrò la cosa migliore per farlo andare via. "Posso andare adesso?" sussurrai, anche se non sapevo dove fintanto che fosse rimasto lì.

"Sì, ma non ti scordare che non abbiamo mai avuto questa conversazione. Capito? Per te sarebbe molto spiacevole se decidessi di parlare con qualcuno per raccontargli delle bugie su questa nostra breve chiacchierata."

Annuii di nuovo e il professore fece altrettanto, con un sorriso satanico di soddisfazione, poi se ne andò. Rimasi sotto la doccia non so quanto a lungo, ma non per poco, dato che arrivai a tremare per l'acqua gelida che scorreva sopra la mia testa. Chiusi il rubinetto e mi asciugai in fretta, e quando m'infilai il pigiama, sentii che era umido. Ma non m'importava, volevo soltanto tornare al sicuro nel mio dormitorio sovraffollato. Afferrai i vestiti, il sapone, l'asciugamano e dal bagno vuoto uscii a corsa nel corridoio deserto, dove il rumore dei miei passi rimbombò amplificato al punto da dare l'impressione che una bestia mi stesse inseguendo. Corsi finché non raggiunsi il mio dormitorio e quando mi buttai sul letto, nella speranza che nessuno mi rivolgesse parola e cercando di liberare un po' di tensione e di frustrazione, vidi di sfuggita che Johnny mi stava fissando attentamente; potrei sbagliarmi, ma credo che stesse sorridendo compiaciuto.

Imparai molte cose durante la prima settimana in quell'inferno. Fabrizio, il ragazzo che mi aveva salutato appena entrato nel dormitorio, non mi mollava quasi mai, dandomi consigli su come comportarmi e su cosa aspettarmi. In un primo momento lo ammirai perché sembrava avere tutto sotto controllo; era sempre vestito per bene e non so come, riusciva a ottenere porzioni extra di qualche rara leccornia che ci davano nelle occasioni speciali e che spesso condivideva con me. Poi, un giorno, detti un significato a quello che il professor Fasulo mi aveva detto nelle docce.

Un'unghia incarnita mi dava il tormento da un paio di giorni, ma finalmente il mio professore predispose che dopo le ore di lezione andassi in infermeria per curarla. L'infermeria era due porte accanto a quella dell'ufficio del preside. Feci per andarmene dopo una medicazione dolorosissima e vidi Fabrizio che usciva dalla stanza di Fasulo. D'impulso andai a nascondermi di corsa nell'oscurità del corridoio, dove non poteva vedermi. Rimase lì in piedi per un istante e mi sembrò che si asciugasse una lacrima dalla guancia con la manica, poi s'incamminò verso il dormitorio. Aveva una bustina di carta in mano, da cui più tardi, quella sera, mi offrì una barretta di cioccolato. La presi come avevo sempre fatto, ma questa volta non riuscii a mangiarla.

Non sono un moralista, non lo sono mai stato, e sono certo che Fabrizio avesse passato momenti difficili, se non addirittura tremendi, prima di accettare di diventare il giocattolino di quel rivoltante impostore del professor Fasulo. Ma avevo perso il mio rispetto nei suoi confronti e non c'era niente che potessimo fare per recuperarlo. Fabrizio dovette essersi accorto che qualcosa era cambiato, perché piano piano prese le distanze e mi ritrovai senza un buon amico. Ero solo.

CAPITOLO 12

Mi sono chiesto spesso se le cose sarebbero potute andare diversamente se tutto questo fosse accaduto al giorno d'oggi, ora che possiamo tenerci in contatto con i telefoni cellulari. Al tempo non erano ancora stati inventati, ma anche soltanto usare la linea telefonica non era semplice. Il Sant'Anna ospitava centoventi ragazzi in tre ali separate e c'era un solo telefono pubblico, che avevamo il permesso di utilizzare ogni tre domeniche. Il telefono era così poco diffuso al tempo che i numeri erano cortissimi. Anche in quell'unica domenica avevamo giusto dieci minuti per telefonare, a condizione che pagassimo l'intera chiamata in anticipo – non eravamo rimborsati se cadeva la linea – a una segretaria sprezzante che sembrava incolpare noi per il fatto di dovere passare la domenica all'istituto.

Il turno della mia classe non arrivò prima della seconda domenica dopo il mio arrivo, perciò, fino ad allora, l'unico mezzo a mia disposizione per comunicare con il mondo esterno fu per posta. Durante la mia seconda sera in quel luogo freddo e inospitale, passai tutto il tempo libero che avevo a disposizione a scrivere una lettera per Alessandra. Cercai di non darle l'impressione di essere disperato o che mi stessi lamentando e concentrai tutte le mie energie nel comunicarle quanto mi mancasse. La sua risposta arrivò soltanto cinque giorni dopo. Quella notte mi sedetti sul letto e la lessi attentamente. Era una lettera bellissima, l'unica che ho conservato in tutti questi anni. Ve la leggerò e poi la distruggerò; sarebbe un sacrilegio lasciare che finisca in mani sbagliate, perché racchiude l'essenza dell'anima di

Alessandra, e, dopo anni, anche della mia. Perciò verrà con me –
nel nulla. Ecco cosa c'è scritto:

10 marzo 1969

Carissimo Roberto,

*ho ricevuto la tua lettera soltanto oggi e ne sono stata
immensamente felice. Temevo un biglietto un po' alla meglio e
invece, la tua lettera è stata una poesia che mi ha mostrato un
Roberto completamente diverso. Non so se quello che provo per te si
possa chiamare 'amore', perché è un sentimento più profondo e meno
effimero. È un'amicizia senza eguali, che non ho mai vissuto prima.
Farei qualsiasi cosa per te e vincerei sicuramente tutto il mio egoismo
per aiutarti a superare questo momento difficile e per vederti felice.*

*Vorrei esserle lì con te, al Sant'Anna, per condividere ogni
minuto della tua giornata, per divertirci insieme, per annoiarci, per
parlare, per rimanere in silenzio – quel silenzio in cui tu ed io ci
esprimiamo meglio che a voce. So che queste mie parole non ti
deluderanno e che saranno una conferma di tutto l'amore che provo
per te.*

*Non so cosa ne farai dei miei pensieri confusi – è sicuramente
più facile parlare e comunicare attraverso il silenzio che con la
scrittura; tu sai che tra di noi uno sguardo, o un sorriso, vale più di
mille parole.*

Muoio dalla voglia di vederti...

Tua

Alessandra

La lessi e la rilessi, cercando il significato nascosto dietro le sue
parole, e per la prima volta provando a capirla senza avere la
possibilità di toccarla, di sentire il suo profumo, e a collocare le sue
frasi nel quadro variopinto creato dai miei sensi. Stava dicendo che
non era veramente innamorata di me? No, lo aveva specificato. E
allora perché aveva dubbi sul suo 'amore'? Esaminai quelle parole
un centinaio di volte, continuando a oscillare tra picchi di felicità e

momenti di profonda depressione. Mi addormentai con la sua lettera in mano. Mi sembrava di sentirla vicina a me.

Finalmente arrivò il mio turno per usare il telefono. Appesa alla porta della piccola cabina, avevamo una lista con i nomi, ognuno con scritto a fianco l'orario assegnato per i dieci minuti che gli spettavano. A me toccò a mezzogiorno meno cinque e non appena m'impossessai del telefono digitai il numero di Alessandra. Lo conoscevo a memoria e me lo ricordo ancora. Ecco, ve lo dimostro: 863972. Visto?

Ci vollero otto squilli prima che qualcuno rispondesse, tanto che avevo perso le speranze. La voce di sua madre risuonò nelle mie orecchie. Potete immaginare la mia delusione; avevo sperato che venisse a rispondere Alessandra e che avrei sentito subito la sua voce.

"Pronto?" rispose bruscamente sua madre.

"Buongiorno. Posso parlare con Alessandra, per favore? Sono Roberto."

"Non è in casa, mi dispiace."

Entrai nel panico. Era l'unica occasione che avevo di parlarle.

"Sa dirmi dove posso trovarla? È raggiungibile?"

"Desolata. Non lo so. Vuoi che le dica qualcosa?"

"Sì, per favore. Le dica che ho chiamato e che non potrò telefonarle nelle prossime tre settimane. Ci proverò, ma penso che non mi sarà possibile. Glielo dirà?"

"Sì, certo. Arrivederci."

Riattaccò e controllai l'orologio. Avevo ancora cinque minuti così chiamai casa, sperando che non fosse mio padre a rispondere. Per mia fortuna all'altro capo del telefono arrivò mia madre.

"Pronto?"

"Mamma," dissi, sentendo gli occhi gonfiarsi di lacrime al suono di quella voce familiare.

"Oh, ciao, tesoro," rispose, come se fosse tutto normale, "come stai?" Aveva talento nell'evitare questioni spinose e nell'occuparsi delle apparenze come se fossero l'unica cosa importante, perciò la fece sembrare come se la stessi chiamando da una località sciistica.

"Mamma... devi tirarmi fuori di qui. Questo posto è terribile..." mi si spezzò la voce e scostai la cornetta perché non mi sentisse piangere.

"Sono sicura che non sia così brutto. Hai solo bisogno di ambientarti. Sono certa che te la caverai."

"No!" dissi quasi urlando. "No che non me la caverò. Non c'è niente che vada bene qui. Quando vieni a trovarmi? Ho bisogno di raccontarti cosa sta succedendo. Non posso farlo al telefono. Ti prego, vieni," la stavo implorando e mi odiavo per questo, ma non riuscivo a smettere.

"Presto, caro. Ci vediamo presto. Non preoccuparti. Andrà tutto bene."

Era esattamente ciò di cui avevo bisogno. In quel momento cercai la rassicurazione di mia madre come un bambino piccolo e per una volta la ottenni. Sarei andato avanti nella mia ricerca di conforto, ma il ragazzo in fila dietro di me aprì la porta e mi domandò, "Hai fatto?" Così gli chiesi con un cenno di darmi un altro secondo e non appena ebbe richiuso la porta, dissi, "Ti prego solo di venire presto. Non ce la faccio più. Ora devo andare, ma ti scongiuro, vieni il prossimo fine settimana." Riagganciai e presi un momento per ricompormi e asciugarmi gli occhi. Mi sentii stranamente rafforzato; i miei genitori sarebbero venuti a trovarmi e di sicuro non mi avrebbero lasciato a marcire in quel posto una volta saputo cosa stava accadendo.

Ovviamente, la settimana seguente non vennero, neppure quella dopo né quella dopo ancora. Non mi ci volle molto per rendermi conto che ero stato dimenticato lì e che per loro non esistevo più. Ogni due settimane circa, arrivava un pacco con il mio nome scritto nella grafia di mia madre, contenente vari oggetti e un po' di soldi. Non molti, ma abbastanza per comprare le sigarette. Eravamo costretti a pagarle quasi il doppio del prezzo normale da uno dei cuochi che si era fatto il suo bel giro di affari, perciò qualsiasi somma di denaro arrivasse era destinata a quello. Tutti erano al corrente del suo intrallazzo, inclusa la Direzione, probabilmente poco interessata perché s'intascava una fetta dei guadagni. Ad ogni modo, fintanto che fumavamo solo nelle ore di libertà, non interferivano.

A volte mia madre mi mandava della cioccolata e in altre occasioni dei wafer, ma ci metteva sempre anche dei calzini e un po' di biancheria intima. Era così che si teneva pulita la coscienza; ci comprava sempre cose che non ci servivano e le barattava col nostro affetto. In passato aveva funzionato, ma con me non attaccava più.

In uno di quei pacchetti trovai un biglietto di mio fratello che mi fece piangere. Non ero mai stato realmente legato a lui, anzi, lo ignoravo apertamente. Dal mio esilio non gli avevo mai rivolto un pensiero e in quel biglietto dalla scrittura infantile, diceva, "Caro Roberto, mi manchi e spero tu stia bene. Tuo fratello, Maurizio."

Non piansi perché sentivo la sua mancanza – non lo conoscevo abbastanza da volergli bene. Piansi perché mi resi conto che era a casa, nel posto dove desideravo essere, a prendersi tutte le attenzioni dei miei genitori, mentre io ero stato spedito in quella prigione e trasformato in una persona senza diritti. Piansi perché avevo rovinato tutto con le mie stesse mani, ma benché riconoscessi i miei errori, non era giusto che non mi fosse stata data una seconda occasione.

Dopo un po', le parole di amore nelle lettere che Alessandra mi scriveva ogni giorno si fecero più brevi. Io, tuttavia, non potevo certo lamentarmi poiché le mie erano diventate telegrafiche. Ma cosa avevo da dirle? Le giornate passavano monotone e i pochi incidenti che noi detenuti ingigantivamo come diversivo alla noia della routine quotidiana, sembravano banali e poco interessanti una volta messi nero su bianco. Per rassicurarla dell'amore che provavo per lei bastava un paragrafo, il resto erano solo parole superflue, perciò le mie lettere divennero sempre più concise.

Alessandra, d'altro canto, faceva i conti con il problema opposto, riempiendo le pagine per raccontarmi tutto dei suoi amici, della scuola e di un milione di piccoli dettagli che per me non avevano alcuna importanza, ma che leggevo con avidità perché quelle parole scritte con la sua calligrafia compivano la magia di tenerci uniti.

Poi le sue lettere smisero di arrivare. Credo che me lo aspettassi. Fu l'inevitabile epilogo di una catena di missive in cui il filo invisibile che legava le nostre anime era diventato sempre più sottile, finché nelle sue ultime lettere, così come nelle mie, era svanito completamente. Ero arrivato ad accettare ciò che non era in mio potere cambiare, tanto è vero che ormai ero diventato troppo indolente per arrabbiarmi al pensiero che anche lei mi avesse abbandonato. Non avevo smesso di amarla, ma era diventata una creatura effimera, per tanti versi irreale e talmente distante che a volte mi chiedevo se fosse esistita davvero. Spesso di notte mi svegliavo dubitando della mia sanità mentale, in pena al pensiero che, forse, Alessandra era solo frutto della mia immaginazione.

Fu allora che presi la febbre. Mi svegliai sudato nel cuore della notte, avevo la gola secca e mi faceva male la testa. Non capivo dove mi trovavo, mi lamentavo e gemevo così tanto che il signor Paolini, che dormiva dietro una tenda in fondo al dormitorio, si alzò per avvicinarsi al mio letto. Mi sentì la fronte e sembrò preoccupato.

"Dobbiamo aspettare fino a domani mattina," disse. "Farò venire il medico."

Mi portò un po' d'acqua che bevvi avidamente e poi tornò a letto. La mattina seguente venne il dottore e mi prescrisse delle medicine, ma non ero nelle condizioni di ricordare cosa dovessi prendere e quando. La febbre non scendeva e di tanto in tanto deliravo. Forse ero forte di costituzione o forse fu grazie alle medicine che presi solo quando, occasionalmente, il signor Paolini veniva a vedere come stavo, ma dopo tre giorni mi svegliai senza febbre. Tuttavia ero troppo debole per alzarmi e rimasi a letto per altri due giorni. Nessuno dalla Direzione sembrò preoccupato o in pensiero per come stavo, e probabilmente sarei potuto morire senza che nessuno se ne accorgesse.

In uno dei miei attimi di delirio, sognai di essere tornato alle scuole medie. Non ero mai stato felice in quella scuola; odiavo i miei professori e per la maggior parte anche i miei compagni di classe. Era un vecchio edificio, tanto freddo fuori quanto dentro, molto simile al cuore della mia maestra, una donna di mezza età elegante e statuaria, la compagna ideale di un burocrate fascista. E, in effetti, il suo comportamento era spietato, rigido e ostile. Per non so quale ragione mi aveva preso in antipatia dal primo giorno e non c'era niente che potessi fare per cambiare le cose. In confronto alle scuole medie, le scuole elementari erano state un posto accogliente; lì ero riuscito a starmene fuori dai guai semplicemente facendo il gentile e l'educato. Ma alle medie volevano che studiassi latino, che consegnassi temi scritti e, più di ogni altra cosa, che mi tenessi al passo con le lezioni. Naturalmente, mi beccai gli orecchioni subito dopo il mio primo mese di scuola e quando rientrai ogni tentativo di mettermi in pari fu vano.

Con il passaggio alle medie avevo perso di vista Alessandra e nonostante la certezza, acquisita durante le prove del coro, di averle donato per sempre il mio cuore, mi dimenticai presto della sua esistenza. A questo contribuirono altri fattori. Avevo difficoltà a trovare il mio posto in quella scuola e i miei genitori stavano attraversando un momento delicato, accompagnato da forti litigi che a volte duravano fino a notte. Dopo qualche mese, decisero di mettere da parte le loro differenze, perché le discussioni finirono e l'atmosfera a tavola durante l'ora di cena divenne meno gelida. A noi bambini non dissero mai niente, mantenendo sempre le apparenze come ancora di salvezza, e ovviamente noi non facemmo domande; non ci avrebbero mai dato una risposta sincera ed io di certo non ne cercavo una.

Il mio compleanno cade di luglio, quindi potevo solo sognarmi una festa come si deve visto che in quel periodo i miei amici non c'erano mai. Per il mio dodicesimo compleanno i miei genitori mi comprarono un materassino gonfiabile, promettendomi che presto l'avrei potuto provare. Furono di parola e qualche giorno dopo portarono noi bambini al mare, per fuggire dall'atroce calura estiva della città. La destinazione, tuttavia, fu una delusione e il terzo giorno me ne lamentai con mia madre.

"Quest'albergo è un mortorio," dissi. "Non c'è neanche un bambino."

"Dovresti andare in spiaggia a fare amicizia," fu la sua risposta.

Trascorse la maggior parte del tempo in una sdraio sulla veranda del bar dell'hotel con una bottiglia di San Pellegrino davanti, a sorseggiare la sua interminabile acqua minerale. Mio padre se n'era andato per uno dei suoi viaggi di lavoro – una delle tante occasioni in cui mia madre sembrava in un certo senso sospendere le proprie funzioni vitali. Nessuna attività era concessa fino al suo ritorno.

Il nostro albergo era uno tra tanti di una lunga fila ed io avevo guardato con invidia gruppi di ragazzini della mia età giocare nei cortili di quelli dall'aria più moderna. Così accettai il consiglio di mia madre e andai in spiaggia a prendere il materassino che avevo lasciato nella cabina. L'hotel le affittava ai clienti per andarsi a cambiare e la nostra era l'ultima della fila. Sapevo che quella accanto apparteneva all'unica famiglia con bambini che soggiornava nel nostro stesso albergo – o meglio, nella casa di riposo che i miei volevano fare passare per un hotel. Avevo visto una mamma con una bambina della mia età, sedute a un tavolo vicino al nostro nel ristorante dell'albergo, ma non avevo mai trovato un pretesto per rivolgerle la parola. Sapevo che si chiamava Carla, per l'abitudine fastidiosa che la madre aveva di urlare il suo nome in ogni momento. Se metteva troppo sale sul piatto, gridava "Carla!", stessa cosa se la figlia chiedeva al cameriere di portarle una seconda porzione di qualcosa. Carla, d'altro canto, era una bambina dall'aria depressa, con il naso lentigginoso e i capelli corti, castani. Nel complesso non era il mio tipo.

Le cabine erano fatte con assi di legno grezzo, dipinte di bianco e blu; sembrava che un carpentiere poco meticoloso le avesse tirate su in fretta e furia. Non appena entrai nella nostra, un gioco di luce proveniente da quella a fianco mostrò una fessura in una delle tavole della parete comunicante. D'istinto avvicinai un occhio e mi prese un colpo quando vidi che dentro c'era Carla che si stava spogliando. Si era tolta la maglietta, scoprendo un piccolo seno rotondo. La fissai ipnotizzato muoversi lentamente per togliersi la gonna e gli slip e poi infilarsi il costume intero al rallentatore con fare seducente. Dopodiché uscì ed io mi sedetti in affanno su una delle panchine di legno della cabina, in attesa che la mia eccitazione si placasse e la protuberanza sotto il costume sparisse. Ci volle un po', ma non appena fu sicuro uscire, corsi al bagnasciuga. Vidi Carla seduta nell'acqua bassa e feci cadere il materassino al suo fianco.

"Ehi!" protestò. "Mi stai schizzando."

"Che vuoi che sia," dissi, ignorando le sue lamentele. "Stai all'hotel, vero?"

"Sì. Anche tu, insieme al bambino piccolo."

"È mio fratello," risposi, contento che la conversazione procedesse. "Ti va di galleggiare insieme a me sul materassino?"

"Ma non troppo al largo, okay? Ho paura dell'acqua alta."

"Va bene, attaccati al tuo lato, io prendo il mio. Così ci bilanciamo."

Stretti al materassino, ci avventurammo verso il mare, finché Carla non m'implorò di tornare indietro. Virai lentamente, cercando di controllare un'erezione che era stata il semplice riflesso di un tocco accidentale della sua mano sul mio braccio, sommato al ricordo improvviso del suo involontario spogliarello. Quando arrivammo sull'acqua bassa, mi sedetti sulla sabbia bagnata tenendo il materassino sopra la vita e pregando che il freddo mettesse fine al mio imbarazzo. Non avevo mai avuto una reazione così incontrollabile prima di allora e non sapevo come gestirla.

"Ehi, ti piace giocare a carte?" domandò.

Mi accorsi che adorava dire 'ehi'.

"Dipende..." risposi.

"Ne ho un mazzo in camera. Vuoi venire a giocare con me dopo cena?"

"Non devi andare a letto presto?"

"Sì, ma non stasera. Non ho voglia. Mia madre va sempre a dormire presto. Dopo cena puoi venire e t'insegno un gioco nuovo. Che ne dici?"

"Forse," risposi.

In realtà non sapevo cosa avesse in mente, o se volessi assecondare qualsiasi suo desiderio. Per invitarmi in quel modo, era chiaro che le piacevo. Io non provavo attrazione nei suoi confronti – niente a che vedere con quella verso Alessandra durante le prove del coro. Ma ero stuzzicato al pensiero che non sapesse che l'avevo vista nuda, ed era come se per questo motivo avessi una sorta di potere su di lei. Giocherellai con l'idea di accennarle qualcosa e girai la testa per nascondere un sorriso.

"Ti aspetto," insistette.

"Oh, va bene, ma non starmi addosso."

"Ma vieni, okay?"

Senza aspettare una risposta, Carla uscì dall'acqua e corse a piedi nudi sulla sabbia diretta all'hotel.

Subito dopo cena, la madre di Carla la mandò a letto e poi, per la prima volta dal nostro arrivo, si sedette in veranda vicino a noi e si mise a fare conversazione con la mia. Immagino fosse altrettanto annoiata. Neanche suo marito, se ne aveva uno, era lì presente e la solitudine dell'atrio semideserto, quasi in totale silenzio dopo che gli anziani si erano dileguati da qualche altra parte a digerire la cena, doveva essere stata troppo anche per lei. Ad ogni modo, era bastata per farla uscire dalla protezione del suo abituale riserbo. Iniziavo ad avere gli occhi pesanti, così mi misi in piedi accanto a loro, nel tentativo di catturare la loro attenzione, finché mia madre interruppe le sue chiacchiere per chiedermi cosa volessi.

"Mamma, vado a letto."

"Sì, sì, vai," disse senza neanche guardarmi.

Fu una fortuna che mio padre fosse dovuto tornare a Milano. Durante i primi due giorni di mare si era sforzato di trascorrere insieme un po' di 'tempo di qualità', che per lui significava stringermi in un angolo del balcone, lontano da tutti, per propinarmi lunghi e contorti monologhi volti a glorificare lui, le sue numerose qualità e ogni successo che in quell'occasione si premurò di descrivermi in minimi e noiosissimi dettagli.

Non appena bussai alla sua porta, Carla aprì e mi fece cenno di entrare.

"Puoi sederti sul letto," disse.

Prese un mazzo di carte dal cassetto del suo comodino.

"Dobbiamo fare piano, perché la mamma ha la camera accanto alla mia e se ti trova qui saranno guai."

"Non voglio problemi," dissi.

La madre di Carla m'incuteva un certo timore quando non era arrabbiata, figuriamoci se avrei voluto affrontarla quando lo era, soprattutto con la coscienza sporca. Valutai che non poteva sapere che avevo sbirciato sua figlia nella cabina, ma ero inquieto, perché sapevo che essere da solo con lei di notte nella sua stanza sarebbe sembrato qualcosa di losco.

"Perché non lo facciamo domani mattina?" proposi.

Un velo di tristezza comparve improvvisamente sul suo volto.

"Domani andiamo via," disse.

Ecco, i miei piani erano andati in fumo. Avevo sperato in qualche altra sbirciatina, per alleviare la noia di quel posto, ma non ce ne sarebbero state altre e avevo ancora una settimana da passare in quel mortorio, tutto da solo. A quel punto trovai di poca utilità passare del tempo insieme e iniziai a spremermi il cervello in cerca di una scusa valida per andarmene, mentre Carla scozzava entusiasta il suo mazzo di carte. Un colpo deciso alla porta, seguito dalle parole "Carla, apri!", bloccò sia lei che i miei sforzi mentali.

"Svelto," sussurrò Carla. "Nasconditi nell'armadio."

Fu la cosa più stupida che avessi mai fatto, ma preso dal panico lasciai che mi spingesse dentro l'armadio e mi chiudesse le ante in faccia. Era buio, mancava l'aria e dopo dieci secondi conclusi che sarei morto soffocato tra un cumulo di abiti da ragazza. Tuttavia, dieci secondi bastarono alla madre di Carla per riaprire l'armadio e dirmi con un sibilo, "Esci." I suoi occhi erano glaciali e del tutto privi di compassione.

"Signora, non stavamo facendo niente di male," dissi in tono di scuse, anche se non mi aspettavo che s'intenerisse, e fu una fortuna perché non lo fece affatto.

"Zitto e fuori di qui," rispose. "Lo dirò a tua madre."

Mi spaventò la voce sommessa con cui me lo disse. Avrei preferito che mi urlasse contro e invece troneggiava sopra di me con il dito puntato verso la porta. Detti un'occhiata furtiva a Carla. Era in piedi, in silenzio e con gli occhi rivolti a terra. Aveva un'aria calma e rassegnata, come se non fosse stata la prima volta che succedeva una cosa del genere. Non ricambiò il mio sguardo.

Tornato in camera, imparai una delle mie prime lezioni sulle ragazze: desidera solo ciò che puoi ottenere. Quando mi sedetti sul letto, sentii crescere il desiderio di avere Carla lì con me – un desiderio amorfo e immaturo, ma non per questo meno doloroso. Fui sopraffatto da un forte senso di smarrimento e quella mia inaspettata capacità di provare emozioni nuove e strane in circostanze così bizzarre mi spaventò.

Aspettai seduto sul letto che la porta si aprisse, foriera di una meritata punizione. Il tempo passò e nessuno tirò la maniglia, così mi addormentai senza spogliarmi, sfinito per la tensione.

Quando la mattina seguente mi alzai per fare colazione, Carla e sua madre se n'erano andate. Mia madre non accennò mai all'incidente e non ricevetti nessuna punizione. Dopo tutti questi anni mi chiedo ancora se sapesse o no della mia condotta disdicevole. Mi domando anche cosa portò la madre di Carla a non dare in escandescenze. Forse perché, in precedenza, la figlia si era comportata in maniera 'sconveniente' con altri ragazzi? In quel caso, sapeva che l'avevo guardata spogliarsi dentro la cabina? Possibile che stesse giocando con me? So che sono domande del tutto prive d'importanza, di certo non il genere che una persona sana di mente si chiederebbe nel proprio letto di morte. Tuttavia, mi do il tormento sapendo che non troveranno mai risposta.

CAPITOLO 13

Da quanto mi ricordo, ho sempre cercato di guardare il lato positivo delle cose anche dove non ce n'era uno, sapendo che sarebbe stata la mia ancora di salvezza per non impazzire. L'officina meccanica del Sant'Anna fu *il* lato positivo. La scuola operava sul presupposto che noi, i suoi studenti, eravamo cause perse ed era improbabile che avremmo raggiunto alcun tipo di posizione di rilievo nella vita. Di conseguenza, oltre ai normali studi, dovevamo frequentare corsi pratici in modo che quando ci avrebbero sbattuto fuori, saremmo almeno stati in grado di guadagnarci da vivere con un lavoro modesto. Potevamo scegliere tra falegnameria e meccanica, e vista la mia allergia alla segatura, mi restava poca scelta. Inoltre le auto mi erano sempre piaciute e mi divertivo a lavorarci per capire come funzionavano.

Non crediate che la pratica avesse solo uno scopo educativo. Penso che, in realtà, i Fasulo avessero ideato un piano intelligente per fare più soldi grazie a noi. Il lavoro di falegnameria, per quanto artigianale, produceva tavoli e altri oggetti d'arredo che la scuola metteva in vendita, a detta loro per fornire il laboratorio di apparecchiature. Nell'officina in cui ero io, invece, aggiustavamo piccoli guasti meccanici e facevamo lavori di manutenzione, come sostituzioni dei filtri e cambi dell'olio, principalmente per gente dalla campagna, che vedeva un'alternativa economica ai prezzi eccessivi dei meccanici in città. Non m'importava che la scuola guadagnasse sulle mie spalle; mi divertivo a lavorare su auto diverse, così cercai di farmi assegnare non solo autovetture, e mi offrii volontario per trattori e altri mezzi pesanti. In qualche modo, lavorare nell'officina mi aiutava a scacciare via i pensieri e a volte, con mio stupore, arrivavo a fine giornata felice.

Insieme al lavoro manuale, in cui c'impegnavamo sotto la supervisione di tre meccanici esperti, avevamo le lezioni teoriche del nostro insegnante, il signor Paolini, che, oltre al suo dormitorio e agli obblighi generali, gestiva l'officina. Era il tipo di persona per bene, orgogliosa del proprio mestiere, e dato che ero sempre più entusiasta di quel lavoro, tra di noi iniziò a instaurarsi un legame invisibile ma forte.

"Sei bravo con le mani," mi disse un giorno, annuendo in segno di apprezzamento dopo che mi aveva visto cambiare una guarnizione recalcitrante. "Se t'impegni sul serio puoi diventare un bravo meccanico."

"Mi piace questo lavoro. Molto. Prima non avevo mai fatto niente del genere e la sensazione che hai quando assembli tutti i pezzi e il motore va senza problemi..."

"Lo so, lo so. Vedo che hai passione. Continua così."

Non ci volle molto prima che il signor Paolini mi desse il permesso di fare da solo lavori più complessi. Passavo in officina tutto il mio tempo libero, a studiare vecchi manuali unti d'olio e a smontare e rimontare parti di motore. Erano le mie sole ore di pace e gli unici momenti in cui riuscivo di nuovo a sorridere.

Un giorno, dopo le lezioni, mi trattenni per pulire e mettere a posto gli attrezzi. Ero così preso dal mio lavoro che non mi accorsi che il signor Paolini non se n'era andato e che mi stava guardando, finché non parlò.

"Lucci," gridò, facendomi trasalire dalla mia solitaria concentrazione.

"Signor Paolini..." dissi, cercando di capire se avevo fatto qualcosa di sbagliato. Si avvicinò a si sedette sul fianco di un piccolo trattore che giaceva accanto a me parzialmente smantellato. Senza dire una parola, tirò fuori un pacchetto di sigarette dal taschino della camicia e me ne offrì una. Quel gesto mi sorprese – una confidenza mai vista prima al Sant'Anna – e dopo un momento di esitazione, feci un passo avanti e la presi.

"È vietato fumare in officina," osservai, come se ce ne fosse stato bisogno.

Scrollò le spalle. "Siamo oltre l'orario di chiusura," disse, dando fuoco a un fiammifero per accendere prima la mia sigaretta e poi la sua. Fumammo in silenzio per un minuto prima che parlasse di nuovo.

"Allora, Lucci, come va?" domandò in tono amichevole.

"È tutto a posto," risposi guardingo.

"Non intendevo questo. Volevo sapere com'è che un ragazzo simpatico come te è finito in un posto come questo."

Fu come se avesse rotto gli argini. Avevo così tanto bisogno di qualcuno con cui confidarmi, qualcuno maturo, una figura paterna, che cominciai a parlare come un fiume in piena, senza tralasciare niente. Gli raccontai della mia famiglia, della mia ragazza, dei miei guai con la legge, tutto quanto. Stette ad ascoltare senza cercare di fermarmi e senza fare domande. Mi offrì altre sigarette, non so quante perché me ne stetti lì a farneticare per parecchio tempo. In alcuni momenti gli occhi mi si gonfiarono di lacrime e dovetti smettere di parlare per asciugarli. In quei casi, il signor Paolini trovava sempre qualcosa con cui tenersi occupato – una sigaretta, un laccio delle scarpe – fingendo di non accorgersi della mia commozione. Gli ho voluto bene per questo.

Quando finii di raccontare tutto quello che avevo dentro, mi scrutò con la sua solita espressione seria. "È dura, ma ne verrai fuori," commentò. "Sei forte, perciò non mi preoccupo, ma se avessi bisogno di parlare, vieni da me, okay?"

Lo disse timidamente, ma le sue parole sembrarono sincere. Deglutii e annuii, troppo grato per parlare. Il signor Paolini si alzò in piedi dal trattore e fece per uscire, ma alla porta si fermò come se avesse avuto un ripensamento. "Non dire a nessuno che hai fumato qui," disse con un sorriso e se ne andò.

Mi sentii meglio e più leggero. Gliene fui riconoscente. Molto riconoscente.

Finalmente arrivò la Pasqua. Il preside ci riunì in aula magna la domenica mattina durante la quaresima, per comunicarci che la scuola sarebbe rimasta chiusa per la settimana Santa. Le nostre famiglie erano state avvisate che il giovedì seguente avremmo dovuto lasciare l'istituto e che saremmo stati a casa dal venerdì. Il cuore iniziò a battermi all'impazzata al pensiero che presto sarei tornato a Milano, anche se solo per pochi giorni. Non volevo ammetterlo a me stesso, ma era rinata la speranza che il danno potesse essere stato riparato. Valutai che i miei genitori avevano sicuramente sentito la mia mancanza e che avrebbero colto l'opportunità di riportarmi in famiglia. Mi aspettavo lunghe ramanzine da mio padre, inframezzate da interminabili lezioni sulla mia mancanza di virtù, ricche di confronti con il suo comportamento e la sua coscienza immacolata quando aveva la mia stessa età, ma ero pronto a sopportare qualsiasi cosa pur di non tornare al Sant'Anna.

Durante la settimana riuscii a malapena a dormire, tanta era l'eccitazione. Preparai delle scuse per il mio comportamento imperdonabile, arrivando persino a buttare giù un discorso. Ripassai nella mente la scena durante la quale avrei raccontato di quei terribili giorni al Sant'Anna ai miei genitori; sarebbero scoppiati a piangere e avrebbero giurato di non rispedirmi mai più in quel posto orribile.

Restava ancora una questione irrisolta: Alessandra. Non credo ci fosse qualcosa che desiderassi di più al mondo che vederla, ma le sue lettere non arrivavano più e non sapevo come avrebbe reagito se ci fossimo incontrati. Non volevo pensare alla possibilità che avesse un nuovo ragazzo. Immaginarla con qualcun altro era troppo doloroso e preferivo restare nell'incertezza piuttosto che sapere che apparteneva a un'altra persona. Ma non avevo scelta; stavo troppo male.

Decisi di scriverle per avvisarla che sarei tornato a casa per Pasqua e che dovevo vederla. Fu una lettera magistralmente composta, in cui, ancora una volta, espressi tutto l'amore che provavo per lei. Le dissi esplicitamente che la desideravo più dell'aria che respiravo, che era stata costantemente nella mia mente e che pensare a lei mi aveva fatto andare avanti durante quelle settimane di separazione. Le lasciai intendere che avevo capito che una sorta di force majeure non le aveva permesso di scrivermi, o che forse le mie o le sue lettere erano state intercettate. Feci tutto il possibile affinché capisse che non avevo da recriminarle e che non mi doveva spiegazioni né scuse.

Infilai la lettera nella grossa cassetta postale rugginosa accanto all'entrata, accompagnandola con tacite parole d'incoraggiamento, come si farebbe per augurare buona fortuna a un ambasciatore in partenza per una difficile missione diplomatica. Poi spensi il cervello per evitare di sovraccaricarlo di aspettative per il venerdì seguente.

"Lucci!" La chiamata che avevo tanto aspettato finalmente arrivò dall'entrata del dormitorio. Mi alzai di corsa dal letto, raccolsi lo zaino in cui avevo messo alcune cose che non volevo lasciare e mi affrettai verso la porta. "In segreteria," mi disse il signor Paolini con voce quasi impercettibile quando varcai la soglia, lanciandomi un'occhiata strana. Non sapevo cosa pensare, ma a volte capitava che si comportasse in modo strano senza alcun motivo apparente, perciò minimizzai la cosa e me ne andai.

Affrettai il passo, incapace di contenere ansia e aspettative. Come mi sarei dovuto comportare se erano venuti tutti e due i miei genitori? E come se si era presentato solo mio padre? Probabilmente mia madre era venuta con l'autista che a volte mio padre assumeva per portarla fuori città. Forse era ancora troppo arrabbiato con me per venire a prendermi di persona. D'altro canto, se fosse venuto insieme a mia madre, cercava forse una rappacificazione? Il corridoio sembrava non finire mai.

Quello che veniva chiamato con il nome altisonante di 'Segreteria' altro non era che una minuscola anticamera che separava una piccola zona tra il corridoio e l'ufficio del preside, dove a volte sedeva una segretaria dall'aria tronfia e infastidita. Quando spinsi la porta, il cuore mi batteva forte, mentre cresceva sempre più l'imbarazzo per l'imminente ricongiungimento.

Avrei potuto risparmiarmi l'agitazione; la persona nella stanza non era mio padre.

"Zio Dan..." sussurrai sorpreso. Era un anno ormai che non lo vedevo e non riuscivo a capire cosa ci facesse lì. Dopotutto era lo zio di mia madre, non il mio, ma era più grande di lei solo di un paio di anni, così lo chiamava 'Dan' e io 'zio'; 'prozio' era troppo pomposo. Viveva a Roma ma passava sempre più o meno una settimana delle vacanze estive da noi, e una volta ero stato due notti a casa sua.

"Roberto... come stai?"

Eravamo lì in piedi, a due passi l'uno dall'altro, entrambi bloccati per l'imbarazzo. Gli uomini della nostra famiglia non si abbracciavano o manifestavano altre forme di affetto. Non solo. Anche se nessuno aveva mai detto niente a riguardo, mostrare confidenza era considerato vile e inappropriato. Non so dirvi come mio padre riuscisse a instillare in noi questa e altre regole alzando semplicemente le sopracciglia e guardandoci storto in diverse occasioni, ma non c'era alcun dubbio che almeno in quell'inglorioso aspetto della nostra educazione avesse avuto successo.

"Dove sono i miei genitori?"

"Pensavano... Mi hanno chiesto di venire al posto loro."

"Sei da noi per Pasqua?"

"Roberto," disse, facendo un passo avanti e afferrandomi il braccio. Lo guardai in faccia e la sua espressione compassionevole mi disse la verità.

"Non vado a casa, vero? Mi lasceranno qui, dico bene?"

"Certo che no! Non ti lascerebbero neanche fosse possibile. Ti porto a Roma con me. Vieni, c'è un taxi fuori che ci aspetta per accompagnarci alla stazione. Il treno parte tra un'ora."

"Perché non vado a casa? Perché non posso tornare a Milano?"

Le parole mi andarono di traverso e non riuscii più a trattenere le lacrime che avevano preso il posto della mia felicità alla prospettiva di ricongiungermi con la mia famiglia. Zio Dan mi mise un braccio intorno alle spalle e a voce bassa disse, poco convinto, "I tuoi genitori pensano che sia meglio tu stia lontano ancora per un po'. Credo sia più difficile per loro che per te, ma lo stanno facendo per il tuo bene. Si sono consultati con uno psicologo, con più di uno, e sono tutti concordi che serve un periodo di separazione per rimettere a posto le cose. Quindi, per quanto siano tristi di non poterti vedere, hanno deciso di seguire i loro consigli."

"Perciò sono l'unico che non hanno interpellato," dissi tagliente, e vidi la pena nei suoi occhi.

"Non è così male stare con me. Vedrai, insieme ci divertiremo, ed io sono felice di ospitarti."

Apprezzai il suo tentativo di ravvivare l'atmosfera, ma non funzionò. Raccolsi lo zaino e uscii con passo pesante. Per certi versi mi sentii sollevato; mi stavo lasciando il Sant'Anna alle spalle, anche se solo per qualche giorno. Niente di che, ma era pur sempre qualcosa. Zio Dan mi seguì in silenzio ed entrammo insieme nel taxi che ci stava aspettando fuori.

In treno mi sedetti con aria imbronciata accanto al finestrino del nostro scompartimento di seconda classe, rimuginando sulla situazione in cui mi trovavo e cercando di trovarne il lato positivo, ma questa volta non c'era. Zio Dan sfuggì alla mia opprimente compagnia russando la maggior parte delle sei ore di viaggio. Io non riuscii a dormire, impressionato dal paesaggio che correva davanti ai miei occhi, conscio della libertà che tutto il mondo là fuori poteva godersi e che a me, invece, veniva negata.

CAPITOLO 14

Zio Dan era una brava persona, buona e gentile. Viveva da solo e noi eravamo la sua unica famiglia. Una volta era stato sposato, ma sua moglie non era tornata abbastanza in fretta a casa con il caffè e lo zucchero che gli aveva comprato al mercato nero; il coprifuoco tedesco del '44 l'aveva colta di sorpresa per strada e una ronda di passaggio le aveva sparato. Avevo sentito mia madre raccontare delle storie sul suo conto e mi aveva dato l'impressione che fosse stata una persona gentile ma con la testa tra le nuvole. Era fissata per le buone maniere e tutti l'adoravano, ma la sua gentilezza non fece colpo sui nazisti. La gente che aveva assistito all'incidente da dietro le finestre chiuse aveva detto che quando morì sembrò sorpresa per la scorrettezza dei tedeschi. Zio Dan non ne parlava mai e l'unica volta in cui mi raccontò quella storia, capii che dava la colpa a se stesso per quanto era accaduto. Per questo era un uomo triste e poco divertente, ma penso che mi spalleggiasse e che disapprovasse quanto stava accadendo nella mia famiglia; senza tradire la fiducia dei miei genitori, fece del suo meglio perché passassi sopra a quello che mi stavano facendo passare.

Quando arrivammo al suo appartamento era sera ed io avevo solo una cosa per la mente: chiamare Alessandra prima che l'ora si facesse troppo tarda.

"Zio, posso fare una telefonata?"

"Non chiami i tuoi, vero?"

"No, ho soltanto bisogno di parlare con un'amica. È importante..."

"Fai pure. Il telefono è accanto alla porta d'ingresso. Devi digitare 02 prima del numero..." Lo sapevo, diamine, e anche lui, ma cercava di dimostrarmi che era dalla mia parte rendendosi utile, e lo apprezzai. A volte piccoli gesti come quello valgono molto di più di una promessa.

Il breve corridoio all'ingresso era nella semioscurità; un'atmosfera che trovai rassicurante. Mi dava la sensazione di essere più protetto e pronto per una conversazione intima. Alzai il ricevitore e digitai il numero che conoscevo a memoria. Dall'altro capo, cinque, dieci, quindici squilli si trasformarono nel tu-tu-tu della linea staccata che temevo. Rifeci il numero e lo lasciai squillare finché non dovetti accettare il fatto che non avrebbe risposto nessuno.

Cercai nella mia mente il numero di Alice; era passato molto tempo dall'ultima volta che l'avevo chiamata, ma per non so quale miracolo – o forse perché era la mia ultima speranza e il cervello aveva fatto appello a tutte le sue risorse – riuscii a recuperarlo da un cassetto della memoria. Al terzo squillo, Alice rispose.

"Pronto?"

"Alice, sono Roberto. Ho bisogno... Come stai?" le chiesi con tardiva cortesia.

"Roberto?" Sembrò più sorpresa del previsto, quasi come se fossi tornato dall'aldilà.

"Sì. Senti, ho bisogno di chiederti una cosa. Ho provato a chiamare Alessandra ma a casa sua non risponde nessuno. Sai dove posso trovarla?"

"Sono andati via per le vacanze di Pasqua."

"Puoi darmi il numero di dov'è adesso?"

"Non lo so. Mi dispiace."

Mi sembrò evasiva e non le credetti. Era la sua migliore amica e Alessandra non sarebbe mai partita senza dirle dove andava o senza darle modo di mettersi in contatto con lei.

"Ho bisogno di parlarle. Ti prego..." Non m'importò più di sembrare supplichevole. Ormai ero disperato.

"Ascolta, dovresti lasciarla in pace. Le hai già causato abbastanza problemi."

"Non ho fatto niente," protestai. Francamente non capivo cosa volesse dire.

"Se proprio lo vuoi sapere, quando i suoi genitori hanno scoperto che stavate insieme, dopo quello che avevi fatto, con la polizia e tutto il resto, le hanno reso la vita un inferno." Avvertii del rancore nella sua voce, come se fossi stato padrone di ciò che era accaduto in mia assenza.

"Ma com'è successo? Pensavo non sapessero niente."

"Sua madre ha trovato una delle tue lettere e ha chiamato tuo padre, che le ha raccontato tutto. E quando hai scritto che saresti tornato per Pasqua, l'hanno portata via per tenerla lontano da te. È colpa tua se è infelice. Se per te significa qualcosa, lasciala in pace. Adesso devo andare."

Entrai nel panico. Alice era l'ultimo anello di collegamento con Alessandra e dovevo ottenere il suo aiuto. "Aspetta un attimo! So che tieni a lei e sai che vorrebbe tu mi aiutassi. Ho bisogno che tu le dica che ho chiamato e che la amo. Lo farai per me, ti prego?"

"A essere sincera, no, non lo farò. Mi preoccupo per lei e penso davvero che dovresti lasciarla stare. Adesso devo andare," disse e riattaccò prima che potessi protestare.

I miei piedi si rifiutarono di continuare a sorreggermi e crollai a terra con il ricevitore ancora in mano. Era come se il mondo intero si fosse rivolto contro di me ed io fossi rimasto senza neanche un amico su cui contare. Trovai un po' di consolazione al pensiero che Alessandra non avesse smesso di scrivermi perché non le importava e che molto probabilmente la corrispondenza era stata bloccata da sua madre. Ma in realtà era come se fossimo su due pianeti differenti, tante erano scarse le probabilità che avevo di vederla o di parlarle nell'immediato futuro.

Non so per quanto tempo rimasi seduto sul pavimento, nella semioscurità, avvilito e sul punto di piangere, ma quando la voce di mio zio mi chiamò dalla cucina, capii che dovevo ricompormi e voltare pagina. Ora avevo solo me stesso su cui contare e non potevo concedermi il lusso di gettarmi nell'autocommiserazione.

Dopo una cena fredda, che consumammo in silenzio sul tavolino di formica della cucina, mi buttai esausto sul letto della piccola stanza che zio Dan mi aveva preparato. Mi addormentai quasi subito e dormii finché non fui svegliato dalla prima luce del mattino che filtrava dalle tende leggere. Mi sentii stranamente riposato nel ritrovarmi nel bilocale dello zio Dan. Rimasi disteso supino con gli occhi aperti, la testa sgombra e il corpo rilassato. Non mi svegliavo così da molto tempo e mi godetti quella sensazione, evitando di fare qualsiasi movimento per paura che mi sfuggisse. Dopo un po', il rumore dei piatti dalla cucina mi avvertì che avevo un buco nello stomaco; la sera prima avevo cenato poco e di malavoglia.

Mi alzai e attraversai il corridoio per lavarmi i denti nel bagno gelido e dopo aver rimesso lo spazzolino e il dentifricio nello zaino, andai in cucina. Zio Dan maneggiava una padella e un profumo invitante di uova e caffè raggiunse le mie narici. Sulla sedia dove mi ero seduto a tavola la sera prima c'era un enorme uovo di Pasqua, avvolto in una carta da pacchi blu e argento tenuta insieme da un bellissimo nastro dorato.

Sentendomi arrivare, zio Dan sorrise. "È per te, in caso tu te lo stessi chiedendo," disse.

Sentii gli occhi riempirsi di lacrime. Avevo dimenticato che sensazione si prova quando le persone si preoccupano per te e pensano a piccoli gesti d'affetto per renderti felice, e lo stupido uovo che zio Dan mi aveva comprato aveva riportato di colpo tutto a galla. Senza dire una parola, andai verso di lui e lo abbracciai. Fu bello infrangere le regole, quelle stupide regole che sembravano addirittura più opprimenti perché mai dette.

Ci sedemmo lì in cucina a mangiare uova fritte e cioccolato e in più di un'occasione mi ritrovai a sorridere. Me ne resi conto quando vidi che lo fece anche zio Dan.

I miei dieci giorni con lo zio passarono in un lampo. Trascorse la maggior parte del tempo al lavoro – vendeva tessuti pregiati alle sartorie e al dettaglio in un negozietto con un enorme seminterrato nel centro di Roma. Non era ricco ma l'attività andava bene e gli consentiva di mettere da parte qualche risparmio. Viveva una vita spartana, si teneva religiosamente alla larga dal divertimento, quasi come una punizione autoinflitta, trascorrendo la maggior parte del tempo a lavorare. Il primo giorno della settimana andai con lui in negozio, pronto per aiutarlo, ma dopo un paio d'ore mi prese in disparte dandomi dei soldi. "Vai a divertirti", disse abbastanza serio. "Ci sono così tante cose da fare ora in città che è un peccato stare qui dentro."

"Sto bene così, zio," protestai poco convinto. "Non mi dispiace aiutarti."

"Non prenderla male, ma non mi sei di grande aiuto. Va' e divertiti!"

Così vagai per le strade di Roma, riempiendomi gli occhi con i colori dei mercati, mangiando dolciumi e fermandomi ad ascoltare ogni musicista di strada in cui m'imbattevo. Una volta detti anche una delle monete del mio piccolo tesoro a un anziano signore che suonava il violino producendo un terribile stridio. La custodia dello strumento giaceva aperta e vuota ai suoi piedi e immaginai che nessuno gli avrebbe dato dei soldi per la sua musica se non fossi stato io il primo a farlo.

Ma come ogni cosa bella finisce, anche la mia vacanza giunse al termine. Il lunedì mattina zio Dan mi mise sul treno, contando sulla mia promessa solenne di andare dritto al Sant'Anna. Dopo che mi vide sistemato e al sicuro in una carrozza di seconda classe e che ebbe controllato gli altri passeggeri per assicurarsi che tra di loro non ci fossero personaggi sospetti, si mise dritto di fronte a me e disse per l'ultima volta, guardandomi serio, "Verrò con te per tutto il tragitto se non mi prometti che farai il bravo ragazzo e che ti presenterai a scuola in tempo."

"Non creerò problemi, zio," dissi convinto. Non l'avrei deluso per niente al mondo.

"Bene. Non dimenticarlo. Sei sotto la mia responsabilità."

"Non lo farò. E, zio..." esitai.

"Sì?"

"Grazie di tutto."

"Dovrei essere io a ringraziarti. È stato bello averti qui. Avevo dimenticato quanto è piacevole avere compagnia. Prenditi cura di te," concluse. Mi dette altri soldi, poi scese dal treno e rimase sulla banchina finché la carrozza non iniziò a muoversi. Si tolse il cappello e lo usò per salutarmi. Premetti la faccia sul finestrino, ricambiando il saluto e deglutendo velocemente per evitare di piangere.

CAPITOLO 15

Con mio stupore, gli ultimi mesi di quell'anno scolastico arrivarono e passarono velocemente, come se a viverli fosse stato qualcun altro. Tornai da Roma che ero una persona diversa; ero cresciuto in un modo che mi è difficile spiegare. Divenni più calmo e me ne stavo sulle mie. Mi dedicai allo studio il minimo necessario perché mi lasciassero in pace, prendendo una serie di sufficienze che non richiesero mai un colloquio con il preside, né per una ramanzina né per un elogio. L'unica eccezione fu l'officina, dove ero sempre il primo della classe.

L'inizio di luglio vide il dormitorio svuotarsi lentamente poiché i ragazzi venivano portati a casa dalle rispettive famiglie dopo gli esami finali. Il mio compleanno arrivò e passò inosservato da tutti, e benché fossi preparato, non riuscii a non essere malinconico quando quel giorno non arrivarono lettere o pacchi a mio nome, neppure da zio Dan. Quando agosto arrivò, il nostro dormitorio era deserto, a parte me e Giannini, un ragazzino di Napoli dalla pelle scura che ci divertivamo a prendere in giro per l'accento buffo con cui parlava. E ovviamente, c'era il signor Paolini, il cui unico compito in quel periodo dell'anno era di controllare noi due. Visto che la scuola era finita, avevo molto tempo libero da passare in officina. In alternativa ammazzavo le ore a leggere e a giocare al pallone tutto solo in cortile.

"Giannini, perché non vieni a giocare a calcio con me?" gli chiesi un giorno mentre stavo per uscire. Era seduto sul letto, all'altro capo del dormitorio, con il solito broncio.

"Non ti rompe essere ancora qui?" mi domandò in tono sommesso. "Sai che il Sant'Anna chiuderà tra due settimane e

. 125 .

siamo gli unici rimasti? Ho chiesto al signor Paolini cosa succede se nessuno viene a prendermi, ma non me l'ha voluto dire."

"Non me ne preoccuperei. Sono sicuro che verranno presto. Non possono lasciarti qui. Comunque, cerca di non pensarci. Lo so che è una rottura, ma a che ti serve startene lì seduto tutto il giorno da solo?"

"Per te è facile dire così," rispose, guardandosi le punte delle scarpe. Le suole ben in vista erano consumate, con un buco visibile al centro di quella destra. I suoi vestiti sembravano sempre vecchi e usurati, a volte avevano toppe e rammendi mal nascosti.

Non sapevo perché fosse convinto che me la passassi meglio di lui, e la sua autocommiserazione mi dava sui nervi. Essere tra gli ultimi ad andare via per le vacanze era dura, ma sapevo che dovevano venire a prendermi prima che la scuola chiudesse, così cercai di essere paziente.

"Be', fa' come ti pare. Io vado fuori. Ne ho abbastanza di starmene qui seduto a scaldarmi le chiappe."

Un giorno dopo questa conversazione, il signor Paolini entrò nel dormitorio e mi fece cenno di avvicinarmi. "Lucci, domani i tuoi genitori verranno a prenderti. Prepara le tue cose."

"Signor Paolini?" arrivò la domanda sospesa di Giannini.

Il signor Paolini scrollò il capo. "Mi dispiace," disse, "non abbiamo ancora sentito la tua famiglia, ma sono sicuro che avremo presto notizie."

Giannini chinò la testa e non disse niente.

La mattina seguente, mi alzai e svuotai l'armadietto per fare le valigie, pronto a restituire il lucchetto al signor Paolini. Cercai di fare meno rumore possibile ed evitai di guardare verso Giannini. Lo vidi con la coda dell'occhio, seduto come sempre sul suo letto, la testa piegata in avanti. Dondolava lentamente, come un fantino su un cavallo al trotto.

Venni convocato all'ingresso poco dopo le dieci di mattina e uscii dal dormitorio senza salutare Giannini. Non volevo girare il coltello nella piaga. Camminai lentamente, trascinandomi dietro le valigie. A metà corridoio, il signor Paolini mi raggiunse e mi prese una delle borse senza dire niente.

Mio padre aspettava alla porta e quando lo vidi, le pulsazioni accelerarono, ma non per la gioia. Avevo imparato ad aspettarmi tutto da lui e non avrei escluso che mi dicesse che non sarei andato a casa, ma che mi spediva da qualche altra parte. Questa volta, tuttavia, le mie paure non si materializzarono.

"Ciao, Roberto," disse, con voce fredda. "Ho saputo dal tuo professore che vai bene, soprattutto nell'officina. Hai sempre avuto un dono per i lavori manuali."

Non gli dissi che stava dicendo sciocchezze. Non avevo mai fatto alcun tipo di lavoro manuale in precedenza, e questa era la prima volta che sentiva parlare del mio talento. Ma non ero in cerca di problemi, così dissi semplicemente, "Sì, padre."

"Vieni, tua madre e tuo fratello muoiono dalla voglia di vederti. Questa volta abbiamo preso due stanze vista mare. Ti piacerà."

Rivolto al signor Paolini, dissi educatamente, "Arrivederci, professore. Buone vacanze."

Mi mise una mano sulla spalla e la strinse leggermente, in un caloroso gesto di amicizia. "Anche a te," rispose bonariamente e si allontanò, inghiottito di nuovo dall'oscurità del corridoio. Mio padre non mi aveva sfiorato e dopo il saluto del signor Paolini, mi sarebbe sembrato meschino se ci avesse provato.

In auto stetti seduto al suo fianco in silenzio. Non ero in vena di chiacchiere e, oltretutto, non avevo niente da dire. Guidò senza parlare e fu per me una soddisfazione notare che anche lui sembrava in imbarazzo. Lungo la strada cercò per due volte di fare conversazione, ma io non fiatai e feci finta di addormentarmi per scoraggiare qualsiasi altro tentativo. Tre ore dopo fermò l'auto fuori dall'hotel, che come me aveva visto tempi migliori. Il Mare Adriatico era a un tiro di schioppo e la zona era carina. In altre circostanze sarei stato felice di trovarmi lì.

"Sei in camera con tuo fratello. Ecco la chiave," disse mio padre, consegnandomi un pesante portachiavi con sopra un numero. Annuii e presi una delle mie valigie. "Tornerò dopo per l'altra," dissi.

Per andare in camera mia al secondo piano, dovetti passare dalla hall, dove, come al solito, mia madre era seduta in poltrona con il suo interminabile bicchiere d'acqua minerale. Quando mi vide, balzò in piedi e mi corse incontro. "Tesooroooo!" disse dandomi un delicato abbraccio e un bacio sulla guancia.

"Avevi promesso che saresti venuta," fu tutto ciò che riuscii a dirle in tono accusatorio, "avevi promesso." Sperai in una scusa, anche se dovevo avere già imparato la lezione.

"Tu non capisci," rispose. Ovviamente io non capivo mai niente, o così volevano farmi credere, per scrollarsi di dosso le loro colpe. "È stato tutto per il tuo bene, per il meglio. Un giorno lo capirai."

Non avevo voglia di discutere, così mi limitai ad annuire e proseguii con la mia valigia. Su in camera trovai mio fratello a leggere i fumetti. Quasi non lo riconobbi; in poco tempo era cresciuto talmente tanto che mi sembrò un estraneo.

"Ehi, fratellone," disse quando entrai. "Come stai?" Me lo chiese senza un vero interesse e tornò alle sue letture prima che avessi il tempo di rispondere.

"Alla grande," dissi bruscamente. Confidarmi con lui non era tra i miei propositi.

Avevo un piano, semplice ed efficace: mi sarei comportato bene. Sarei stato affabile e non avrei perso il controllo; non gli avrei mai raccontato quanto li odiavo per quello che mi avevano fatto e sarei stato un figlio modello. Alla fine della vacanza mi avrebbero implorato di tornare a casa con loro. A cena mi comportai educatamente. Lasciai che mio padre m'incastrasse in un angolo annoiandomi con i suoi racconti autocelebrativi. Tenni compagnia a mia madre sul balcone senza disturbare i suoi lunatici silenzi. Ero perfino educato con mio fratello e più di una volta lo portai con me in spiaggia.

Verso la fine di agosto iniziai a preoccuparmi. Mancavano solo dieci giorni alla scuola e non era venuta fuori una parola sul mio ritorno a casa. Era una domenica e mio padre stava per rientrare a Milano per un viaggio di lavoro di tre giorni, quando mi decisi a sollevare la questione. Andai a bussare alla sua porta ma non rispose nessuno, perciò scesi nella hall e lo trovai che discuteva animatamente con mia madre.

"È una catastrofe! E ora cosa faccio? Il portiere dice che sarà impossibile trovare un meccanico prima di domani mattina. Cosa ho fatto per meritarmi questo?" Agitava le mani in aria, come a volere richiamare l'attenzione di Dio.

Rimasi lì in piedi senza che mi notassero, cercando di capire a cosa fosse dovuto tutto quel trambusto. La parola 'meccanico' aveva suscitato il mio interesse. Se mio padre ne cercava uno, eccomi, il figlio modello e premuroso.

"La macchina ha qualche problema?" domandai con aria d'importanza.

"Ma sì! Perché non ci ho pensato prima? Il tuo professore mi ha detto che a scuola hai imparato un sacco di cose sulle auto. E ha aggiunto che sei piuttosto bravo. Sei capace ad aggiustare la frizione? Non so come, ma il cavo si è allentato e la metà delle volte non riesco a cambiare marcia."

"Non è un problema. Conosco la Lancia Flavia. Ne ho aggiustata una come la tua il mese scorso e non mi servono attrezzi particolari. Basteranno quelli che hai in macchina."

"Fantastico. Andiamo e facciamolo subito. Sarei già dovuto essere in viaggio."

C'incamminammo insieme al parcheggio e, impaziente di rendermi utile, presi la cassetta degli attrezzi, sollevai un lato della macchina con il cric e mi distesi sotto sulla schiena. Aggiustare il cavo fu questione di un attimo, ma quando ebbi terminato continuai ad armeggiare con gli attrezzi, producendo rumori che mi dessero un'aria da professionista. Stavo aspettando il momento giusto, ma capii che non ce ne sarebbe stato uno migliore per chiedere a mio padre quale destino mi aspettasse.

"Papà," iniziai a dire – non lo chiamavo 'papà' da molto tempo ormai. "Stavo pensando, sai... Credo di avere imparato la lezione e tu hai reso chiaro il concetto, perciò adesso sarebbe il momento che tornassi a casa, che ne dici?"

"No, non se ne parla!" rispose. "Pensi di potertela cavare facilmente dopo quello che hai fatto? Dopo tutta la vergogna e il dispiacere che hai dato a me e a tua madre? Non puoi immaginare... Forse tra un annetto... ma non così velocemente. Sai, io e tua madre non riusciamo a non volerti bene ed è per questo, a prescindere da quanto sia difficile, che dobbiamo essere sicuri che tu abbia imparato la lezione. Per il tuo avvenire."

Penserete che sono un mostro. Io per un istante mi sentii tale, ma dovete capire la frustrazione e l'odio represso verso mio padre e i suoi modi crudeli. Penso che ci sia entrato di mezzo anche il Fato; non Dio, Lui non c'entra niente. E proprio mentre mio padre diceva quelle cose su di me con malcelato disprezzo, il mio sguardo cadde sul serbatoio del liquido dei freni. Ho ripercorso quei momenti nella mia mente migliaia di volte da allora, nel tentativo di ricordare quello che accadde veramente, per cercare di distinguere la realtà dall'immaginazione, ma invano. Vorrei potervi raccontare cosa mi stesse passando per la testa e se avessi ben chiare le conseguenze del mio gesto, ma francamente non ci riesco. Tutto quello che so è che una vocina dentro di me mi ordinò di manomettere i freni. Accanto a ogni serbatoio c'è un cappuccio di chiusura ed io cercai di aprire quello più vicino a me, ma la casa di produzione lo aveva avvitato ben stretto e non girava. Presi una chiave, un martello e armeggiai sul cappuccio dell'olio, allentandolo e poi svitandolo quasi del tutto, tanto che si allentò al punto che riuscivo a girarlo solo con le dita. Poi lo strinsi di nuovo finché non trovai un po' di resistenza.

Me ne stavo lì disteso a fissare quel cappuccio e a domandarmi cosa avevo fatto. Un conto era volere mio padre morto, tutt'altro fare qualcosa perché accadesse. La sensazione di potenza che aveva percorso con scariche elettriche il mio corpo era svanita ed io rimasi a fissare il cappuccio, incredulo di averlo realmente svitato. Mi resi conto che si era chiaramente trattato di un attimo di momentanea pazzia, ma ora che ero tornato in me dovevo aggiustarlo. Frugai nella cassetta degli attrezzi in cerca della chiave inglese che avevo rimesso a posto e poi fui raggiunto dalla voce impaziente di mio padre, proveniente come da molto lontano. "Pensi che ti ci vorrà tutto il giorno? Devo arrivare a Milano, sai?"

Fu sentire la sua voce che mi fece perdere la pazienza. Buttai la chiave che avevo appena recuperato nella cassetta, chiusi il coperchio con un colpo e uscii da sotto la macchina. "Ho finito. Puoi andare," dissi.

Abbassai l'auto a terra, poi gettai il cric nel bagagliaio insieme agli attrezzi e mi voltai senza guardare indietro. Quando udii il rumore del motore e la macchina che partiva, pensai che forse mi sarei dovuto girare. Poteva essere l'ultima volta che vedevo mio padre.

Dovetti rivederlo tre giorni dopo, quando tornò dal suo incontro di lavoro. Dalla nostra ultima conversazione mi ero chiuso in me stesso, rifiutandomi di continuare a recitare la parte del figlio amorevole. Avevo a mala pena scambiato due parole con mia madre e nessuna con mio fratello, al quale comunque non interessava. Una notte andai a dormire in spiaggia, dopo lunghe ore passate a chiedermi se morire affogato. Ma sapevo che non l'avrei fatto, non avrei dato quella soddisfazione ai miei genitori.

Vi domanderete: e i freni? Be', quando mio padre non c'era non ci pensai affatto e, alla fine, ero giunto alla conclusione che non avevo fatto nessun danno reale al sistema frenante. L'intero episodio divenne in qualche modo confuso nella mia mente e, dopo un po', mi convinsi che non avevo fatto niente. Mi sembrò un sogno, in cui, per un istante, mi ero illuso che avessi il fegato e il potere di vendicarmi su mio padre. Non mi ci volle molto per convincermi che non era successo niente, che era stato tutto un sogno, niente di più, solo una pia illusione. Mi sentii anche in colpa per questo, pensando alla mia inettitudine e a quanto fossi privo di spina dorsale, tanto da non aver saputo sfruttare una buona occasione. Non mi passò mai per la testa che allentare quel cappuccio avrebbe potuto avere conseguenze disastrose. E, in effetti, ancora oggi non so per certo se ci furono. Forse, dopo tutto, non sono responsabile di quello che accadde in seguito.

Due giorni dopo il ritorno di mio padre, facemmo i bagagli e lasciammo l'hotel; la mia famiglia per tornare al loro accogliente appartamento, ed io al Sant'Anna. Stranamente, mi sentii sollevato quando mi lasciarono sulle scale d'ingresso con le mie due valigie e se ne andarono.

CAPITOLO 16

Quando entrai, il dormitorio sembrava un chiassoso alveare. Erano tornati quasi tutti dalle vacanze e i ragazzi si scambiavano ricordi e battute divertenti. Fui sorpreso di essere felice di vederli; ma, in qualche modo, era come essere a casa e loro erano diventati una famiglia molto più vicina di quella biologica. Almeno condividevamo la stessa difficile situazione.

Lasciai cadere le valigie sul letto e rimasi in piedi a guardare quel trambusto, cercando di mettere insieme stralci d'informazioni da conversazioni urlate da un capo all'altro della stanza o sussurrate in privato. Tutti sembravano sapere cosa stava succedendo a parte il sottoscritto, e mi sentii escluso.

"Hai sentito?" La domanda arrivò da Fabrizio; aveva la faccia rossa per l'eccitazione. Mi guardò con aria d'attesa, visibilmente speranzoso di essere lui a raccontarmi tutto.

"Sentito cosa?"

"Che Paolini se n'è andato. Per via di Giannini."

"Non so di cosa parli. Andato dove? E Giannini che ha fatto?"

"Allora non lo sai," disse. Ovviamente si sarebbe preso il suo tempo per raccontarmelo, godendosi ogni momento della sua superiore conoscenza. "Giannini e il signor Paolini erano rimasti gli ultimi a scuola prima che chiudesse per le vacanze. Il signor Paolini doveva badare a lui, perciò quando si è arrampicato sul tetto ed è saltato, l'hanno ritenuto responsabile."

Aggrottai le sopracciglia. Capivo le parole ma non le registravo. Chi si era arrampicato e chi era stato ritenuto responsabile, e di cosa? "Intendi dire che Giannini si è buttato dal tetto? E cosa gli è successo? Sta bene?"

"Sì, bene quanto un pezzo di burro spalmato su una fetta di pane. L'hanno grattato via dal pavimento," rispose.

Parlava morbosamente, sorridendo mentre assaporava le sue stesse parole. Sentii la rabbia crescere dentro di me e lo spinsi sul petto con entrambe le mani. Perse l'equilibrio e cadde indietro sul letto alle sue spalle. Entrai nel panico, sentendomi responsabile perché per la mia partenza, Giannini si era sentito completamente solo, tanto da arrendersi.

Non ero davvero colpa mia, lo sapevo. Che cosa avrei potuto fare? Avrei forse dovuto parlare di più con lui per farlo sentire ben accetto, ma come potevo sapere che si sarebbe tolto la vita?

Mi dispiaceva anche per il signor Paolini, il quale stava pagando chissà quale prezzo, e per me, perché ero stato privato dell'unica anima buona in quell'inferno, l'unico che si preoccupasse un po' per me.

Fabrizio si alzò in piedi e mi si mise davanti, scuotendo il pugno. La sua figura rotonda con le ginocchia piegate e il volto paonazzo era patetica. "Perché l'hai fatto? Perché?" gridò come un pazzo.

"Smamma, frocetto," dissi con voce calma e infida, piena di disprezzo. Rimase a bocca aperta per un istante, durante il quale credetti che sarebbe scoppiato a piangere, poi se ne andò.

La vita non fu proprio la stessa dopo la pausa estiva ed io caddi in uno stato di apatia. Facevo il minimo indispensabile, cercando di non dare nell'occhio. Avevo perso qualsiasi interesse, senza prospettive per il futuro imminente e per quello che accadeva intorno a me.

E poi un giorno, durante l'ora di storia, entrò una segretaria e disse che ero richiesto nell'ufficio del preside. Non avevo fatto niente di male, almeno non nelle ultime settimane, e cercai invano nella mia mente una ragione plausibile per quella convocazione. Aprii la porta della segreteria e dato che nell'anticamera non c'era nessuno, bussai delicatamente alla porta del preside. Anziché rispondere, il professore aprì severo in volto.

"Lucci, entra," disse con voce sommessa. Feci come ordinato e con mia sorpresa, non appena entrai, vidi che l'uomo in piedi vicino alla scrivania non era nient'altro che lo zio Dan. Mi fissò senza parlare; aveva uno sguardo strano.

"Zio Dan... cosa...?" domandai meravigliato. Fece un passo verso di me, aprendo le braccia in un gesto d'invito, e poi vidi i suoi occhi. Erano rossi e cerchiati di nero. Le sue braccia mi attrassero come una calamita e mi affrettai a trovarvi rifugio.

Mentre mi abbracciava stretto, mi sussurrò nelle orecchie, "Devi essere forte, Roberto. Devi essere forte." Ripeté quella frase finché non strozzò le parole e rimase in silenzio. Mi agitai. Non sapevo cosa stesse succedendo, ma di sicuro doveva essere qualcosa di davvero brutto. Alla fine sarei finito in prigione?

"Zio, che è successo? Che c'è? Ti prego, dimmelo!"

"C'è stato un incidente. Un bruttissimo incidente. La tua famiglia è rimasta coinvolta. Devi essere forte..."

Mi staccai dalla sua presa e indietreggiai, fissandolo. Le sue parole arrivarono alle mie orecchie, ma non al cervello. "Cosa stai dicendo? Cosa gli è successo?"

Zio Dan era lì in piedi, che scrollava la testa, incapace di parlare. Sentii una mano sulla spalla e quando mi voltai vidi la faccia del professor Fasulo vicino alla mia. "Sono morti, ragazzo mio. Mi dispiace."

Mi bloccai, cercando di dare un significato diverso a quello che aveva detto; quello nudo e crudo era troppo irreale da accettare. "E adesso che succede?" domandai, rifiutando l'idea e tentando con il potere delle parole di cambiare la realtà a cui quei due adulti mi stavano costringendo. Era troppo per lo zio Dan, il quale non riuscì più a trattenere le lacrime. Si avvicinò di nuovo a me e mi abbracciò, cercando di trarre forza dal nostro contatto fisico. "Adesso siamo noi due. Io e te. Io sono con te. Ci sarò sempre," mormorò, ancora e ancora. Io rimasi lì, pietrificato, catturato nel suo abbraccio e incapace di trovare consolazione in lui, o di darne.

Non ricordo molto del funerale. Mi ricordo però che ero lì in piedi nel Cimitero Monumentale ad ascoltare le persone che parlavano intorno a me, imbalsamato in un abito che non mi stava più e che sembrava un lenzuolo funebre.

"Un terribile incidente..."

"Dicono che sia finito dritto dentro l'edificio, come se non avesse provato a frenare..."

"... un errore umano. Non beveva..."

"Ho saputo che la macchina era talmente carbonizzata che la polizia non ha saputo dire cosa abbia causato l'incidente."

"...povero ragazzo, al mondo non ha più nessuno..."

"... ho sempre detto che queste auto moderne sono pericolose..."

Zio Dan era in piedi al mio fianco, indossava un completo scuro, la mano sulla mia spalla. Donne strambe, alcune delle quali vagamente familiari, vennero a baciarmi, mormorando inutili parole di consolazione. Uomini seri in volto e con le cravatte scure mi strinsero la mano, trattandomi come l'adulto che ero stato costretto a diventare. Non saprei dire chi fossero queste persone o cosa mi dissero nella nebbia che mi avvolgeva; io mandai giù tutto quanto, ma fui contento che una piccola folla fosse lì a dire addio alla mia famiglia. Tuttavia, in un certo senso fu triste che non fosse venuto neanche un bambino ad accompagnare mio fratello nel suo riposo eterno. Con una certa assurdità pensai che fosse ingiusto che noi bambini venissimo sempre per ultimi, anche quando si trattava di essere sepolti.

Mio padre, ben organizzato e meticoloso fino alla fine, possedeva una tomba di famiglia - un piccolo mausoleo di marmo che poteva ospitare cinque bare. Ricordo quanto si era lamentato pieno di rabbia per essere stato obbligato a 'ospitare' una delle sue zie nella tomba di famiglia per due anni, fino a quando le era stato assegnato un posto di sepoltura come valida alternativa. Be', ora nessuno gli avrebbe preso il suo spazio.

Mi ritrovai a guardare tutto il tempo verso l'entrata e mi resi conto, con vergogna, che speravo che arrivasse Alessandra. Ero certo che se solo avesse saputo dell'incidente, sarebbe venuta a consolarmi. La mia mente continuava ad andare a lei e a ricordare i nostri momenti d'intimità; la sua immagine nuda, con i fasci di luce provenienti dalle veneziane che giocavano sul suo corpo... Noi due che ci baciavamo sulla panchina del parco...

Sorpreso dai miei pensieri impuri, costrinsi la mia mente a tornare al cimitero, alla tomba, alla mia famiglia che giaceva lì dentro. Ma il mio sguardo continuava a tornare alla porta d'ingresso, immaginando Alessandra venirmi incontro, anche se sapevo che non sarebbe arrivata.

Durante il funerale alcune persone mi lanciarono strane occhiate e mi domandai cosa volessero. Dopo un po' iniziai a essere preoccupato che, forse, sapessero della mia manomissione ai freni dell'auto di mio padre; ma no, ero certo che nessuno sapesse o avrebbe potuto sapere. Ore prima, quel giorno, un poliziotto era venuto a parlarmi, con tono gentile ma formale.

"Mi dispiace molto," aveva detto, cercando di sembrare sinceramente triste. "Abbiamo fatto indagini su questo tragico incidente ma non c'è molto che possa dirti, perché l'auto era carbonizzata."

"Avete..." provai a dire, ma dovetti fermarmi per deglutire. "Avete scoperto la causa?"

"Tutto fa pensare a un errore del conducente. Non sono state coinvolte altre vetture."

"Ma l'auto era in buono stato?"

"Da quanto ne sappiamo al momento, sì."

"E i freni?" Lo avevo incalzato, quasi sul punto di confessargli il mio crimine, "Mi dica dei freni."

"Non saprei..."

"Agente," era intervenuto zio Dan, lanciandogli un'occhiata eloquente.

Il poliziotto aveva annuito e si era alzato. "Mi dispiace," aveva ripetuto prima di prendere il cappello e uscire.

"Roberto, è ora di andare," aveva detto zio Dan. Non so cosa sarebbe successo se lo zio non fosse stato lì ad allontanare la conversazione dal discorso sui freni. Dopo avere scatenato un'indagine con la confessione che avevo quasi fatto, sarei potuto finire in prigione per il crimine che potenzialmente avevo commesso, o forse no. Ma forse sarebbe stato meglio che vivere senza conoscere la verità.

Al funerale sentii una delle donne dire, "È così calmo. Non piange nemmeno," alla quale un'altra donna rispose, "Poveretto, è sotto shock. Ben presto dovrà affrontare la realtà..."

Era proprio strano. Non riuscivo a piangere, e Dio sa se ci provai, ma le lacrime non scendevano. Penso che mi sarei sentito un ipocrita a piangere per coloro che mi avevano ripudiato e abbandonato. Inoltre, durante la prima settimana al Sant'Anna avevo già versato abbastanza lacrime per loro – o per le persone che in passato avevo erroneamente creduto che fossero – e per me stesso. Sentivo di avere già assolto in precedenza al cordoglio. Anche quando aprimmo la porta dell'appartamento dei miei, ancora saturo della loro presenza, tutto ciò che provai fu un senso di vuoto. Camminai per le stanze scattando nella mia mente istantanee di frammenti di una vita che non c'era più. Un libro era rimasto aperto sopra un comodino, pronto per essere ripreso dal punto in cui era stato lasciato, e una montagna di bucato, di ritorno dalla tintoria, attendeva di essere sistemata con cura da mia madre. Un soldatino di latta aspettava sulla scrivania di mio fratello che il suo triste grigiore venisse dipinto. Ora tutto questo non aveva più senso, era insignificante, inutile.

Ma almeno ero libero.

CAPITOLO 17

Non ho mai raccontato a nessuno come trascorsi i miei anni di esilio a Roma. Anche il mio migliore amico, Ernesto Coppa, non ha mai sentito la mia storia, e gli ho sempre voluto bene per avermi accettato come un vecchio amico, senza fare domande o impicciarsi del mio passato nonostante tutto il tempo in cui eravamo stati lontani. Ed io ne avevo passate parecchie prima di bussare alla sua porta all'inizio di quell'inverno del '74.

L'ho sempre ritenuto un segno del destino che prendessi quel giornale abbandonato su una poltrona sudicia e consumata nella piccola hall dello squallido hotel di Milano in cui mi ero sistemato provvisoriamente, e vedessi l'annuncio di Ernesto che cercava un socio per la sua officina. Era destino che entrambi avessimo trovato, ognuno per i fatti proprio, un interesse professionale nello stesso settore. Il suo nome, stampato in fondo all'annuncio, fece riaffiorare un'ondata di ricordi d'infanzia; decisi subito che dovevo incontrarlo. Nonostante il denaro lasciatomi da zio Dan, insieme alla rispettabile somma pagata dall'assicurazione dei miei genitori, ammontasse a una piccola fortuna – almeno per un uomo giovane come me – vagavo senza speranza e senza meta. È vero, il diploma di perito meccanico che avevo in tasca era la garanzia che avrei saputo come guadagnarmi da vivere, ma la morte di mio zio mi aveva gettato in un profondo stato di depressione, e mi mancava la forza di ritrovare il controllo di me stesso e di iniziare una nuova vita.

Dal mio arrivo a Milano, tre settimane prima, avevo dormito un sacco, avevo girovagato per ore ogni giorno cercando di assorbire le emozioni della città e di ricongiungermi con essa, e avevo fumato come una ciminiera dopo innumerevoli caffè. Ero solito sedermi fuori a sorseggiarli mentre guardavo la gente camminare davanti a me con uno scopo ben preciso, come una massa anonima d'inavvicinabili estranei. A quanto pare non riuscivo a smettere di perdere colpi ogni giorno che passava e mi stavo trasformando in un inutile rottame. L'annuncio funzionò da ancora di salvezza e mi riportò alla ragione.

Ricordo come fosse ieri il momento in cui misi piede nell'officina di Ernesto. Decisi di andare direttamente senza chiamare, perché per telefono non avrei saputo cosa dirgli ed ero preoccupato di come avrebbe reagito. Incontrarlo di persona mi sembrò un'opzione migliore e decisi che qualora avesse mostrato qualche riserva nel vedermi dopo così tanto tempo, me ne sarei andato così come ero venuto. Per un secondo, quando entrai nell'officina, sembrò che avesse visto un fantasma, poi il suo volto s'illuminò e disse, "Sei davvero tu?" Quando annuii, si avvicinò e mi abbracciò.

Quell'accoglienza mi commosse profondamente, soprattutto perché non c'eravamo mai abbracciati prima di allora, da lì capii che la sua reazione era spontanea e sincera. Il resto è storia. Sono sempre stato intimorito e sorpreso dal modo in cui Ernesto utilizzò i pochi soldi che riuscii a investire e il mio umile e saltuario aiuto, per trasformare la sua piccola officina nell'azienda che tutt'ora dirige con successo.

Mi sarebbe piaciuto essere in grado di raccontargli tutto, di come la vita mi aveva messo su una strada a senso unico e mi aveva lasciato senza scelta, ma non riuscii a trovare il coraggio. Da quel momento sono giunto alla conclusione che tutti i discorsi sul 'libero arbitrio' che ci avevano fatto a scuola erano solo una sporca bugia. Ogni cosa è predestinata e noi siamo solo burattini nelle mani del destino. Non mi spiego altrimenti come ogni evento della mia vita sia stato l'opposto di quello che avevo sperato e per cui avevo lavorato.

Dopo il funerale della mia famiglia mi trasferii a casa di zio Dan. Non fu fatto più alcun accenno al Sant'Anna; immaginai che mio zio si fosse occupato di tutto, inclusi i miei effetti personali che mi aspettavano a Roma nel suo appartamento. Non discutemmo mai del mio futuro e accettai senza riserve che andare a vivere insieme a lui fosse l'unica soluzione. La sua casa era accogliente ma piccola, e l'unica altra stanza nell'appartamento era quella in cui avevo dormito durante la mia visita precedente. Non m'importava che fosse minuscola; dopo tanto tempo trascorso in un dormitorio, avevo imparato ad apprezzare la privacy sopra ogni altra cosa.

Alcune settimane dopo il funerale, era arrivata una busta contenente documenti dal Ministero degli Interni dall'aria ufficiale, che facevano di zio Dan il mio tutore legale fino a quando non avessi raggiunto la maggiore età di ventuno anni. Me li mostrò ma io li guardai di sfuggita.

Tentai di tenermi impegnato come aiuto nel suo negozio, ma certi giorni la mattina non riuscivo a trovare la forza di alzarmi da letto. Zio Dan era comprensivo e non cercò mai di forzarmi. Sapeva che avevo bisogno di elaborare il lutto a modo mio, vale a dire restando impassibile quando c'erano altre persone, per poi sfogare le lacrime quando restavo da solo, sicuro che nessuno mi avrebbe sentito. Le ore del mattino erano le peggiori, soprattutto quando mi svegliavo da un bel sogno per ritornare alla realtà della mia vuota esistenza.

Pensai molto ad Alessandra e una volta le scrissi anche una lunga lettera, consapevole che non l'avrei mai spedita. Le dissi quanto l'amavo e come la nostra separazione mi aveva fatto uscire di testa; le raccontai nei minimi dettagli di come avevo manomesso i freni dell'auto di mio padre in un impeto di odio causato dalla lunga distanza, e di come dovevo essere ritenuto responsabile della morte della mia famiglia. Feci in modo che fosse una grande prova del mio amore per lei – o così mi sembrò nella mia follia. Lessi e rilessi quella lettera diverse volte prima di ripiegarla e metterla nel mio portadocumenti di pelle. Per ironia della sorte, era un regalo che mia madre mi aveva fatto tanti anni prima quando ancora avevo un'infanzia e una famiglia. Rileggere quelle parole sminuì in qualche modo il mio crimine e divenne più facile da sopportare. Probabilmente è per questo che tenni quella lettera invece di distruggerla. So che fu una cosa sciocca, ma avevo all'attivo così tanti gesti stupidi che persi il conto.

Invece della lettera, le inviai una cartolina con stampato "Saluti da Roma" sopra la foto del Colosseo. Scrissi l'indirizzo di casa di mio zio ma non la firmai, sperando che sarebbe sfuggita alla censura dei genitori di Alessandra. Sapevo che avrebbe riconosciuto la mia scrittura e che non avrebbe dubitato che fossi stato io a spedirgliela. Ma se arrivò, non suscitò risposta da parte sua. Dopo un po' le mie speranze iniziarono a vacillare – non il mio amore, quello non poteva cambiare – e nonostante nelle lunghe notti insonni continuassi a pianificare stratagemmi per riaverla indietro, tutti i miei piani rimasero solo dei sogni.

Mio zio era un uomo buono e saggio e dopo qualche settimana in cui mi aveva lasciato solo nel mio cordoglio, decise che era arrivato il momento di voltare pagina. Entrò nella mia stanza una mattina in cui mi sentivo particolarmente a terra e si sedette sul mio letto. "Roberto, alzati," disse sottovoce.

"Non me la sento, zio," risposi con voce flebile.

"Devi tornare in te e andare avanti con la tua vita," disse.

"Lasciami in pace, zio, ti prego. Non sono ancora pronto."

"Non lo sarai mai se non ti lasci andare. È arrivato il momento di tornare alla vita vera. Alzati."

"Non capisci..." iniziai a dire, ma qualcosa mi bloccò a metà della frase. Fu l'espressione sul volto di zio Dan, una che non avevo mai visto prima di allora.

"Ah no? Non credi che io capisca il dolore? Riesci a immaginare com'è perdere tua moglie e tuo figlio mai nato nello stesso tempo? Conosci la differenza tra il dolore di qualcuno come te che deve iniziare una nuova vita e quello di chi come me ha finito di vivere molto tempo fa ma è condannato ad andare avanti? Non dirmi che non capisco!"

"Zio..." feci per rispondere, ma non riuscii a continuare. Non sapevo cosa dire. Il suo volto si ammorbidì e mi mise una mano sul braccio.

Qualcosa si ruppe dentro di me e sentii le lacrime crescere improvvisamente come uno tsunami inarrestabile. Mi ritrovai a singhiozzare tra le sue braccia, piangendo come un bambino e tremando in maniera incontrollabile. Mi accarezzò la schiena sussurrandomi nell'orecchio, "Su, coraggio!"

Quando fui calmo, mi liberò dal suo abbraccio e mi guardò. "È una cosa positiva che tu abbia pianto. Ne avevi bisogno e adesso starai meglio."

Annuii, asciugandomi le lacrime con il dorso delle mani.

"Ora alzati e vestiti," ordinò. "Abbiamo delle cose da fare."

Non so descrivere l'affetto che provai nei suoi confronti per essere lì al mio fianco. È per questo che mi sento in colpa per quanto accadde in seguito.

CAPITOLO 18

Zio Dan ed io decidemmo che non ero pronto per tornare in una scuola pubblica, così mi trovò un corso da privatisti con un programma flessibile che mi premettesse di studiare principalmente da casa. Fu la soluzione perfetta, considerato che non avevo per niente voglia di socializzare e che mi sentivo fuori posto in compagnia di altri ragazzi. Le poche lezioni in aula che dovevo frequentare si tenevano in piccole stanze con non più di quindici studenti alla volta. La buona notizia era che erano classi miste; un cambiamento che trovai interessante. Quella cattiva era che la maggior parte dei miei compagni aveva problemi particolari proprio come me, di tipo familiare, psicologico o fisico, perciò presi tutti insieme eravamo un branco di sciagurati.

Nella mia classe c'erano solo tre femmine; la più carina – quella per cui avevo sviluppato un certo interesse – se ne stava sempre incollata al fidanzato, approfittando di ogni occasione in cui l'insegnante era voltato di spalle per sbaciucchiarsi. La seconda era brutta e la terza era pazza; proprio su di lei avevo fatto colpo e per un po' assecondai le sue avances, accettando le bibite gassate che mi offriva all'uscita di scuola. Credo di averlo fatto per non passare da completo asociale, ma non ero veramente attratto da lei e nessuna delle sue attenzioni destava il mio interesse. Mantenni sempre le distanze e dopo un po' rinunciò, immagino perché mi considerasse una perdita di tempo. Non ricordo neppure come si chiamava, tanto la trovavo insignificante.

Nonostante la mia iniziale mancanza di entusiasmo verso la scuola, mi misi sotto con lo studio. Per qualche ragione, sentivo che portare a termine gli esami di Stato mi avrebbe offerto una prospettiva di vita diversa, una in cui sarei riuscito a dimenticare il passato e a voltare pagina. Leggevo anche un sacco e stavo il più possibile in negozio da mio zio. Il tempo così passò velocemente e per un bel po' non accadde niente di particolare; una benedizione che mi permise di tornare alla normalità, con una casa e il miglior genitore sostitutivo che potessi chiedere. Ma, ovviamente, non poteva durare; la sera del giorno in cui feci il mio ultimo esame, zio Dan ebbe il primo infarto. Era appena rientrato dal negozio ed era in piedi all'ingresso, felice per la notizia.

"È andata bene, zio. Non immagini quanto mi senta sollevato."

"Dobbiamo uscire a festeggiare. Vado a cambiarmi..." disse, e il suo volto assunse improvvisamente un'espressione di dolore. La pelle era diventata livida.

"Zio, che succede?" domandai, iniziando a impaurirmi. Si era portato la mano alla gola e sembrava non ce la facesse a respirare.

"Non... mi... sento... bene," riuscì a dire. Cercò di fare un passo in avanti, io lo raggiunsi e lo aiutai ad arrivare alla sedia più vicina.

Quando si sedette, in affanno, capii che c'era qualcosa che non andava. Corsi al telefono e chiamai il pronto intervento. Per fortuna arrivò presto un'ambulanza e due paramedici sistemarono zio Dan su una barella senza perdere tempo. Salii con lui a bordo, tenendogli la mano, anche se aveva perso conoscenza. In ospedale aspettai a lungo, con la testa vuota, che qualcuno mi dicesse cosa gli era capitato. Non so descrivere il conforto quando dal pronto soccorso uscì un dottore per informarmi che le condizioni di zio Dan si erano stabilizzate. Non sarebbe morto.

Trascorsi quell'estate a occuparmi di lui. Non andare in vacanza non fu un problema. Si era talmente preso cura di me quando ne avevo avuto bisogno che ero felice di potere contraccambiare. Lentamente recuperò le forze e iniziammo a fare piani per il mio futuro. Mi piaceva ancora lavorare con le auto, ma sentivo che studiare ingegneria all'università sarebbe stato troppo per me, così m'iscrissi a una scuola per diventare perito meccanico, dove avrei potuto portare avanti gli studi al mio ritmo e che mi avrebbe lasciato tempo a sufficienza per occuparmi del negozio dello zio, il quale non era più in grado di gestirlo da solo. Fu una scelta giusta perché due anni dopo arrivò il secondo infarto, meno grave del primo ma che lo costrinse a molto riposo e a lavorare massimo due ore al giorno. Era sopravvissuto, ma deperiva velocemente sotto i miei occhi.

Zio Dan trovava sempre un modo per farmi commuovere. La sera del mio ventunesimo compleanno, tornò a casa con una spessa busta tra le mani. "Tieni," disse, "prendila. È per te."

"Che cos'è?" domandai, esaminando il pesante fascicolo che mi aveva consegnato, senza aprirlo.

"Conosci il mio amico Pietro, il ragioniere," disse. "Ho parlato a lungo con lui delle tasse di successione. Quelli del fisco sono delle sanguisughe. Dai, aprila," ordinò.

Obbedii senza ancora capire di cosa stesse parlando. Tirai fuori un documento, completo di nastro rosso e timbri ufficiali, con scritto "Atto di proprietà."

"Che cos'è?" chiesi un'altra volta.

"È il passaggio di proprietà di questo appartamento a te. Il mio regalo per il tuo ventunesimo compleanno."

Lo guardai incredulo. Non mi aspettavo niente del genere e quel suo gesto mi colse completamente di sorpresa.

"Zio, non so cosa dire. Non avresti dovuto. Ti ringrazio, ma... Casa tua..."

"Sciocchezze! Non ci sarò per sempre e perché dovresti pagare delle tasse per entrare in possesso di qualcosa che già voglio che diventi tuo? Per la legge adesso sei un uomo, perciò è così che faremo."

Questo era mio zio in poche parole: affettuoso, generoso e semplice. Ma essere una brava persona non rende immuni dalla sfortuna. La salute di zio Dan continuò a vacillare, le arterie si stavano ostruendo rapidamente e si trasformò in un invalido che a malapena riusciva a camminare senza che qualcuno lo aiutasse. Teneva una bombola di ossigeno accanto al letto dietro consiglio del medico, in caso di un attacco acuto di angina pectoris.

Ogni tanto continuava a venire in negozio ma consegnò la gestione al più fidato dei suoi vecchi dipendenti. Anch'io lo aiutavo, ma ero felice che la responsabilità di seguire l'attività non fosse finita sulle mie spalle; non mi sentivo pronto.

Alcune settimane prima del mio ventiduesimo compleanno, un pomeriggio rincasai presto e quando aprii il portone, il telefono aveva appena iniziato a squillare. Zio Dan era uscito per la sua passeggiata pomeridiana. La faceva tre volte alla settimana insieme all'infermiera assunta per aiutarlo, visto che era sempre meno autosufficiente.

Corsi al telefono nel corridoio e alzai il ricevitore. "Pronto, parlo con il signor Dan Buzzi?" chiese una voce sconosciuta.

Risposi in automatico di sì, curioso di chi potesse essere quell'estraneo. Non era mia intenzione sviarlo facendogli credere che fossi mio zio, ma ormai ero talmente abituato a prendere le sue chiamate in negozio, dicendo "Ufficio di Dan Buzzi," che rispondere al posto suo era diventato istintivo.

"Chiamo dalla stazione di polizia a proposito del messaggio che ha lasciato questa mattina."

Mio zio aveva chiamato la polizia? Non aveva senso.

"Sì?" domandai curioso.

"Il suo messaggio non era chiaro. Ha detto qualcosa a proposito di un incidente d'auto e che suo nipote era coinvolto, ma quando l'agente in servizio le ha chiesto se avesse bisogno di un'ambulanza, lei ha risposto che era avvenuto molto tempo fa. L'appunto qui dice che ha bisogno di un investigatore. Le dispiacerebbe spiegarmi cos'è che vuole?"

Quelle parole mi raggelarono. Lo zio Dan aveva improvvisamente capito cosa avevo tentato di dire a quel poliziotto anni prima a Milano il giorno dei funerali della mia famiglia? Stava forse cercando il responsabile della morte di sua sorella? Ma perché aveva aspettato così tanto? E perché non si era confrontato con me o non mi aveva chiesto niente? Tante domande difficili che cercavano una risposta, ma prima dovevo sbarazzarmi di quel poliziotto. E per riuscirci, fui costretto a pensare velocemente.

"Signor Buzzi..." sollecitò impaziente l'agente dall'altro capo del telefono.

"Sì," iniziai, cercando di sembrare più anziano che potevo. La voce vacillava per la tensione, perciò non fu difficile farla sembrare tremolante. "Mio nipote ed io abbiamo visto un terribile incidente, due settimane fa, e da allora la mia coscienza mi dà il tormento per non averlo denunciato. Vede, quell'uomo nell'auto rossa... ha investito quel povero cane, schiacciandolo senza pietà. Quel piccolo cucciolo non ha avuto scampo. Non ho sporto denuncia perché non ho fatto in tempo a segnare la targa, ma mio nipote pensa che forse voi potreste fare delle indagini per scoprire l'identità del guidatore..."

"Ha chiamato la polizia per denunciare un'omissione di soccorso in un incidente in cui ha perso la vita un cane?" Chiese la voce, incredula.

"Sì, ma vede, è stato un gesto davvero crudele e chi guidava non si è neppure fermato per controllare..."

"Senta, signor Buzzi," disse, "la polizia è molto occupata a combattere il crimine vero. Non possiamo perdere tempo con un cane. La prego di non richiamare o saremo costretti a sporgere denuncia," e riattaccò.

Riuscii a malapena a rimettere a posto il ricevitore tanto mi tremavano le mani. Andai nella mia stanza, chiusi la porta nonostante fossi solo in casa e mi buttai a sedere sul letto. Ebbi difficoltà a mettere a fuoco il turbinio di pensieri che mi frullava per la mente. Di fronte a quella presa di coscienza m'irrigidii di colpo: la lettera! Quella che avevo scritto ad Alessandra anni prima e che avevo stupidamente conservato: una confessione scritta e firmata. Se zio Dan l'aveva presa, o se la polizia fosse venuta a recuperarla, ero fregato. Aprii il cassetto in cui tenevo le mie cose e in preda all'agitazione controllai il portadocumenti. Fu allora che mi venne un altro colpo: qualcuno – di sicuro zio Dan – aveva rovistato tra le mie carte. Ne fui certo perché tenevo sempre quella lettera accuratamente piegata sotto una fotografia di Alessandra – l'unica che avevo – che adesso era coperta dal foglio aperto bene in vista. Non riuscivo a capacitarmi del motivo per cui zio Dan era venuto a frugare tra i miei documenti, ma a posteriori credo che stesse cercando qualcos'altro e avesse trovato la mia cartellina per caso. Tuttavia, non avrebbe dovuto leggere la mia corrispondenza; si sarebbe dovuto immaginare che non avrebbe portato a niente di buono.

Lasciai cadere il portadocumenti sul letto, presi la lettera che ancora tremavo e la portai di corsa in bagno. Chiusi a chiave la porta e accesi un fiammifero per darle fuoco tenendola penzoloni per un angolo sopra la tazza finché il calore fu sopportabile, dopodiché la lasciai andare e tirai lo sciacquone. Aprii la finestra per fare uscire l'odore di fumo, poi abbassai il coperchio del water e mi misi a sedere per provare a calmarmi. Sapevo di dovermi comportare con naturalezza mentre cercavo di capire il da farsi senza dire niente a zio Dan.

Lo zio tornò a casa tardi quel pomeriggio e come sempre, l'infermiera lo accompagnò dritto in camera da letto, prima di andarsene con discrezione. Li sentii entrare e come al solito, andai di corsa a salutarlo. Era in piedi nella sua stanza con una mano sulla maniglia della porta. Sembrava non volesse farmi entrare.

"Buona sera, zio. Hai fatto tardi oggi. Ti va un po' di pasta? Ho preparato un sugo buonissimo."

"No, grazie," rispose a fatica, senza neppure guardarmi. "Vado dritto a dormire perché sono molto stanco. Buona notte."

"Buona notte, zio. Chiamami se ti serve qualcosa."

Annuì assorto e chiuse la porta alle sue spalle.

Andai a distendermi, ma non riuscivo a dormire. Ricordi e pensieri mi tenevano sveglio e tessevano le trame di quel rompicapo. Alla fine, quando l'orologio segnò le due del mattino, mi alzai per andare in punta dei piedi in camera dello zio Dan. Aprii la porta senza fare rumore e rimasi a fissarlo sul suo letto, nella semioscurità. Era supino e il volto, illuminato dalla luce dei lampioni che filtrava dalle veneziane, era di un bianco spettrale. Faceva respiri piccoli e brevi, emettendo un debole sibilo attraverso le labbra socchiuse.

Guardai a lungo l'uomo a cui volevo tanto bene tanto quanto desideravo che morisse, come se con il solo potere della mente avessi potuto bloccare quel misero flusso d'aria che il suo corpo malato riusciva a inalare. Ma ovviamente, continuò a respirare sollevando impercettibilmente petto. Alla fine non ce la feci più e mi avvicinai.

"Zio," gridai sottovoce.

Si mosse nel sonno e poi aprì gli occhi. Quando si rese conto che ero lì in piedi accanto al suo letto, vidi il terrore sul suo volto. Mi dette sui nervi e iniziai ad arrabbiarmi, mentre lui mi fissava ammutolito.

"Zio, volevo parlarti," dissi dolcemente, nel tentativo di creare un'atmosfera rilassata, ma non disse niente e continuai. "Credo ci sia stato un malinteso..."

Lasciai la frase in sospeso, sperando che cogliesse l'allusione e avviassimo una discussione, magari un litigio, che finalmente avrebbe sistemato ogni cosa tra di noi. Invece, provò a mettersi seduto nel tentativo di dire qualcosa con gli occhi sgranati.

"Tu... Tu... Matricida! Io... Io...," disse con rancore. Provò a pronunciare qualcos'altro ma non aveva più aria nei polmoni.

"L'ossigeno... Dammi..." la sua mano cercava di afferrare la mascherina appesa alla bombola, ma l'avevo spostata per avvicinarmi di più al letto e non ci arrivava.

Feci un passo indietro, fissandolo con orrore mentre ricadeva sui cuscini. Cercò ancora una volta di mettersi seduto per raggiungere la bombola dell'ossigeno, ma il suo corpo vecchio e debole non aveva più forza e dopo poco smise di lottare. Rimasi lì in piedi, incapace di muovermi o di distogliere lo sguardo. Sollevò in alto la mano destra in un ultimo spasmo che durò non più di qualche secondo. Poi tutto finì.

Mi buttai in una poltrona lì accanto e finalmente potei piangere il povero zio Dan.

Penserete che sono perfido. Ero dispiaciuto per me stesso perché qualcuno che amavo era venuto a mancare, ed io ero rimasto a guardarlo morire senza aiutarlo. Ma mettetevi nei miei panni: che scelta avevo? Ovviamente zio Dan si sarebbe presto reso conto che dalla stazione di polizia nessuno lo richiamava e avrebbe fatto un altro tentativo. Stavolta, magari, si sarebbe presentato di persona invece di telefonare, e gli avrebbero dato ascolto. Sia quel che sia, non avevo dubbi che la nostra vita insieme come una piccola famiglia fosse giunta al termine. Perciò credo fosse volontà del Signore che lasciasse presto questo mondo; io mi sono limitato a non interferire sul naturale corso degli eventi. Oltretutto era vecchio e malato; lui stesso aveva detto che non si aspettava di vivere a lungo. Io, al contrario, ero giovane e con molti anni davanti a me per farmi perdonare quello che avevo fatto. Dovevo gettare tutto al vento? E la vita non era forse stata già abbastanza dura nei miei confronti?

Aspettai fino al mattino perché sembrasse che non mi fossi accorto che era morto nel sonno, ma ebbi difficoltà a tornare a letto con il suo corpo in casa, così mi sedetti in cucina a bere caffè per tenermi sveglio. Alle sette alzai la cornetta e chiamai il numero del pronto intervento che avevo già imparato a memoria.

"Vi prego, fate presto!" gridai al telefono. "Mio zio non respira. Vi prego..."

L'ambulanza arrivò in cinque minuti ma l'unica cosa che poterono fare fu dichiararlo morto.

"Mi dispiace," disse il paramedico. "Non c'è nulla da fare. È deceduto nel sonno qualche ora fa. Era malato?"

"Aveva problemi cardiaci. Ha avuto due infarti in passato," dissi con la voce rotta, senza bisogno di fingere.

Arrivò un dottore, scambiò poche parole con il paramedico e andò in camera di zio Dan, da cui tornò neanche un minuto dopo consegnandomi un certificato di morte. "Mi dispiace," disse con tono professionale. Probabilmente era una frase che ripeteva spesso.

Lo portarono via ed io mi misi a cercare nell'elenco telefonico il crematorio più vicino.

"Nelle sue ultime volontà, mio zio ha chiesto di essere cremato," dissi al primo che rispose al telefono. "Potete gentilmente pensarci voi?"

"Siamo addolorati per la vostra perdita," rispose l'operatore in modo meccanico e con voce lugubre, come si confaceva al caso. "Ci occuperemo noi di tutti i dettagli. Siamo qui per farci carico al posto vostro di queste preoccupazioni in un momento così difficile."

Così il corpo di zio Dan venne cremato prima che qualcuno potesse pensare che ci fosse qualcosa di strano nella sua morte. E perché avrebbero dovuto? Era vecchio e malato ed io non avevo niente da cui trarne vantaggio dato che ero il suo unico parente ed erede, nonché già legittimo proprietario dell'appartamento. Ma quando non si ha la coscienza pulita, la mente arriva a pensare di tutto... Perciò cremarlo fu la soluzione più sicura, o almeno così mi sembrò nello stato confusionale in cui mi trovavo.

Ero pentito di non avere mosso un dito per salvarlo? A dire la verità, no. Zio Dan o il destino, o entrambi, mi avevano messo con le spalle al muro e non mi era rimasta altra scelta. Non si dovrebbe mai avere rimorsi quando si segue il corso degli eventi che la vita ti riserva.

CAPITOLO 19

Come ho detto, non sono il tipo da avere rimorsi di coscienza. Sarà un difetto congenito, ma non posso farci niente. C'è chi si fa degli scrupoli quando sbaglia e si rende conto che si sarebbe potuto comportare diversamente, ma non io. Tuttavia, stavo malissimo perché era colpa mia se ero rimasto completamente solo al mondo, e la cosa mi gettò in uno stato di depressione che non avevo mai provato prima, anche nei miei momenti più bui – e Dio sa se ne ho avuti. Soltanto il lavoro mi evitò di cadere in uno stato mentale da cui probabilmente non mi sarei mai ripreso; il mio lavoro ed Ernesto.

Avere investito una buona parte della mia piccola fortuna per entrare in società nella sua attività, significò prima di tutto che era arrivato il momento di trovarmi una sistemazione definitiva e così, finalmente, andai via dalla deprimente pensione in cui avevo temporaneamente soggiornato. Trovai un piccolo appartamento a soli quindici minuti dalla sua officina - adesso la *nostra* officina - e mi gettai a capofitto sul lavoro. Era un modo per tenermi impegnato durante il giorno, perché affrontare la notte non era cosa facile. Continuavo a sognare i miei genitori e zio Dan, al punto che certe sere avevo paura ad andare a letto. Stranamente non erano incubi, quanto piuttosto sogni in cui facevamo lunghe conversazioni, la maggior parte delle volte su argomenti neutrali. Chissà per quale ragione, a spaventarmi di più erano le loro facce sorridenti e i loro modi affabili. Per fortuna non sognai quasi mai di mio fratello.

Il primo giorno del mio ritorno a Milano, andai in pellegrinaggio nei luoghi della mia infanzia. Mi fermai fuori della mia scuola elementare e poi tornai a casa a piedi, come facevo di solito alla fine delle lezioni. Mi venne il ghiribizzo di bussare alla porta del mio vecchio appartamento e chiedere agli attuali proprietari di lasciarmi dare un'occhiata, ma ovviamente era un'idea stupida. Mi limitai a rimanere là fuori un attimo a fissare le finestre e a ripensare a quei tempi, finché non dovetti andare via perché mi sentivo a disagio.

Molto tempo prima avevo preso la decisione di non cercare Alessandra, tuttavia furono sufficienti un paio di telefonate da Roma ad alcune vecchie conoscenze per scoprire che lavorava in un grande magazzino in Piazza Duomo. In quel primo giorno a Milano per poco non ci andai, ma poi decisi di evitarla come mi ero prefissato. Era palese che non facessi parte del futuro che aveva scelto per sé, cosa che mi convinse che avrei fatto meglio a starle alla larga. Tuttavia, mi scappò un giretto in via Stampa, non per cercarla, ma per ripercorrere i luoghi che per me erano stati così importanti in quella che adesso mi sembrava un'altra vita. Mi avvicinai con circospezione all'ingresso del palazzo di Alessandra, preoccupato che mi beccassero ad aggirarmi furtivamente, come se stessi commettendo un crimine. Controllai i nomi sul citofono e fu un sollievo vedere che sull'etichetta accanto al numero del suo interno c'era un nome diverso che non conoscevo. Si era trasferita, così potei passeggiare indisturbato per il quartiere, senza che nessuno mi riconoscesse e senza il timore di essere deriso.

Da lì raggiunsi a piedi Piazza Vetra, per una visita a quel luogo familiare ormai ostile. Tutto era rimasto come lo ricordavo, inclusa la 'nostra' panchina, ma non riuscii a sedermi da solo e me ne andai.

Passarono tre settimane e fui talmente sommerso di lavoro che mi trascurai completamente. Un sabato mattina di febbraio, dopo circa tre mesi che ero tornato a Milano, mi resi conto che dovevo uscire a comprare qualcosa per lavarmi. Gli ultimi tre giorni mi ero fatto la barba con la saponetta perché avevo finito la schiuma e mi prudeva la pelle tanto era irritata. Così decisi che sarei andato al grande magazzino in Piazza Duomo che conoscevo da quando ero bambino. Mi piaceva andarci a fare compere insieme a mia madre all'inizio di dicembre, quando tutti i reparti scintillavano di addobbi natalizi. Riuscivo sempre a convincerla a comprare qualche nuova decorazione per il nostro albero di Natale, anche se a casa ne avevamo già una vagonata. Avevo un bel ricordo di quel posto, perciò pensai fosse arrivato il momento di uscire a guardare le vetrine e magari, di concedermi un cappuccino in uno degli eleganti caffè lì vicino. Ero stranamente emozionato all'idea e non stavo più nella pelle. Ovviamente, sapevo che avrei potuto incontrare Alessandra, ma allontanai quel pensiero, facendo finta che non avesse niente a che vedere con la mia eccitazione.

Saltai su un tram alla fermata vicino al mio palazzo e scesi in centro, poi camminai per cinque minuti fino a piazza Duomo, fissando i passanti con rinnovato piacere. Per qualche breve istante mi sentii di nuovo un adolescente dallo spirito libero. Varcate le doppie porte all'ingresso del grande magazzino, indugiai in quello spazio angusto per riscaldarmi sopra la grata che soffiava aria calda, felice di riscoprire quel piacere d'infanzia. Dopodiché, entrai e con le scale mobili salii uno dopo l'altro tutti i piani, per ambientarmi nella nuova disposizione dei reparti.

Nonostante avessi pianificato di prendere giusto la crema da barba, finii col comprare altre cose: due camicie eleganti con una cravatta abbinata, una padella che non ero certo mi servisse e un set di coltelli da cucina che sapevo essere inutili. I prodotti per l'igiene personale e i profumi occupavano gran parte del piano terra, così scesi con le scale mobili e mi misi a cercare la marca della mia schiuma. Girovagai invano per cinque minuti tra gli espositori, scoraggiato per l'infinità di prodotti da donna in bella mostra.

Non so perché mi ritrovai a fissare una delle ragazze dietro il bancone; credo che inconsciamente la stessi cercando. I nostri occhi s'incrociarono e vidi uno sguardo di terrore sul suo volto. Sapevo che era Alessandra. Portava un diverso taglio di capelli, era fatta più magra ed era truccata pesantemente – cosa che aveva sempre detestato da ragazzina –, ma non avevo dubbi che fosse la mia Alessandra. Con la mano già sulla maniglia, aprì una porta di servizio dietro il bancone. Abbassò di fretta lo sguardo e sparì. Io rimasi lì in piedi pietrificato, senza sapere cosa fare. Mi ero fermato nella corsia e i clienti continuavano a venirmi addosso, così mi feci un po' da parte senza staccare lo sguardo dal bancone. Un'altra ragazza era impegnata a servire dei clienti; su un cartellino bianco spillato alla camicia, c'era scritto a lettere dorate 'Consulente di bellezza'. La guardai impacchettare una confezione per un'anziana signora e quando la cliente se ne fu andata, mi avvicinai.

"Mi perdoni," dissi, facendo appello al mio sorriso più seducente, "sto cercando la sua collega. Mi ha aiutato poco fa."

"Alex? Se n'è appena andata. Non si sentiva bene. Ma sono certa di poterle dare una mano. Aveva bisogno di qualcosa in particolare?"

Esitai. Non volevo destare sospetti, ma dovevo sapere di più. "A dire la verità... sì. Ma lo chiederò a lei un'altra volta. Mi stava aiutando con preziosi suggerimenti. Sa, sto cercando un regalo," mi affrettai ad aggiungere, sperando di sembrare credibile, "ed è un'impresa ardua... Magari può dirmi quando rientrerà. Quando ha il prossimo turno?"

"Mi dispiace ma non posso dirglielo, sarò comunque felice di aiutarla io al suo posto. Sono certa di poterle dare anch'io dei consigli..." disse ottimista e mi dispiacque deluderla.

"Ci penso, grazie." Me ne andai prima che potesse aggiungere altro, sentendomi stupido e confuso.

Mi diressi verso un altro bancone all'altro capo del piano e mi avvicinai a una nuova commessa. "Mi scusi," dissi con il sorriso più affascinante che avessi, "una sua collega mi ha detto di tornare quando rientrerà per ritirare una cosa che ho ordinato, ma non mi ricordo a che ora fate il cambio turno."

"Oh, è facile. Il primo è dalle nove alle tre e il secondo dalle tre alle nove. Apriamo alle nove e trenta e la sera chiudiamo alle otto e mezzo. Le ha detto quale turno farà?"

"No."

"Be', se viene un po' prima delle tre la trova ancora nel primo turno, altrimenti avrà poco da aspettare prima che inizi il secondo," rispose.

"Giusto. Grazie mille, mi è stata di grande aiuto."

"Si figuri," disse. "C'è altro che posso fare per lei? Le serve qualcosa?" domandò con un ampio gesto della mano, sorridendo in modo invitante.

Feci di no con la testa e scusandomi con un sorriso, me ne andai.

Fu solo quando arrivai a casa con le mie camicie, la cravatta e gli utensili da cucina che mi resi conto che alla fine non avevo comprato la crema da barba.

Iniziare a inseguire Alessandra non fu una decisione che presi alla leggera. Quella notte rimasi sveglio a rigirarmi da una parte all'altra del letto, cercando di trovare validi motivi che mi convincessero a dimenticarla una volta per tutte, ma sapevo che non ci sarei riuscito ora che era ricomparsa nella mia vita. Non m'illusi che volesse vedermi; il modo in cui se l'era svignata quando mi aveva visto non lasciava dubbi a riguardo. Ma avevo bisogno di un ultimo addio – dovevo sapere se stare lontano da me era stata una sua decisione.

Con grande fatica aspettai fino a lunedì, ma Alessandra non si presentò al lavoro. Passai davanti al suo reparto probabilmente un centinaio di volte, finché la gente non iniziò a lanciarmi occhiate incuriosite; poi mi resi conto che non sarebbe venuta e capii che, malgrado i miei sforzi, avrei dovuto tentare altre strade.

Feci il giro dell'edificio finché non trovai l'ingresso del personale. La strada laterale era stretta e mi appostai a un pilastro quasi di fronte alla porta, da dove potevo controllare l'ingresso senza essere visto. Il martedì aspettai dalle due alle tre del pomeriggio, ma non la vidi, così tornai alle otto di sera e attesi che uscissero tutti. Il mercoledì ripetei l'appostamento e fu un altro buco nell'acqua. Stavo per mollare. La sua assenza poteva significare che aveva lasciato il lavoro o che voleva starmi alla larga, ma la sua collega aveva detto che non si era sentita bene, perciò probabilmente era a casa malata.

Decisi di aspettare qualche altro giorno prima di trarre delle conclusioni e tornai il lunedì seguente, appena prima dell'orario di chiusura. Rimasi all'ombra del solito pilone, al gelo, fin quasi alle nove di sera; stavo per andarmene scoraggiato, quando comparve Alessandra. Il corpo magro era avvolto in un pesante cappotto e il volto era nascosto dalla sciarpa e da un cappello di lana, ma il modo aggraziato in cui si muoveva o i suoi occhi mi sarebbero bastati per riconoscerla ovunque. Uscii dall'ombra per attraversare la strada silenziosa e deserta e ci ritrovammo uno di fronte all'altra. Mi fermai dritto davanti ai suoi occhi per guardarla a volto scoperto. Alessandra si bloccò di colpo. Mi fissò, ma non disse niente. Era come se ogni cosa intorno a noi si fosse congelata e noi fossimo finiti in una capsula del tempo, isolati dal resto del mondo.

"Alessandra..." dissi quando il silenzio divenne troppo insostenibile.

Scrollò la testa incredula. "Roberto, cosa ci fai qui?" sussurrò con un filo di voce quasi impercettibile.

"Ho bisogno di parlarti," dissi. Mi sembrò innaturale comunicare con lei in quel modo. Avevo sognato e dipinto a tinte colorate quell'incontro per così tanto tempo che non riuscivo a credere che stesse succedendo davvero. Ma niente stava andando secondo i miei desideri; non si stava gettando tra le mie braccia e non c'era alcun lieto fine all'orizzonte. Mi trattava come un estraneo ed io rimasi distante, teso a tal punto che i muscoli mi facevano male.

"Non è una buona idea..." rispose di nuovo con un sussurro.

"Perché no? Voglio solo parlare. Credo tu possa concedermi qualche minuto," aggiunsi, tagliente.

Esitò un istante e poi disse, "Ma non qui."

"D'accordo. Si gela. Andiamo a prenderci un caffè."

Annuì e mi avviai in direzione dei portici lì vicino. Era strano camminare al suo fianco senza toccarla, ma temevo che qualsiasi contatto fisico potesse farle cambiare idea. Andavo a passo svelto affinché quel tragitto surreale fosse il più breve possibile.

Nel bar scelsi un tavolo in un angolo abbastanza appartato. Faceva un gran caldo e l'aria era densa e irrespirabile per il fumo di sigarette. Ci togliemmo i cappotti e vidi che si era cambiata la divisa da commessa con un soffice maglione verde che camuffava il profilo dei suoi seni.

Una volta seduti, fui preso dal panico perché non sapevo come iniziare la conversazione. Mi salvò un cameriere efficiente che venne a prenderci subito le ordinazioni, dandomi così il tempo di abituarmi alla presenza di Alessandra. Ordinammo due cappuccini e si congedò. Era arrivato il momento inesorabile di parlare.

"Dunque..." iniziai, sperando che intervenisse, ma rimase lì a fissarmi. Accesi una sigaretta, temporeggiando con i fiammiferi in attesa di un commento – di qualsiasi cosa – da parte sua, ma a quanto pare era fermamente decisa a non tirarmi fuori da quel momento imbarazzante.

"Ti trovo bene," continuai dopo una lunga pausa. "Lavori ai grandi magazzini?" aggiunsi; mi sarei preso a calci da solo per la superficialità della conversazione.

"Perché sei qui?" chiese di punto in bianco, invece di rispondere alla mia domanda.

"Volevo vederti... Volevo vedere come stavi. Mi sei mancata," dissi, strozzando le parole.

Anche Alessandra faceva fatica a parlare e benché non volesse darlo a vedere, si percepiva quanto fosse emozionata.

"È passato molto tempo. Ora è tutto diverso... Io sono cambiata. Devo andare," aggiunse bruscamente, mentre si alzava e afferrava il cappotto.

"Non hai bevuto il cappuccino," lamentai alzandomi in piedi anch'io, in pieno sgomento. Sapevo che se l'avessi lasciata andare via in quel modo, probabilmente non avrei più trovato il coraggio di cercarla di nuovo.

"Devo andare a casa. C'è qualcuno che mi sta aspettando. Magari un'altra volta..."

"Quando? Scegli tu l'ora e il giorno."

Esitò e vidi che temporeggiava. Si morse il labbro inferiore, fissando qualcosa in lontananza oltre la mia spalla. Rimasi in silenzio, consapevole che non dovevo metterle fretta, e poi disse, "Mercoledì sera. Ho il giorno libero."

"Vada per una pizza?" le chiesi con la speranza di sembrare naturale e non troppo impaziente.

"Okay," rispose, sorridendo per la prima volta.

Fece sorridere anche me. Mi disse il nome di una pizzeria che conoscevamo bene tutti e due dai vecchi tempi e aggiunse, "Sette in punto," esattamente nello stesso modo in cui me l'aveva sempre detto in passato quando voleva che fossi puntuale, tanto da provocarmi un attacco di nostalgia.

La guardai farsi strada nel labirinto di tavolini rotondi del bar, poi mi rimisi a sedere, svuotato di qualsiasi energia. Accesi un'altra sigaretta e finii il mio cappuccino. La tazza piena di Alessandra era ancora sul tavolo, simile a un occhio che mi guardava con disapprovazione.

Non sapevo cosa aspettarmi dal nostro appuntamento ma mi assicurai di essere puntuale. Quando arrivai intorno alle sei e mezzo, nella pizzeria non c'era ancora quasi nessuno e scelsi un tavolo da dove potevo controllare l'entrata. Alessandra arrivò in anticipo e venne dritta verso di me.

"Ciao," disse. Lasciò che il cameriere le prendesse il cappotto e poi si mise a sedere. Sembrava più imbarazzata della volta precedente e mi domandai perché.

"Gradite un aperitivo?" chiese il cameriere.

"Per me solo acqua frizzante, grazie," rispose Alessandra.

Io mi limitai a fare di no con la testa. Il cameriere ci lasciò i menù e se ne andò. Finsi di studiarlo. Detti qualche occhiata furtiva da sopra le pagine e vidi che Alessandra lo stava leggendo attentamente, o forse era quello che voleva farmi credere. Alla fine, quando continuare con l'analisi approfondita delle portate era diventata una farsa, feci un cenno al cameriere e ordinammo: una quattro stagioni per me e una margherita per lei. Proprio come ai vecchi tempi.

"Ho passato un brutto periodo, sai?" dissi, quando il cameriere si fu allontanato. In quegli ultimi giorni avevo riflettuto a lungo su quale fosse il modo giusto per riprendere le fila del nostro rapporto ed ero giunto alla conclusione che dovevo giocarmi la carta della pietà. Era impossibile che non si muovesse a compassione nel sentire tutti i miei guai.

"Ho saputo dei tuoi genitori... e di tuo fratello. Mi dispiace..."

"Sì, è stato un duro colpo. Ho sperato di avere tue notizie dopo che..."

Sembrò sorpresa. Mentre tracciava per gioco il motivo della tovaglia con il dito indice, sollevò improvvisamente la testa e arrossì un po'.

"Era tutto molto più complicato di quanto immagini," disse con voce triste, ma non aggiunse altro.

Arrivarono le pizze e la conversazione prese un'altra piega. Dopo esserci scrupolosamente fiondati sul primo spicchio, posai la forchetta e il coltello e la guardai. Per la prima volta da quando ero tornato, avevo l'occasione di osservarla in tranquillità. Era persino più bella di quanto ricordassi. Il suo viso non era cambiato molto, ma aveva assunto un'espressione matura che le donava. La guardai masticare e pensai che fosse lo spettacolo più bello che avessi mai visto.

Ero innamorato. Ancora. Di nuovo. Mettetela come vi pare. Capii in quel momento che non avevo mai smesso di amare Alessandra. E ne fui terrorizzato; era chiaro che provasse ancora qualcosa per me, ma avrebbe potuto tornare ad amarmi come una volta? Dovevo a tutti i costi stare attento a non affrettare le cose, a non scoraggiarla.

"Che c'è?" domandò con un sorriso indagatore.

"Non ho detto niente."

"Mi stavi guardando in modo strano."

"Scusa. Non volevo essere scortese. È solo che dopo tanto tempo è buffo vederti mangiare la pizza."

"So che vuoi dire," disse, e poi fece una risata nervosa. "Eh sì, è alquanto bizzarro... Cioè, noi due, qui insieme dopo così tanti anni."

"Allora, dimmi, come te la passi?" le chiesi. Per il bene di entrambi, volevo che parlasse e che facesse il possibile per lasciarsi alle spalle gli anni perduti.

"Adesso bene, ma per un po' è stata dura. Dopo la morte di mio padre, due anni fa, io e mia madre non siamo andate molto d'accordo. Ero sempre stata la 'preferita di papà' e penso che ne fosse gelosa. Dopo che è morto, ha continuato a incolparmi di tutto e litigavamo di continuo. L'anno scorso ha deciso di tornare in campagna, di andare a vivere con la sorella, anche lei vedova. Non ci vediamo molto, ma ci sentiamo per telefono ogni poche settimane."

"Perciò non abiti più in via Stampa?" domandai, sapendo benissimo la risposta. Volevo farle credere che non l'avevo controllata, che non ero ossessionato da lei o da noi; volevo farla sentire a suo agio, in modo che mi accogliesse di nuovo nella sua vita.

"No. Adesso abito con la mia migliore amica. Si chiama Giorgia. È simpatica, se tu la conoscessi ti piacerebbe."

"Sarebbe bello," dissi e me ne pentii subito. Non volevo pensasse che fossi invadente, così cambiai argomento. "Sarebbe bello dividere un appartamento, intendo dire. Io vivo da solo."

"E cosa hai fatto dopo che... te ne sei andato?" domandò fuori contesto.

Era il segnale che stavo aspettando e la storia che mi ero scrupolosamente ripassato in testa venne fuori, con naturalezza e con grande pathos, frutto dell'enfasi ben studiata sulle mie varie disgrazie. Mentre la mia storia proseguiva ed io raccontavo delle difficoltà che avevo passato al Sant'Anna, vidi che Alessandra aveva gli occhi lucidi. Quando arrivai ai funerali della mia famiglia e di come mi ero aspettato che si sarebbe fatta viva per consolarmi, tese la mano in avanti per accarezzare la mia e deglutì addolorata. Stavo facendo progressi.

"Sai, sei la prima che ascolta tutta la mia storia. Non me la sono mai sentita di dirla a nessuno, ma non so perché, a te trovo facile raccontarla."

"È sempre stato semplice per noi parlare l'uno con l'altra, vero?" disse, ricambiando il complimento. "Al di là di tutto, siamo sempre stati buoni amici."

"Sì e mi mancava," risposi, cogliendo l'occasione di entrare più sul personale.

"Possiamo continuare a essere amici, sai?"

"Mi piacerebbe," dissi, mentendo. L'opzione 'restiamo amici' non era affatto quello che stavo cercando.

"Ti vedi con qualcuno?" domandò di punto in bianco.

"No. E tu?" Avevo il cuore a mille. Non sapevo cosa aspettarmi, ma confidavo in una sola risposta.

"Ho un ragazzo."

Ebbi un tuffo al cuore nel sentire quelle parole e distolsi lo sguardo, sperando che non notasse le mie emozioni. Dopo una breve pausa, continuò.

"Si chiama Silvio. Usciamo da quasi un anno ormai. Suo padre è brasiliano e la madre è italiana. È morta, ma suo padre ha un appartamento a Milano per affari. Silvio è nel settore dei diamanti e viaggia molto. Ti piacerà."

Ne dubitai fortemente, ma non era il momento adatto per dirlo. Annuii e Alessandra proseguì.

"E siccome non ti vedi con nessuno, ti farò conoscere Giorgia. Chi lo sa, magari se voi due andate d'accordo, potremmo uscire tutti insieme quando c'è anche Silvio." Ridacchiò in modo infantile al pensiero ed io mi sforzai di sorridere.

Rivendicare il mio posto nella sua vita avrebbe richiesto uno sforzo maggiore di quanto preventivato. Un fidanzato era un ostacolo ben più grande degli anni che ci avevano tenuto divisi, ma ero pronto al confronto.

CAPITOLO 20

L'appuntamento con Alessandra – o come lo volete chiamare – mi aveva lasciato l'amaro in bocca. Nessuna delle mie domande aveva avuto risposta; non ero riuscito a trovare il momento adatto per farle. Ma ci eravamo scambiati i numeri di telefono, lasciandoci con la vaga promessa di tenerci in contatto.

Mi ero sentito piuttosto stupido quando se n'era andata declinando la mia offerta di accompagnarla a casa e mitigando il suo rifiuto con un garbato bacio sulla guancia. Aveva avuto la meglio nel tacito sforzo di ridefinire il nostro rapporto, e quando si era allontanata mi era sembrata più rilassata e contenta come mai fino a quel momento. Erano state definite regole implicite ed erano stati tracciati dei confini che non potevano essere superati. Adesso eravamo ufficialmente 'buoni amici' e il nostro codice di comportamento doveva attenersi a tale definizione.

Quando mi allontanai assorto dal ristorante, carezzai l'idea di lasciarla andare, di concedere alla mia rabbia di prendere il sopravvento e di trasformare la mia frustrazione in odio. Cercai d'immaginare cosa avrebbe fatto Alessandra se, dopo un po', si fosse resa conto che non l'avrei chiamata. Ma erano pensieri futili; sapevo che non avrei mai rinunciato a lei. Quei pochi attimi in cui le sue labbra avevano sfiorato la mia guancia erano bastati per infondermi l'elettrizzante sensazione di avere un disperato bisogno di lei.

Tuttavia, per riprendere il controllo della situazione, decisi di aspettare almeno una settimana prima di telefonarle. Per questo rimasi davvero colpito quando il telefono squillò solo due giorni dopo e sentii la voce di Alessandra.

"Ciao, Roberto. Come va?"

"Tutto bene," risposi guardingo. Ero incuriosito perché non mi aspettavo quella chiamata.

"É stato carino, l'altro giorno..."

"Anche per me," dissi, trattenendomi perché non avevo nessuna intenzione di essere il primo a portare avanti la conversazione.

Seguì un breve silenzio, probabilmente dovuto alla sua perplessità di fronte alla bruschezza delle mie risposte, e poi disse, "Ricordi che ti ho parlato di Giorgia?"

"Sì?"

"Le ho raccontato di te e non vede l'ora di conoscerti. Sei libero questa settimana?"

"Ci posso lavorare..." esitai, senza sapere cosa avesse in mente. "Ci sarà anche Silvio?"

"No, mi dispiace. Silvio parte stasera per un viaggio di lavoro a Londra e non tornerà prima di due settimane. Stavo pensando che forse potresti venire a cena da noi sabato, così conosci Giorgia e magari la porti fuori dopo mangiato. Che te ne pare?"

"Sabato va bene," dissi, cercando di non sembrare troppo entusiasta. "Negli ultimi tempi non sono uscito molto."

"Allora, affare fatto. Ma non aspettarti una cena raffinata. Non sono una grande cuoca, ma faccio dei discreti spaghetti."

"Perfetto. Sabato a che ora?"

"Facciamo alle otto. Sono così emozionata! Ah, devo darti l'indirizzo."

Così il mio grande amore mi stava organizzando un appuntamento con la sua migliore amica. Buffo, vero? Ma avrei accettato di accoppiarmi con un gorilla se questo voleva dire avere l'opportunità di stare vicino ad Alessandra.

Quel sabato sera il taxi mi lasciò in un quartiere sconosciuto, lungi da ciò che mi sarei aspettato. Le strade erano strette e la facciata del lungo e impersonale edificio che mi trovai di fronte aveva proprio bisogno di una generosa mano di vernice. La strada era desolata, fredda e umida – un angolo della città dimenticato da Dio. Era chiaro che Alessandra non se la passava bene economicamente.

Controllai l'indirizzo per essere sicuro che l'ingresso buio fosse quello giusto, poi strinsi tra le mani la bottiglia di Chianti che avevo portato e salii le scale male illuminate fino al terzo piano.

La porta dell'appartamento era stata dipinta a mano con una vernice marrone che si stava sfogliando. Non c'era il nome sul campanello e rimasi lì, nel dubbio, finché non ricontrollai l'indirizzo sul foglietto di carta che avevo con me. C'era scritto, "terzo piano, porta marrone", così bussai e aspettai. Ci volle qualche secondo prima che la porta si aprisse; non sapevo molto di Giorgia, ma la ragazza che mi trovai davanti non era niente di ciò che mi sarei potuto immaginare dalla descrizione di Alessandra. Era minuta, con capelli corti e rossi e la carnagione più pallida che avessi mai visto. Assomigliava a un folletto. Alzò lo sguardo verso di me – mi arrivava sì e no al mento – con un'espressione interrogativa che divenne subito un sorriso.

"Tu devi essere Roberto," disse ed io riuscii a malapena ad annuire prima che si voltasse per urlare, "Alex, è arrivato Roberto!"

Dopodiché tornò su di me con un sorriso di scusa, come se si fosse accorta in ritardo di avere avuto un comportamento fuori luogo. Contraccambiai il sorriso cercando di metterla a proprio agio.

"E di sicuro tu sei Giorgia," dissi.

"Sì... Entra. Alex è in cucina," aggiunse, indicando una porta aperta alle sue spalle.

"Vieni," arrivò da là la voce di Alessandra.

Mi tolsi il cappotto e lo appesi a un attaccapanni accanto alla porta. Giorgia mi guardò senza dire niente e poi mi fece cenno di entrare in cucina. Dopodiché sparì in un'altra stanza, quasi come a volere chiarire che non c'entrava niente col fatto che mi trovavo lì.

In cucina, Alessandra era indaffarata ai fornelli con indosso un grembiule colorato. Aveva la faccia rossa per il calore ed era sorprendentemente bella. Rimassi sulla soglia, a guardarla a bocca aperta, e dopo qualche secondo sollevai la bottiglia di Chianti per mostrargliela e mitigare il mio imbarazzo.

"Oh, non era necessario! Ma visto che ci sei, tieni il cavatappi," disse.

Per stappare la bottiglia impiegai molto più tempo e più energie del necessario, mentre, nel frattempo, lanciavo rapide occhiate furtive ad Alessandra.

"Allora... Questo 'Alex' da dove scappa fuori?" domandai.

"Ha iniziato Giorgia a chiamarmi così e dopo un po' lo hanno fatto tutti. Ci ho fatto l'abitudine. È carino, non trovi?"

"Preferisco Alessandra," dissi.

"Puoi continuare a chiamarmi così," cedette, con aria pensierosa.

Annuii e giocherellai un altro po' con la bottiglia di vino.

Alessandra avvicinò la testa alla mia e per un attimo mi chiesi che intenzioni avesse, ma poi mi sussurrò, "Che ne pensi di Giorgia?" e capii che voleva soltanto essere un gesto d'intesa nel suo piano per farci uscire insieme.

"L'ho vista solo di sfuggita, ma sembra carina."

"Fammi andare a sentire che ne pensa lei," bisbigliò e scomparve.

Rimasi lì ad aspettare, con aria imbronciata e imbarazzato come non mai. Mi sentivo come un oggetto all'asta e non mi piaceva.

Alessandra rientrò poco dopo raggiante. Quando mi mise una mano sul braccio, una scarica elettrica mi arrivò su fino alla spalla e ridacchiando come una bambina, disse, "Ti trova fantastico! Vieni, aiutami con gli spaghetti," ordinò, ritrovando il suo senso pratico. "Giorgia, è pronto!" urlò, mentre usciva dalla cucina con una scodella di pasta fumante per portarla in un minuscolo salotto che faceva anche da sala da pranzo, con una piccola tavola per massimo quattro persone. Oltre al tavolo, che dopo cena fu spostato da una parte, nella stanza c'era un divanetto, un tavolino da tè e due comode poltrone. Un telefono retrò, grosso e nero, occupava gran parte di un piccolo tavolino. Una mensola di vetro era stipata di audiocassette e libri sistemati alla rinfusa ai lati di un enorme mangianastri antico. Le grandi bobine ruotavano lentamente facendo risuonare una musica d'atmosfera a me sconosciuta. Alle pareti erano appesi quadri e decorazioni insignificanti. La luce era soffusa e c'era un'accogliente aria di casa.

Avevo portato con me il vino e Alessandra aveva trovato una scusa per tornare in cucina. Giorgia ed io rimanemmo in silenzio ai lati opposti del tavolo; cercai di non darle troppo a vedere che la stavo studiando. Era sicuramente attraente; i piccoli seni rotondi erano strizzati in una camicetta bianca, di un tessuto troppo sottile per il freddo che c'era nell'appartamento. Probabilmente era per questo che le si vedevano distintamente i capezzoli turgidi, ma di certo non si sforzò di nasconderli. Indossava pantaloni elasticizzati che non lasciavano dubbi sul fatto che avesse delle belle gambe. Aveva lineamenti delicati, simili a quelli di una maschera veneziana, con labbra piccole e carnose di un naturale colore rosso vivo; ma a osservarla da vicino, sul suo volto si notava tutta la sua forza e un'evidente risolutezza, frutto sicuramente di un carattere deciso. Mi bastarono dei rapidi sguardi per capirlo, benché avessi evitato di fissare ogni sua parte del corpo per più di una frazione di secondo. Giorgia, invece, mi squadrò senza riserve e senza alcun segno d'imbarazzo, finché non mi accorsi che ero arrossito.

La tavola era stata apparecchiata con due piatti sul lato in cui mi trovavo e con uno dall'altro. Quando ebbe finito di passarmi al vaglio, Giorgia si sedette di fronte al piatto singolo e sollevò lo sguardo. "Paghi lo stesso se stai in piedi o seduto, sai?" disse.

Mi sedetti di fronte a lei. Provai con tutto me stesso a farmi venire in mente qualcosa da dire, e mi sentii alquanto stupido perché non riuscivo a trovare una risposta come si deve, ma fortunatamente Alessandra arrivò in mio aiuto portando fuori il sugo. "Muoio di fame," disse mentre iniziava a servirci generose porzioni di spaghetti.

Versai il vino e la cena ebbe inizio con un tempismo perfetto.

L'atmosfera si scaldò e divenne più rilassata una volta che il cibo fu sul piatto. Le chiacchiere di Alessandra sul più e sul meno servirono a rompere il ghiaccio e la conversazione prese il via non appena passammo ad argomenti neutrali. Alessandra era visibilmente ansiosa che la cena avesse successo. Da parte mia, mi sentii obbligato a essere partecipe.

"Lavori con Alessandra?" domandai a Giorgia.

"Vado all'università," rispose e prima che potesse continuare, intervenne Alessandra.

"Giorgia studia filosofia. È molto intelligente!"

"Non stare ad ascoltarla," disse Giorgia, con un timido sorriso civettuolo. "Me la cavo, ma sono fortunata a non avere fretta con gli studi visto che a pagare ci pensano i miei genitori, così posso andare avanti con i miei tempi. Gli altri studenti devono lavorare per mantenersi e, tra l'altro, con stipendi da fame, perciò c'è poco da stupirsi se prendo buoni voti."

"Eccola che inizia," ribatté Alessandra, con una risatina divertita. "L'abbiamo presa in Lotta Continua e ora siamo fregati."

"Non mi piace quando ti prendi gioco del movimento," replicò Giorgia tutta seria. Poi si rivolse a me e chiese, "Conosci Lotta Continua?"

"È una specie di partito comunista, no?" Le mie conoscenze politiche non si spingevano oltre.

"È molto più di questo. È l'unico movimento impegnato a mettere in piedi una vera e propria rivolta contro la borghesia e lo Stato, che sfruttano spudoratamente i lavoratori."

"Significa che sei una bolscevica?" domandai incuriosito.

"Affatto!" rispose arrabbiata. "Il nostro movimento si basa sull'onestà. Ti sembra giusto che le masse siano sottopagate e schiacciate dal lavoro, mentre una minoranza di persone privilegiate vive come parassiti?"

"Be'..." risposi, "se la metti così, ovviamente no."

"Faccio parte delle masse oppresse e sono sicuramente sottopagata, perciò hai il mio sostegno. Va' avanti," disse Alessandra con leggerezza, e credetti di vederla farmi l'occhiolino.

"Ma," non riuscii a trattenermi, "quello che hai detto a proposito dei tuoi genitori che ti pagano l'università, non fa di te un'appartenente alla borghesia?"

"*Loro* lo sono, non io. Preferirei lavorare e mantenermi gli studi da sola, ma non avrei tempo per il movimento e qualcuno deve assumersi delle responsabilità. Io lo faccio."

Non sapevo se essere divertito o preoccupato per quello che stava dicendo, tuttavia il mio piano richiedeva che stringessi amicizia con questa ragazza se volevo libertà di accesso a quell'appartamento, perciò non avevo alcuna intenzione di farmela nemica. Capii che quello era il suo argomento preferito e decisi di lasciarla parlare a ruota libera. Ero pronto a impegnarmi con tutto me stesso per diventare un ascoltatore simpatizzante, per quanto difficile.

"Allora, dimmi, di cosa vi occupate? Che cosa fai per il movimento?"

"Vado a prendere il dolce," disse Alessandra. Mi appoggiò una mano sul braccio per alzarsi, dandomi una strizzatina furtiva, come a dirmi che stavo andando bene e che dovevo continuare così. Desiderai che non l'avesse fatto, perché quel gesto così distaccato e superficiale fu un supplizio. Giorgia annuì impaziente, in attesa che Alessandra si togliesse dai piedi per rispondermi.

"Siamo molto impegnati. Manifestiamo spesso e contro ogni genere di cose. È la parte più pericolosa perché capita di frequente che finiamo in scontri diretti con la polizia o con il movimento neo-fascista, l'MS. Sono entrambi violenti come sembrano e a volte la gente si fa davvero male.

"Poi ci incontriamo al quartier generale per preparare volantini e pianificare le attività. Facciamo anche riunioni generali in cui discutiamo di questioni morali con i nuovi arrivati e gli facciamo conoscere il nostro movimento. Dovresti venirci una volta, è molto interessante."

"Mi piacerebbe," mentii.

Il suo volto s'illuminò e fece un ampio sorriso. "Sul serio? È fantastico. Sarei felice di portarti alla prossima, se ti va di venire."

"Certo."

Alessandra entrò in sala con un vassoio di dolci poco invitanti che aveva chiaramente comprato a buon prezzo da qualche parte. "Dov'è che andate voi due?" si affrettò a domandare.

"Stavo giusto dicendo a Roberto che dovrebbe venire alla prossima riunione di Lotta Continua." Poi, come se avesse avuto un ripensamento, mi disse, "Sai che stasera mi trovo con alcuni amici del movimento? Ti va di unirti a noi?"

Decisi di fare il prezioso. Controllai l'orologio ed esitai. "Non lo so... Si sta facendo tardi. E poi mi prendi in contropiede, non sono mai stato appassionato di politica."

"Secondo me dovresti andare," disse Alessandra, dandomi contemporaneamente un'occhiataccia e un calcio sotto il tavolo. Le stavo facendo saltare il piano che aveva ben organizzato. "Sono stata con Giorgia a queste serate del sabato e sono divertenti."

"Vieni anche tu?" chiesi a titolo di cronaca.

"No. Ho un gran mal di testa, vado a letto."

Comodo per le donne addurre come scusa un mal di testa in qualsiasi momento, vero? Se gli uomini facessero lo stesso, sarebbero etichettati come dei bugiardi; le donne, invece, esercitano semplicemente un loro diritto.

"Molto divertente," disse Giorgia. "Non è una riunione politica. Ci troviamo in una vineria vicino all'università dove servono buon formaggio e Barbera a prezzi ragionevoli, e parliamo. Alcuni di loro sono molto intelligenti e la discussione spesso si trasforma in un dibattito avvincente. Se non ci sei mai stato, dovresti venire e giudicare con i tuoi occhi."

"D'accordo, facciamo un patto. Se vengo e la discussione diventa troppo intellettuale, andiamo da qualche altra parte, dove non devo spremermi le meningi."

"Ci sto!" rispose Giorgia senza neanche provare a nascondere la propria soddisfazione.

Alessandra si alzò e sorrise raggiante, come un'insegnante orgogliosa dei suoi alunni. "Prima che andiate vi faccio il caffè," disse, in un tono che non ammetteva repliche.

Nella vineria le luci erano soffuse. Il locale era quasi al buio. Si trovava in una cantina nel seminterrato di uno degli antichi edifici nei pressi dell'università. Era così stipata di tavoli di legno grezzo che c'era a malapena lo spazio per attraversare la stanza. I camerieri indaffarati avevano lasciato sui tavoli il pane, vassoi di formaggio e brocche di vino accanto a bicchieri da osteria. Ci fermammo in fondo alle scale che conducevano alla cantina, il tempo necessario perché gli occhi si adattassero alla luce fioca, poi Giorgia mi accompagnò a uno dei tavoli, intorno al quale erano radunati sei o sette ragazzi. Uno di loro era preso da un'animata discussione. Giorgia si fermò poco dietro le sue spalle e si mise ad ascoltare. Io ero al suo fianco e fissavo quel giovane che poi mi presentò con il nome di Franco.

"Supponendo per un secondo, un secondo solo dico io, che Calabresi sia stato il vero responsabile dell'omicidio Pinelli, la domanda è se ci sarebbe stata la minima possibilità di portare il caso in tribunale facendo appello alla classe dirigente. Ovviamente era impensabile che ciò accadesse," sostenne Franco.

"Quindi stai dicendo che i compagni che hanno ucciso il commissario hanno fatto la cosa giusta?" chiese una ragazza con i capelli scuri e dall'aria svampita.

"Non sto dicendo che fossero dei nostri..." ribatté Franco, cospirativo, come a suggerire che sapeva dell'altro.

Guardai i giovani intorno a quel tavolo. Molti di loro volevano darsi un'aria vissuta e proletaria con maglioni dolcevita palesemente acquistati nelle boutique più costose di Milano. Anche se con colori e modelli diversi, seguivano un codice di abbigliamento ben definito. Davano l'impressione di essere in uniforme.

"Stanno parlando dell'omicidio del commissario Calabresi, considerato responsabile della morte di Giuseppe Pinelli, uno dei nostri compagni," mi sussurrò Giorgia.

Annuii. Avevo letto qualcosa sui giornali un paio di anni prima ma non conoscevo tutti i particolari – non che ne fossi davvero interessato.

Approfittando di un momento di calma, Giorgia si fece avanti e salutò tutti, dopodiché mi presentò agli altri. Ci sedemmo al tavolo con loro; io bevvi un po' di vino e mangiai un formaggio niente male, mentre Giorgia ammirava imbambolata, come le altre ragazze, l'eloquenza di Franco. Io lo trovavo borioso, prolisso e noioso, così lasciai che la mia attenzione vagasse studiando le altre persone ai tavoli intorno a me.

A Giorgia ci volle quasi un'ora per rendersi conto che non mi stavo divertendo. Il mio silenzio interrotto da un lungo sbadiglio finalmente fece arrivare il messaggio. "Vuoi andare via?" domandò.

"Penso che come prima volta sia abbastanza," dissi rallegrato. "Non mi dispiacerebbe se ce ne andassimo."

Fece un sorriso mortificato e annuì. Ci alzammo e salutò tutti, anche se ricevette giusto un paio di risposte. Gli altri erano troppo presi da qualche futile dibattito per accorgersene.

Quando arrivammo in cima alle scale, fummo colpiti dall'aria fredda e rientrammo di nuovo nella vineria. "Fuori si gela. Decidiamo dove andare prima di uscire," dissi.

"Andiamo da qualche parte dove non devi scervellarti," rispose, scimmiottando la frase che avevo detto prima.

"Se vuoi dirmi che lo trovavi interessante, mi arrendo," replicai con impeto.

"Onestamente non era un gran che, no, hai ragione. Scusa."

Sorrisi notando in lei un imbarazzo che poco si confaceva alla sua forte personalità. "A essere onesto, ne è valsa comunque la pena. Conoscevo un posto qui vicino, dove facevano buona musica. Ti va di andare a dare un'occhiata?"

"Fammi strada," disse ed io la invitai a prendermi a braccetto.

Il locale era ancora dove lo ricordavo, anche se l'atmosfera era un po' diversa, ma forse ad essere cambiato ero io con qualche anno in più. Scegliemmo un tavolo tranquillo in un angolo e prendemmo da bere. Non ballammo. Non ne avevo voglia ed evitai di proporlo a Giorgia, che comunque non sembrava interessata. Restammo semplicemente seduti a parlare.

"Che tipo è Franco?" domandai, tenendo la conversazione su argomenti neutrali.

"Studia legge ed è uno dei leader del nostro movimento studentesco. È molto intelligente."

"Be', lo nasconde bene," commentai.

"Dai, non dire così! È solo che non sei abituato alla nostra compagnia. Siamo un bel gruppo."

"*Tu* sei bella," dissi per rallegrare l'atmosfera. Giorgia accennò un timido sorriso.

Quando finimmo i nostri drink, era l'una passata e per quel giorno poteva bastare. Mi ricordai del consiglio che avevo letto una volta in treno su una rivista per signore che un passeggero aveva lasciato nel mio scompartimento. Diceva, "Mai dare un bacio al primo appuntamento, se volete mantenere vivo l'interesse del vostro accompagnatore." Pensai che fosse valido anche per me e tenni le distanze.

Chiamammo un taxi che ci lasciò al portone delle ragazze. Non mi offrii di accompagnarla su in casa e Giorgia non m'invitò a entrare.

"Mi sono divertito stasera... nonostante i tuoi compagni," dissi convinto, con un sorriso.

"Anch'io," rispose.

Seguirono alcuni secondi di nervoso silenzio dovuto all'imbarazzo del momento; Giorgia si aspettava sicuramente che prendessi l'iniziativa. Quando me ne restai lì immobile, mi dette un bacetto sulla guancia e sussurrò, "Buona notte."

"Notte," risposi, immobile, e dopo un breve attimo di esitazione, si voltò ed entrò nel palazzo.

Ebbi l'impressione di avere fatto progressi. Ma, ovviamente, ero solo all'inizio.

CAPITOLO 21

Quella domenica cominciò con il piede sbagliato quando il telefono squillò di mattina presto. Alzai il ricevitore e fui sorpreso di sentire la voce di Alessandra.

"Come è andata?" chiese senza neanche prima salutarmi.

"Ma è ancora l'alba! Come è andata cosa?" domandai cupo.

"Non essere sciocco, sono già le dieci."

"Appunto."

"Non farti implorare, dai. Muoio dalla voglia di sapere che ne pensi di Giorgia."

"È molto carina," dissi. Non ero certo di quale fosse la risposta giusta a quella domanda e non mi ero preparato.

"Ehi, pronto, sono io, Alex! Piantala di fare il difficile..." In assenza di una mia reazione, proseguì con toni più pacati, "Giorgia ti trova fantastico, divertente e intelligente. Ti assicuro che ha perso la testa, anche se non me l'ha detto. La conosco bene." Dalla voce sembrava eccitata, contenta come una bambina. La cosa mi disturbò, ma a quanto pare era determinata a farci mettere insieme e continuò, "Dai, raccontami tutto. Cosa pensi di lei?"

Esitai, non sapendo come avrebbe reagito, ma a quel punto avevo poca scelta; dovevo stare al gioco e, oltretutto, Giorgia mi piaceva davvero. "Vorrei conoscerla meglio," risposi. "Mi piace la sua energia..." Sperai di dare l'impressione di essere una persona seria, in grado di apprezzare le qualità intellettuali di Giorgia e, allo stesso tempo, di farle capire che il mio cuore era ancora libero e a sua disposizione qualora fosse stata interessata a riprenderselo. Ma evidentemente Alessandra era concentrata su una cosa soltanto.

"Lo sapevo! Sarà così emozionata..."

"Non se ne parla nemmeno! Tu non le racconterai un bel niente," insistei, sapendo fin troppo bene che sarebbe corsa da Giorgia a farle il resoconto della nostra conversazione non appena avesse messo giù il telefono.

"Okay, va bene, se è quello che vuoi," rispose.

Confermai che era ciò che desideravo e riattaccai. L'entusiasmo di Alessandra era troppo per me, ma non avevo altra scelta se volevo fare di nuovo breccia nel suo cuore. Tuttavia, trovavo che Giorgia fosse attraente e non andavo con una ragazza da molto tempo. Perciò, nonostante la nostra relazione fosse diventata per me una questione di necessità, ero emozionato.

Il fattore insicurezza gioca un ruolo importante nel definire il proprio ruolo durante un corteggiamento, così decisi di lasciare cuocere Giorgia nel suo bordo per qualche giorno. Nel tornare a casa dal lavoro mercoledì sera, valutai che avevo aspettato a sufficienza e la chiamai. Rispose al terzo squillo.

"Pronto, Giorgia?" domandai.

"Roberto? Ciao..."

Sembrò imbarazzata e stranamente ci provai gusto. Avevo dimenticato quanto potesse essere divertente corteggiare qualcuno.

"Ciao. È un po' che non ci sentiamo e stavo pensando..."

Lasciai la frase sospesa a mezz'aria finché Giorgia si sentì in dovere di dire, "Sì?"

"Ti va di andare al cinema o da qualche altra parte?"

"Certo. Quando?"

"Domani?"

"Perfetto."

"Passo a prenderti alle sette così possiamo andare al primo spettacolo e dopo ci mangiamo qualcosa."

"Fantastico! Mi faccio trovare pronta."

"Non mi hai chiesto quale film avevo in mente di portarti a vedere."

"Oh, mi fido di te."

Provai un leggero disappunto. Tra me e me pensai che era come sparare sulla Croce Rossa.

Quando passai a prendere Giorgia, piovigginava. Marzo è un mese pazzerello a Milano e mi ero dimenticato di prendere l'ombrello perché quel pomeriggio il sole aveva fatto capolino. Giorgia indossava un cappotto di lana con il collo in finto cincillà e un brutto cappello in stile Bohemién fatto a maglia. Andammo a braccetto alla stazione della metropolitana e salimmo sul treno che ci portò in centro.

"Avevo pensato di andare a vedere una replica di Cane di paglia. L'hai visto?" domandai una volta in metro.

"No, ma ho sentito dire che è un bel film."

"È magnifico. E Dustin Hoffman è superbo, il migliore. La trama è un po' forte ma ha un messaggio sociale importante. Quindi va bene se andiamo?" Mi congratulai con me stesso per essere stato sufficientemente colto ed esperto di cinema da passare per uomo di mondo.

"Certo," disse senza esitazione.

Il cinema era quasi vuoto e optammo per una fila al centro. Visto che stavano già passando le anteprime, dovemmo muoverci al buio, ma alla fine scegliemmo i nostri posti e ci sedemmo.

Il film iniziò e non appena la trama si fece più tesa, Giorgia venne più vicina afferrandomi il braccio destro con tutte e due le mani. Le misi la mano sinistra sul ginocchio e la lasciai lì per un po'. Quando vidi che non protestava, iniziai a massaggiarlo delicatamente con le dita finché non si avvicinò ancora di più e mi appoggiò la testa sulla spalla. Non potendo aspettare oltre, le sollevai il mento con la mano destra e la baciai. Ricambiò il bacio a occhi chiusi, con rapidi movimenti della lingua simili a quelli di una lucertola, finché non la costrinsi a rallentare. Poi i nostri baci divennero sensuali – non più nervosi e fuori sincrono – ed ebbi la possibilità di analizzare con calma le sensazioni che stavo provando. Ero un po' in affanno. Da lì capii che ero davvero eccitato, anche se mi dava sui nervi il bracciolo rigido della poltrona che ostacolava le nostre carezze.

"Con gli occhi aperti segui meglio il film," sussurrai infine, sperando che da quelle parole trasparisse anche la mia ironia.

"Fanculo il film," rispose senza aprire gli occhi.

Baciai dolcemente le sue morbide labbra. "Allora mettiamoci più comodi da qualche altra parte," suggerii.

"Da te," rispose.

Ora aveva gli occhi spalancati e mi stava scrutando da così vicino che riuscivo a sentire il suo respiro in faccia. Mi eccitai ancora di più, a tal punto che mi limitai ad annuire e ad alzarmi.

Qualcuno dietro di noi urlò, "Allora, vi volete sedere!" ma uscimmo ignorandolo.

Per andare dal centro città a casa prendevo sempre il tram, ma questa volta sarebbe stato un sacrilegio sprecare ogni singolo secondo, così chiamammo il primo taxi e salimmo a bordo, tenendoci per mano. Giorgia rimase a occhi chiusi e mise la testa sulla mia spalla. Restammo in silenzio, impazienti di riprendere la nostra intimità da dove l'avevamo interrotta. Dieci minuti dopo, entrammo nel mio appartamento. Giorgia mi spinse contro la porta non appena l'ebbi chiusa e sollevò la testa perché la baciassi. La tirai su per la vita e si strinse intorno a me con le gambe, baciandomi con violenza.

Dall'ingresso mi diressi in camera come una specie di strano animale, dimenandomi per sfilare i cappotti di entrambi, mentre piroettavo cercando di restare in equilibrio nonostante il suo peso spingesse il nostro centro di gravità a limiti insostenibili. Rimbalzai sul muro e Giorgia rise di gusto senza smettere di baciarmi. Nel ridere ci scontrammo i denti l'un con l'altra e sentii un dolore acuto sul labbro inferiore quando i suoi incisivi mi tagliarono la carne. Avvertii il sangue in bocca ma quando Giorgia mi baciò con intensa avidità, il suo sapore dolce prese il sopravvento.

Finalmente riuscii ad arrivare in camera e la trascinai con me sul letto, ormai senza fiato. Ci dimenammo in modo goffo perché non riuscivamo a smettere di baciarci e di toccarci, neppure nel breve tempo che ci volle per toglierci i vestiti. Ma alla fine ci ritrovammo nudi. Non c'eravamo scambiati una parola da quando eravamo entrati in casa e non parlammo mentre facemmo l'amore; restammo in silenzio, senza fare rumore, come quando non vuoi farti sentire da qualcuno che dorme nella stanza accanto alla tua.

La sensazione di avere fatto l'amore e non semplicemente del sesso fu una piacevole sorpresa. Conoscevo bene la differenza, credetemi. Continuai a fissare il suo bel viso mentre giaceva distesa soddisfatta con gli occhi chiusi e respirava quasi impercettibilmente attraverso il suo grazioso nasino. Mi suscitava tenerezza e mi faceva venire voglia di continuare a guardarla. Ora che eravamo distesi immobili, iniziai a sentire freddo e tirai su il copriletto. Fu una sorpresa sentire il calore del suo corpo sotto la coperta e mi riportò ad altri giorni, con una fitta di rimorso per il tempo perduto.

Poi, esausti, ci addormentammo tra le braccia l'uno dell'altra. Annebbiato dal sonno, le sentii borbottare qualcosa del tipo, "Volevo davvero vedere Cane di paglia," ma probabilmente stavo solo sognando.

CAPITOLO 22

In un primo momento trovai difficile inquadrare Silvio. Era leggermente più alto di me e magro da sembrare quasi malato. Mi ricordava le immagini dei pazienti tubercolotici che avevo visto in un vecchio libro, ma forse c'entrava il fatto che fumasse come una ciminiera e che s'interrompesse spesso quando parlava a causa di una tosse secca che gli dava il tormento. Portava la barba più lunga di quanto andasse di moda al tempo, con qualche pelo bianco qua e là che spiccava tra la fitta matassa corvina. Insieme alla moltitudine di piccole rughe ai lati degli occhi, quella barba lo faceva sembrare molto più vecchio dei ventinove anni dichiarati. Sembrava fregarsene delle briciole e di altri avanzi di cibo che ogni volta si annidavano nella sua barba, un dettaglio che insieme ai capelli scarmigliati lo faceva sembrare sporco. Indossava abiti firmati con tale ostentazione che mi dava sui nervi, e parlava con un pesante accento portoghese. Un paio di volte, distratto per la stanchezza, lo beccai a parlare normalmente, perciò sospetto che lo marcasse di proposito.

All'inizio rimasi scioccato; non riuscivo a capire cosa ci trovasse in lui Alessandra. Nei primi dieci minuti dopo che me lo ebbe presentato, lo guardai e restai ad ascoltarlo parlare del suo recente viaggio e mi domandai come potesse essere attratta da una persona così superficiale. Poi vidi i suoi occhi. Erano penetranti, scuri e profondi e comunicavano una forza magnetica. Quando ti sorrideva, mostrando i denti macchiati di nicotina, eri catturato dai suoi occhi che sembravano dire qualcos'altro. Il loro unico messaggio era: io sono al comando e tu mi obbedirai. Con i suoi modi affabili l'aveva sempre vinta e senza fare nessuno sforzo. Nel complesso era un essere viscido.

Quando lo incontrai per la prima volta, Giorgia ed io eravamo appena tornati da uno dei nostri pomeriggi in cui avevo accettato di aiutarla con il movimento. Eravamo agli inizi della nostra relazione e c'era poco che mi potessi rifiutare di fare per lei. Ero ancora sorpreso dalla forza dei sentimenti che provavo nei suoi confronti – potevo solo chiamarlo 'amore', nonostante fosse qualcosa di completamente diverso da quello che avevo vissuto con Alessandra. Ero confuso, perché non avevo mai pensato che fosse possibile amare due donne contemporaneamente, anche se in misura diversa.

Silvio la baciò sulla guancia, mentre a me strinse la mano in modo deciso e virile, dandomi anche una pacca sulla schiena che trovai eccessiva e inopportuna. Poi mi abituai al suo comportamento. Dopo un po' di tempo, i suoi modi anticonvenzionali smisero di darmi fastidio.

"Facciamo un po' di pasta. Muoio di fame!" disse ad Alessandra dopo mezz'ora di chiacchiere a cui partecipai ben poco.

"Sono troppo stanca. Perché non vai a prendere una pizza?" rispose.

"Ma figurati! Tu non devi fare niente. Roberto, vieni," disse alzandosi dal divano, "facciamo vedere a queste ragazze come noi uomini siamo bravi a preparare degli spaghetti come si deve."

Evidentemente, l'idea che non avessi voglia di aiutarlo non lo sfiorò neanche da lontano, perché si fiondò in cucina senza voltarsi. Guardai Alessandra amareggiato e mi alzai.

"Ti faccio vedere dove trovare tutto l'occorrente," disse Giorgia. Sembrava divertita, mentre probabilmente Alessandra non era interessata, così decisi di stare al gioco.

Gli spaghetti furono pronti in tempo record; io avevo pensato alla salsa. Per fortuna Silvio non aveva mai smesso di chiacchierare, evitandomi l'incombenza di trovare argomenti di conversazione.

Poi ci sedemmo tutti e quattro a mangiare al piccolo tavolo da pranzo.

"Buoni, Silvio," disse Giorgia entusiasta dopo avere inghiottito una forchettata di spaghetti. Ogni volta restavo meravigliato dall'enorme quantità di cibo che il suo piccolo corpo riusciva a ingurgitare.

"Non guardare me," rispose Silvio. "Il sugo è merito di Roberto."

"Non mi hai mai detto di essere bravo a cucinare," reclamò Giorgia, in tono scherzoso.

"È una delle mie tante doti nascoste."

"Ma sono sicuro che non è quella che t'interessa di più, eh Giorgia?" intervenne Silvio con un sorriso che la diceva lunga. Poi, rivolto ad Alessandra, aggiunse, "Non ti piacciono i nostri spaghetti? Non hai mangiato niente."

"Non ho fame," rispose, e per la prima volta notai che non stava sorridendo. "Non mi sento bene. Vado a letto."

"Avrai preso l'influenza," dissi, desideroso di rendermi utile.

"Alex, vai a distenderti," suggerì Giorgia mentre si alzava. "Ti preparo un tè."

La conversazione si esaurì e quando Giorgia tornò in sala per dirmi che non sarebbe uscita per occuparsi di Alessandra, declinai educatamente l'invito di Silvio ad andare a prendere un caffè al bar e me ne tornai a casa di cattivo umore. In quel breve lasso di tempo avevo capito che quando Silvio era nella stanza monopolizzava l'attenzione di tutti e di conseguenza, per Alessandra smettevo di esistere. D'altro canto, avevo sentito la mancanza di Giorgia nel momento esatto in cui mi ero chiuso la porta alle spalle, perciò, forse, dovevo trovare la forza di concentrarmi su noi due e dimenticare Alessandra. Non ero mai stato così confuso in vita mia, ma mi attendevano tempi ben peggiori.

Una cosa era certa: Silvio non fingeva sul fatto di essere ricco. Guidava un'Alfa Romeo 1750 nuova di zecca, un'auto da sogno molto costosa, soprattutto se super accessoriata come la sua, dotata del migliore impianto stereo per quelle enormi musicassette che al tempo costavano un occhio della testa. La sua auto divenne oggetto di conversazione due settimane dopo il nostro primo incontro e anche durante un pomeriggio di chiacchiere a casa delle ragazze.

"Domani mattina vado in campagna. Ragazzi, vi inviterei a farmi compagnia, ma vado a trovare mia nonna e non è un gran divertimento. Credo che prenderò la 1750."

"Hai una 1750 e non me l'hai detto?" domandai sbigottito.

"Ti piace?"

"Dire che mi piace è poco. Sarà l'auto che prenderò quando me ne comprerò una."

"Vuoi fare un giro di prova?" chiese.

"Sarebbe fantastico!" dissi. Balzai in piedi in preda all'entusiasmo.

"Allora andiamo. È parcheggiata dall'altra parte della strada."

Dopo avere seguito il dialogo in silenzio, si alzò anche Giorgia. "Vengo anche io. Voglio vedere come guida Roberto."

Con mia sorpresa, Silvio la bloccò sollevando una mano e fece di no con la testa. "Tesoro, questa è una faccenda da uomini. Un'altra volta, d'accordo?"

Ero sicuro che Giorgia sarebbe andata su tutte le furie, focosa e irascibile com'era. La guardai, sperando che capisse quanto desiderassi andare e che, allo stesso tempo, non la prendesse male. Con mia sorpresa fece finta di niente. "Okay," disse, ma non sapevo se si stesse rivolgendo a me o a Silvio.

Alessandra era seduta sul divano in uno dei suoi momenti lunatici in cui finiva sempre col non sentirsi bene e andare a letto. Non aveva parlato molto fino ad allora e non sembrò mostrare particolare interesse, così presi il giubbotto e uscimmo.

L'auto era tutto ciò che mi ero sempre immaginato e guidai in uno stato di euforia, felice che Silvio non raffreddasse il mio entusiasmo per l'acceleratore. Non sembrava preoccupato per la sua incolumità o per quella della macchina, e non mi chiese di rallentare nemmeno una volta. Quando dopo più di mezz'ora tornammo al parcheggio, spensi il motore e mi rivolsi a Silvio con gratitudine. "È stato fantastico, grazie mille!"

Mi voltai per aprire la portiera ma la mano di Silvio mi bloccò il braccio.

"C'è una cosa che volevo chiederti, se hai un minuto," disse. Sembrava serio, mai come prima di allora.

"Certo..." risposi.

"Sei un ragazzo sveglio. Lo sai? Un tipo brillante come te potrebbe essermi utile per i miei affari, se sei interessato. Mi avvalgo sempre di gente valida."

"Lo apprezzo davvero," dissi. Mi aveva preso alla sprovvista e non sapevo cosa pensare. "Ma, come sai, ho la mia attività..."

"Ah, già, l'officina... Ma non dovresti lasciarla. Vedi, mi occupo di diamanti e per trasportarli mi servono persone fidate. A volte tratto anche altra merce. Sappiamo come farli passare attraverso diversi paesi, ma il corriere deve essere intelligente e affidabile. A parte questo, ci occupiamo noi di tutti i dettagli e per ogni viaggio ti saranno fornite istruzioni complete. È una passeggiata, credimi, se lo fai come si deve. Ti basta qualche viaggio all'anno per diventare ricco. Sono sicuro che per questo il tempo riesci a trovarlo..." aggiunse.

"Non so davvero cosa dire. Una cosa del genere non mi era passata mai per la mente..."

"Non devi darmi una risposta adesso. Pensaci. Parto domani l'altro per un viaggio di lavoro in Brasile e starò via tre settimane. Puoi rispondermi al mio rientro. Okay?"

"Okay," dissi.

"Ovviamente, comprenderai che l'offerta è confidenziale. Non dovrai parlarne con nessuno. Sarebbe... imprudente."

Annuii e deglutii. Non avevo intenzione di raccontarlo a nessuno, figuriamoci. Non sapevo cosa significasse tutto questo, ma di certo aveva messo Silvio sotto una luce diversa.

"Ovviamente," replicai.

"Bravo ragazzo," disse Silvio, in tono maledettamente paternalistico.

Nell'eccitazione della guida mi ero dimenticato per un attimo quanto non mi piacesse. Ma ora, di fronte al suo sorriso da squalo, non ebbi difficoltà a detestarlo.

CAPITOLO 23

So che sembra infantile, ma le attività politiche in cui Giorgia mi coinvolgeva iniziarono a piacermi. C'era un'atmosfera di cameratismo e tutti erano talmente convinti che il loro entusiasmo era contagioso. Strinsi perfino amicizia con Franco, il quale si rivelò una compagnia divertente, nonostante inizialmente mi avesse dato un'impressione negativa. Una volta che ti conosceva e non sentiva più la necessità di impressionarti con la sua intelligenza, diventava più interessante. Giorgia fu al settimo cielo quando vide che andavamo d'accordo e dopo un primo "Te l'avevo detto", non rivangò più i miei commenti velenosi nei confronti di Franco.

Penso che molti degli studenti che si erano iscritti al movimento lo avessero fatto per il sesso e ignorassero quanto me gli obiettivi di Lotta Continua. Ma poiché veniva dato per scontato che tutti fossero dentro per 'la Causa' (qualunque cosa fosse), il resto veniva in secondo piano. C'erano una libertà sessuale e una promiscuità che non avevo mai visto altrove. L'aria era sempre carica di ormoni e la gente si metteva insieme e si lasciava con uno schiocco di dita. Il quartier generale di Lotta Continua consisteva in un grande ambiente centrale e altri più piccoli. In qualsiasi stanza tu entrassi, dovevi fare attenzione a non pestare una coppia di compagni che pomiciava.

Benché non mi avessero mai detto niente, tutti sapevano che, prima di stare con me, anche Giorgia era stata a quel gioco. Durante la mia seconda visita al quartier generale, la vidi discutere con un ragazzo brufoloso che se ne andava in giro dandosi un sacco di arie.

"Piantala!" sibilò Giorgia.

Stavo leggendo un volantino e mi voltai per vedere cosa c'era che non andasse. Il brufoloso era in piedi a fianco di Giorgia e le si strusciava addosso.

"Dai, dammi tregua," disse senza spostarsi.

"Toglimi la mano dal culo o ti do un calcio sulle palle," rispose Giorgia malamente e senza sorridere.

Il tipo brufoloso, preso chiaramente alla sprovvista, fece un passo indietro e la guardò in malo modo.

"L'ultima volta non facevi tanto la preziosa," le si scagliò contro.

"Be', ora sì, perciò tieni le mani a posto," replicò.

Sentivo di dovere intervenire, così mi avvicinai e dissi, "Giorgia..."

"È tutto okay, Roberto," rispose, "se ne stava andando."

Il ragazzo mi dette un'altra occhiata e poi se ne andò senza discutere.

"Che è successo?" domandai. Quella scena mi aveva disturbato.

"Niente. È solo un cretino."

"Ma..." provai a dire.

"È solo un cretino," ripeté, e fu tutto ciò che volle dirmi.

Franco era di un'altra pasta. Dedicava molto tempo e impegno a cercare di avvicinarmi alla causa, imperterrito nonostante gli avessi sinceramente detto che la politica non m'interessava e che accompagnavo Giorgia perché le faceva piacere.

"Oh, be'... fintanto che sei di aiuto per la causa, non m'importa perché lo fai, ma scommetto che alla fine ti farò diventare un compagno convinto," concluse dopo una delle nostre interminabili chiacchierate.

Era seduto in una poltrona davanti a me, proteso in avanti come al suo solito, e continuava a mandarsi indietro il lungo ciuffo di capelli che continuava a cadergli davanti agli occhi coprendogli la visuale. Indossava un maglione dall'ultima collezione primaverile di Gucci, in strano contrasto con i suoi appassionati discorsi proletari. Scrollai il capo, forse per la decima volta in quel giorno.

"Scusa, ma non posso. Non ho niente contro le tue idee, ma non m'interessano. È solo che la politica non fa per me," precisai.

"Dovresti lavorartelo di più," protestò, semiserio.

L'ultima osservazione era rivolta a Giorgia, che aveva abbandonato i pastelli con cui colorava un foglio bianco di cartone e ora stava in piedi dietro di me tenendomi per le spalle con le mani.

"Credimi che lo faccio," disse, "in tanti modi."

Mi voltai per darle un'occhiata. Mi sorrise con malizia e capii cosa volesse dire. E anche Franco.

"Tieniti pure per te le tue allusioni sessuali, cara. Non ci fai bella figura," disse Franco e uscì infuriato dalla stanza.

"Che gli prende?" domandai.

"Niente. Non farci caso."

"Sai cosa penso? Credo che sia geloso…"

Giorgia scoppiò a ridere.

"Non ridere. Inizio anch'io a esserlo. Vedo che voi due avete un rapporto speciale e, onestamente, non mi piace."

"Ah no?" domandò con tono di scherno. Stava ancora sorridendo divertita.

"No. Ad esempio, devi proprio abbracciarlo tutte le volte che lo vedi? E ogni occasione è buona per toccarti fin troppo. Vorrei…"

"Roberto…"

"No, lasciami finire. Vorrei tu mantenessi una certa distanza. Non pretendo troppo e non sono prevenuto, ma la cosa m'infastidisce sul serio."

"Roberto," disse Giorgia di nuovo, e aspettò.

"Sì?"

"Franco è gay."

"Cosa?" per poco non urlai, incredulo.

"È gay. G-a-y. Ci conosciamo dalle elementari e gli voglio bene come a un fratello, ma non ti fa concorrenza, perciò datti una calmata, okay?"

Mi sentii sollevato, ma più che altro un deficiente.

Mentre me ne stavo lì seduto, a rimuginare sulla mia stupidità, la porta si aprì ed entrò di corsa un giovane, di cui non ricordo il nome.

"Avete sentito? L'omicidio..." Aveva il fiatone.

"Quale omicidio?" domandò Giorgia scattando in piedi.

"I fascisti hanno ucciso un ragazzo, uno dei nostri. Si chiama Varalli. Gli hanno sparato in piazza Cavour."

I suoi occhi brillavano per l'eccitazione e tremava un po' per aver fatto di corsa le scale, o perché troppo su di giri. Fece qualche respiro profondo e continuò, "Faremo una marcia, domani, per protestare contro quello che è successo. Preparatevi. Devo andare a dirlo agli altri. Fate passa parola con tutti. Ci troviamo qui."

Corse fuori, lasciandoci in preda a emozioni contrastanti. L'intera vicenda era avvincente, ma un omicidio non era uno scherzo. Non ero certo di volermi fare coinvolgere e poi ricordai un'altra cosa: il giorno seguente sarebbe stato il compleanno di Giorgia, il 17 aprile. Avevo in programma una cena tranquilla in un bel ristorante, non una marcia di protesta. Sarebbe stata la nostra scappatoia.

"È un peccato che non potremo partecipare," precisai.

"Che intendi dire con 'non potremo'? Non me lo perderei per niente al mondo."

"Ma domani è il tuo compleanno," dissi.

"E quale regalo migliore: finalmente una vera protesta per qualcosa d'importante."

La fissai. Aveva il viso rosso per l'emozione e le brillavano gli occhi. Mi resi conto che cercare di convincerla sarebbe stato inutile.

"Vorrà dire che recupereremo sabato," dissi, rassegnato.

"Grazie," rispose, abbracciandomi e inclinando il viso per invitarmi a baciarla. "Verrai alla marcia con me, vero?" domandò, dopo che ci fummo baciati.

Non avevo intenzione di farmi coinvolgere in quella protesta di cui non m'importava niente, ma a quel punto non ebbi altra scelta che accettare.

In quell'istante Franco entrò con un'espressione seria.

"Avete saputo?" domandò.

"Sì, domani Roberto ed io saremo alla marcia," disse Giorgia, con orgoglio.

"È uno schifo, un vero schifo," disse Franco, e sospirò.

"Ma almeno ci dà l'opportunità di fare sentire la nostra voce," puntualizzò Giorgia.

"Vorrei che fosse per una ragione completamente diversa, ma quella di domani sarà una marcia di protesta come nessun'altra."

Fui sorpreso dalla pacatezza delle parole di Franco. Sorpreso e contento della sua ragionevolezza.

"Saremo lì con te, Franco," disse Giorgia.

"Sì, ci saremo," aggiunsi, per soddisfare quello strano bisogno di sostenerlo.

"Grazie, ragazzi," si limitò a rispondere.

Giorgia l'abbracciò e poi ce ne andammo. Stavolta quel loro gesto non mi dette fastidio.

Tornati al mio appartamento, preparai il caffè e ci sedemmo sul divano a bere in silenzio.

"Credi che domani sarà pericoloso?" domandò Giorgia, a voce bassa.

"Perché dovrebbe? Non affronteremo i neofascisti; protesteremo soltanto contro l'incompetenza della polizia. È una marcia di protesta, non una battaglia."

"Ma i fascisti potrebbero sentirsi provocati e abbiamo visto oggi cosa sono capaci di fare. Povero ragazzo... Hanno detto che aveva solo diciassette anni..."

Qualcosa nella sua voce mi fece voltare per guardarla. Vidi le lacrime nei suoi occhi; si mordeva il labbro superiore per evitare di piangere, ma non stava funzionando. Mi affrettai a posare la tazza di caffè sul tavolo e senza dire una parola la strinsi tra le mie braccia.

Quella notte facemmo l'amore teneramente e con molta calma; probabilmente Giorgia aveva davvero paura che potesse accadere qualcosa di brutto, ma era troppo orgogliosa per tirarsi indietro dal suo impegno. Andai a dormire e mi svegliai con i suoi stessi pensieri. Mi rendevano nervoso, estremamente nervoso.

Fare parte di una folla è un'esperienza elettrizzante, soprattutto se chiassosa e in marcia. Se ci si aggiunge il rumore ritmato di diverse centinaia di piedi e le urla assordanti per cantare inni all'unisono, si capisce l'alto livello di eccitazione. Nei primi cinque minuti della protesta, un fervore adrenalinico aveva sopraffatto sia me, sia chiunque altro avessi intorno. Mentre camminavamo, gridavamo "Lotta Continua" e "No, no, i fascisti non passeran!" e altri slogan simili.

Marciammo a braccetto su lunghe file, spesso senza conoscere chi avevamo al nostro fianco. Non avevo mai visto il tipo alla mia destra: un uomo di mezza età che sembrava posseduto e urlava così forte che riuscivo a mala pena a sentire quello che diceva. Avevo Giorgia alla mia sinistra e lei, a sua volta, era al braccio sinistro di Franco. Di tanto in tanto – non sapevo mai quando ed ero sempre impreparato – ci fermavamo per staccarci dal nostro vicino e scuotere i pugni mentre urlavamo una serie di slogan. Dopodiché la marcia riprendeva con la stessa naturalezza con cui si era fermata.

Raggiungemmo una strada molto più stretta di quella da cui eravamo partiti, resa ancora più angusta da una sfilza di auto parcheggiate sulla destra. Rompemmo la fila e con grande sorpresa mi ritrovai tra le prime linee, con un'unica schiera di compagni chiassosi davanti a me. La marcia si fermò e, con mio terrore, vidi che erano arrivati faccia a faccia con un blocco compatto di poliziotti in assetto antisommossa. Restammo in posizione e probabilmente tutti, come me, erano indecisi sul da farsi, finché non fummo raggiunti da un forte boato alle nostre spalle e le linee di manifestanti iniziarono a vacillare. Prima di capire cosa mi stesse succedendo, l'uomo alla mia destra si spinse in avanti, tirandomi con sé e portando la prima linea verso i poliziotti. Lasciai andare la mano di Giorgia e presto altri corpi mi premettero da dietro verso il perimetro della polizia.

Nella confusione del momento, l'unica cosa che volevo fare era restare in equilibrio e cercare di non cadere nelle file serrate di poliziotti. In qualche modo riuscii a tenermi in piedi, ma forse fu uno sbaglio poiché mi ritrovai di fronte a un giovane agente nel momento esatto in cui una pioggia di sanpietrini, tubi dell'acqua e altri oggetti contundenti arrivò sulla polizia dalle retrovie. Lo fissai, sperando capisse che non c'entravo niente e che non era mia intenzione fare male a nessuno, ma vidi la paura nei suoi occhi trasformarsi in rabbia quando un ciottolo lo colpì sulla spalla. Sollevò il manganello – al tempo la polizia usava sfollagente rivestiti di gomma – e sentii un dolore acuto a lato della testa.

Non ho memoria degli attimi seguenti, o di come arrivai là, ma la prima cosa che ricordo sono io seduto tra due auto parcheggiate mentre mi tenevo la mano destra sulla tempia per evitare che un liquido appiccicoso, che scoprii poi essere il mio sangue, mi gocciolasse sulla camicia. Il volto di Giorgia mi passò sopra ma non riuscii a metterla a fuoco, in parte a causa della luce fioca del tardo pomeriggio, e in parte perché avevo la vista offuscata. Mi parlava, ma sentivo solo un fruscio nelle orecchie e l'eco indistinto di un forte rumore proveniente dalla massa di manifestanti. Adesso la protesta sembrava un campo di battaglia.

Lentamente mi misi in ginocchio e poi, combattendo contro la nausea, riuscii ad alzarmi. Anche se non ci sentivo bene, capii dal linguaggio del suo corpo che Giorgia mi stava esortando a spostarmi di lì. Mi mise il braccio intorno alla vita, fregandosene che il sangue le macchiasse i vestiti, e mi spinse delicatamente tra le due auto per spostarmi da quella strada angusta. Mi sentivo così debole che dovetti appoggiarmi a lei, ma nonostante lo stato di confusione in cui mi trovavo, mi preoccupai che potesse non farcela a reggere il peso del mio corpo. Quando detti le spalle alla folla, credetti di udire degli spari e la paura infuse nuova forza nelle mie deboli gambe.

Non so come riuscimmo ad allontanarci così tanto, e mi sembra di avere perso qualche volta i sensi mentre camminavamo. Dopo un po' il rumore degli scontri divenne distante e mi resi conto che avevamo raggiunto una stradina secondaria deserta. Giorgia mi guidò verso il cofano di un'auto parcheggiata dove mi appoggiai, stremato. Sfilò delicatamente la mano che tenevo sulla tempia e vidi che stava piangendo.

"Non piangere, va tutto bene," riuscii a dire. Cercai anche di sorridere ma faceva troppo male.

"Non va tutto bene. Non va bene *per niente*. È tutta colpa mia," gridò. Poi si ricompose, si asciugò le lacrime e si tolse il cardigan. "Tieni, usalo per bloccare l'emorragia," disse. "Fermo lì, non ti muovere. Vado a cercare un taxi."

Senza aspettare il mio consenso, andò di corsa a un incrocio nelle vicinanze. Non sarei stato in grado di muovermi in ogni caso e mi limitai a cercare di non cadere dal cofano mentre era via. Persi leggermente i sensi ma lo stridio dei freni di un'auto mi riportò alla realtà. Giorgia venne a passo svelto verso di me, mi aiutò ad alzarmi e mi guidò nel breve tragitto fino al taxi. L'autista tirò giù il finestrino e mi guardò incuriosito.

"Che gli è successo?" domandò. "Hai detto che il tuo amico non stava bene, ma lui sta sanguinando."

"Non si sente bene. È scivolato e ha battuto la testa sull'asfalto," disse Giorgia mentre si chiudeva dietro la portiera.

"Allora vi porto in ospedale?"

"No, è una cosa da poco." Gli dette l'indirizzo del suo appartamento e l'autista fece inversione senza aggiungere altro.

Andò molto veloce e fu un bene perché sentivo che avrei vomitato da un momento all'altro. Probabilmente il tassista temeva la stessa cosa e voleva sbarazzarsi di me il prima possibile. Per fortuna riuscimmo a raggiungere l'appartamento senza che mi sentissi male. Salire quelle scale fu una delle imprese più difficili della mia vita, ma con Giorgia che mi spingeva da dietro ed io aggrappato al corrimano che gemevo a ogni gradino, finalmente arrivammo alla sua porta.

La mano di Giorgia tremava mentre armeggiava con le chiavi di casa. Mi teneva ancora per la vita con il braccio sinistro, per il timore che cadessi se mi avesse lasciato andare. Probabilmente aveva ragione. Alla fine aprì ed entrammo. Esausto, chiusi la porta spingendola con la schiena e finii a sedere per terra. Giorgia si lasciò cadere al mio fianco e, finalmente, alleggerita da quella tensione che le aveva dato la forza di riportarmi a casa, non riuscì più a trattenere le lacrime. Pianse e singhiozzò, tenendomi le mani così strette da farmi male. Perso in uno stato di confusione, il mio unico pensiero lucido fu che era un bene che si stesse lasciando andare.

CAPITOLO 24

"Oh mio Dio! Che ti è successo?"

Aprii gli occhi e vidi il volto preoccupato di Alessandra su di me. Provai a parlare ma ero troppo debole, così sollevai la mano destra nel tentativo di allontanarla.

"È colpa mia. Tutta colpa mia," disse Giorgia, tra le lacrime.

"È ferito. Dobbiamo portarlo in ospedale."

"No, no," borbottai. Non ero lucido e non riuscivo a connettere, ma in qualche modo sapevo che andare in ospedale era una cattiva idea.

"Non possiamo," disse Giorgia. "Se ce lo portiamo, lo arresteranno. Non immagini com'è stato..."

Giorgia si bloccò, sopraffatta dalle emozioni, e pianse – o forse furono tre rapidi sospiri, non lo so. Alessandra continuava a fissarla e Giorgia proseguì.

"Non so cosa sia successo, davvero... Stavamo marciando pacificamente, urlavamo slogan contro la violenza, e poi ho sentito un rumore e la polizia ci ha caricato... Credo fossero degli spari..."

"Me lo racconti dopo. Ora dobbiamo pensare a Roberto," la interruppe Alessandra. Si abbassò in ginocchio e rimase in attesa.

Giorgia annuì, mordendosi il labbro inferiore. S'inginocchiò come Alessandra e insieme mi presero da sotto le ascelle per tirarmi su.

"Cammino da solo," dissi con voce roca, mentre mi spingevano lentamente verso il bagno.

"Ssh, non fare l'eroe," mi rimproverò dolcemente Alessandra.

Sentivo i piedi molto instabili, così non cercai di accelerare il passo da lumaca con cui mi stavano accompagnando. Quando entrammo in bagno, Alessandra afferrò un piccolo sgabello di plastica e lo mise davanti al lavabo.

"Siediti qui," ordinò.

Ero contento di potermi mettere finalmente seduto, perché sentii di nuovo il vomito salirmi su per la gola. Giorgia strinse la presa sul mio braccio e mi spostò la faccia perché la guardassi, ma mi fece male. Aveva il volto bagnato dalle lacrime e, per qualche motivo, mi commossi anch'io. Per evitare che entrambi scoppiassimo in un pianto dirotto, sapevo che dovevo rassicurarla e consolarla.

"Sto bene, sul serio. A dire il vero mi diverto," dissi, cercando di sembrare allegro.

Non so perché, invece di tirarla su di morale, la fece scoppiare di nuovo a piangere. Crollò a sedere sul bordo della vasca e si prese il viso tra le mani, in preda ai singhiozzi. Andò avanti per un po', finché Alessandra non la chiamò.

"Mi serve il tuo aiuto. Dobbiamo lavare la ferita, ma prima pensiamo alla camicia. Da sola non ci riesco." Lo disse dolcemente, quasi con fare materno.

Giorgia sollevò la testa e annuì. Si asciugò velocemente gli occhi con il dorso delle mani e si mise in piedi al mio fianco. Insieme ad Alessandra mi sbottonarono piano piano la camicia e mi arrotolarono la canottiera. Rimasi stupito da una strana sensazione di distacco, come se tutto ciò stesse accadendo a qualcun altro e non a me. Il sangue si era rappreso sui vestiti, appiccicandoli alla pelle, ma finalmente la canottiera venne via. Che ironia della sorte, pensai: le due ragazze a cui tengo di più al mondo mi stanno spogliando e non sono in condizioni di godermelo. Carezzai l'idea di dirlo a voce alta, per ravvivare l'atmosfera, ma parlare era un'impresa ardua così rinunciai, ma probabilmente fu meglio così.

Alessandra riempì il lavandino di acqua calda e ci tuffò dentro una spugna. "Ce la fai ad avvicinare la testa sopra il lavabo?" domandò.

Feci del mio meglio per accontentarla nonostante il dolore e misi la guancia sinistra a filo dell'acqua; Alessandra prese la spugna e la strizzò sopra di me. Piccoli rivoli di acqua rossa colarono dalla testa dentro il lavandino e sentii una fitta correre giù fino alla gola dalla ferita che avevo sopra la tempia destra, che fino ad allora si era fatta sentire solo con un leggero dolore sordo. L'acqua mi bagnò anche il collo e l'addome, ma non ci badai.

"Ahi!" urlai, malgrado il mio tentativo di sembrare coraggioso.

"Ora riesco a vederla," disse Alessandra. "Non è brutta come temevo, ma potrebbero volerci dei punti... Non lo so."

"Che facciamo?" domandò Giorgia angosciata. Non la smetteva di torcersi le mani e la voce trasudava ansia.

"Per prima cosa, finiamo di pulirla e ci mettiamo un po' di disinfettante, poi la fasceremo e staremo a vedere. Se smette di sanguinare, come sembrerebbe, forse basterà," rispose Alessandra.

"Ho un amico all'università che fa il volontario come paramedico nella Croce Verde. Dopo gli telefono e gli chiedo se c'è altro che dobbiamo fare. Ha esperienza con i traumi. Mi fido di lui."

"Bene. Mettiamoci al lavoro," replicò Alessandra.

Sembrava avere tutto sotto controllo e che sapesse quel che faceva. Mi domandai come riuscisse a essere così fredda e a occuparsi della ferita e del sangue con tale sicurezza; magari era indifferente perché non le importava niente di me – o forse il contrario, trovò la forza di fasciarmi la ferita perché teneva a me. Ti vengono in mente tutte queste idee assurde dopo che sei stato colpito alla testa...

Completato il calvario di lavare e fasciare la ferita, mi portarono in camera di Giorgia. Alessandra mi dette un pigiama di seta, troppo grande perché fosse il suo, e me lo misi senza obiettare. Ci riuscii con l'aiuto di Giorgia, lentamente, ma sentii comunque un po' male. Quando mi sfilai i pantaloni sporchi e bagnati, Alessandra si voltò con discrezione verso il muro finché non sentì che avevo fatto. Allora mi fissò mentre mi distendevo a letto con lo sguardo rivolto al soffitto, nell'unica posizione in cui il dolore era sopportabile.

"Come ti senti?" domandò. Si mise a sedere sul bordo del letto, guardandomi dritto negli occhi. "La vista come va? Hai le pupille leggermente dilatate."

"Ora sto bene. Sto solo di merda," provai a scherzare.

"Lo so... Ma presto dovresti sentirti meglio. L'antidolorifico che ti abbiamo dato è forte e dovrebbe iniziare a fare effetto."

Giorgia tornò in camera. Non mi ero accorto che era uscita e mi domandai se il trauma subito avesse compromesso i miei sensi. A quanto pare riuscivo a concentrarmi solo su ciò che avevo nelle immediate vicinanze e, per quanto ci provassi, non ero in condizioni di pensare al futuro o di ricordare il passato recente.

"Ho parlato con il mio amico," disse, "e ha insistito sul fatto che non dobbiamo fare dormire Roberto per almeno le prossime quattro ore. Ha detto che potrebbe avere una commozione cerebrale e se si manifestano i sintomi... Se inizia a comportarsi in modo strano... dobbiamo portarlo in ospedale, a tutti i costi. Ma se si addormenta, non saremo in grado di accorgercene. Perciò devo sedermi accanto a lui, ma..."

Le lacrime iniziarono a scorrere sul volto straziato di Giorgia, che scrollava la testa disperata.

"Sono così preoccupata per Franco," disse, per giustificare quell'ultimo pianto. "Non ho idea di cosa gli sia successo. L'ho perso di vista un attimo quando sono corsa da te," ora era rivolta a me, cosa che aveva evitato fino a quel momento, "ma quando, prima di scappare, ho controllato, non l'ho visto da nessuna parte e ho paura che possa essere caduto. Non so cosa fare. Se non fosse per questa situazione, andrei a cercarlo."

Ovviamente "la situazione" ero io, perciò aveva bisogno del mio benestare. Sarei dovuto essere infastidito dal fatto che in un momento come quello avesse il tempo di pensare a Franco, ma anch'io ero in pensiero per lui e volevo essere sicuro che stesse bene.

"È tutto okay, vai pure. Ora sto bene. Me la caverò."

"Se sei preoccupata, dovresti andare a cercarlo," disse Alessandra. "Terrò io Roberto sotto controllo. Dammi solo qualche minuto per farmi una doccia e poi puoi andare."

Senza aspettare una risposta, si alzò per uscire e Giorgia si sedette accanto a me sul letto e mi prese la mano.

"Davvero non ti dispiace?" domandò, e quando riuscii a sorriderle e a stringerle la mano in modo quasi impercettibile, si rilassò e la sua voce si fece più calma. "Mi sento tanto in colpa, sai?"

"Non devi," fu tutto ciò che ebbi la forza di dire. Gli antidolorifici avevano fatto effetto e la ferita non mi faceva più male come prima, ma avevo la nausea e mi sentivo debole.

Si chinò sopra di me, mi baciò dolcemente sulle labbra e premette la guancia contro la mia. Le sue lacrime mi bagnarono la faccia, ma fu piacevole sentirla così vicina e non mi dispiacque. Trovai la forza di sollevare la mano per accarezzarla delicatamente sulla schiena. Rimanemmo in quella posizione per un po', senza parlare, finché non avvertii che mi stavo estraniando, ma il calore del suo corpo infuse una sensazione di vitalità nel mio e con essa, nuova forza e ottimismo.

Alessandra tornò con indosso un pigiama a due pezzi con i personaggi della Disney che la faceva sembrare una bambina. Di fronte a quella visione, dimenticai per un attimo che erano passati troppi anni e che la donna di fronte a me non era più il mio amore adolescente. Giorgia mi baciò di nuovo sulle labbra e mi sfiorò delicatamente il viso con le dita.

"Allora io vado," bisbigliò. "Torno presto."

"Starò bene, non preoccuparti," le risposi con un sussurro, solo perché non avevo la forza di alzare la voce per rendere più credibile quello che avevo appena detto.

Mi strinse la mano un'ultima volta, poi si alzò e andò via. La stanza era nella semioscurità, perché la luce mi causava un forte mal di testa; speravo si trattasse di un disturbo temporaneo dovuto alla botta. La figura di Alessandra in controluce ancora sulla porta dette il tocco finale a quella che il mio cervello percepì come l'immagine più surreale che avessi mai visto.

"Ho freddo," lamentai.

Sentii la mano calda di Alessandra sopra la fronte e, non senza sforzo, aprii gli occhi.

"È tutto a posto. Non hai la febbre," fu il suo verdetto.

"Sento... freddo," insistei.

"Vieni, lascia che ti copra. Starai meglio."

Mi distese sopra una coperta e si mise a sedere sul letto fissandomi con aria preoccupata, mentre io facevo difficoltà a parlare. Mi chiesi se mi guardasse in quel modo perché il mio aspetto orribile rispecchiava come mi sentivo. Avevo problemi a tenere il filo dei pensieri, che si susseguivano rapidi e sconclusionati; ma cercai di concentrarmi su ciò che in quel momento mi sembrò essere una questione di vitale importanza.

"Ascolta, devo dirtelo. Sai quello che provo..."

Le presi la mano e la fissai negli occhi. La sua espressione vacillò tra il sorpreso e il divertito, ma non provò a ritirare la mano.

"Stai delirando. Vado a prenderti un'aspirina," disse.

Si alzò in piedi ma non le lasciai andare la mano e rimase lì, in paziente attesa che la liberassi.

"No, ti prego... Ho bisogno che tu mi ascolti. Se muoio, voglio che tu sappia..."

"Non morirai, non essere sciocco! Hai preso un colpo in testa e stai farneticando."

Non avevo intenzione di arrendermi, così la trattenni e si mise di nuovo a sedere.

"Adesso ascoltami, per favore," la implorai. "Quando hai smesso di scrivermi mi hai spezzato il cuore, ma ti ho sempre amato. Dio sa quanto ho provato a dimenticarti, ma continuavo ad amarti e ti amo ancora."

Mi guardò seduta nella penombra, immobile e senza parlare. Aspettai che dicesse qualcosa, ma quando non lo fece, andai avanti.

"Ecco, ora lo sai. E se mi dici che non te ne frega niente di me, sparirò all'istante e non mi rivedrai mai più. Non era nei miei piani comparire di nuovo nella tua vita, lo giuro. Volevo rispettare la tua decisione di starmi lontana, ma quando ti ho visto nel negozio non ce l'ho fatta più."

Parlavo a raffica, nel timore che potesse dire qualcosa per fermarmi dal mettere a nudo i miei sentimenti; non avrei sopportato di sentirmi uno stupido per un suo commento. Avevo la bocca secca e la gola simile a carta vetrata, ma dovevo continuare a parlare.

"Ti basta una parola e sparisco. Coraggio, sono pronto..."

Mi aspettavo confusione, magari rabbia o derisione, ma stava sorridendo. Era solo un sorriso abbozzato. Sembrava volesse nasconderlo, ma era inequivocabile.

"Non andrai da nessuna parte nello stato in cui sei. Non arriveresti neppure alla porta."

Fece una breve pausa, era visibilmente emozionata, e sembrava in dubbio su cosa dire. Finalmente fece di nuovo quel suo strano sorriso affascinante, prima di tornare molto seria.

"Ti ho pensato anch'io," disse.

"E?" la incalzai.

"E che senso ha parlarne adesso?"

"Merito di sapere, no?"

Valutò un attimo la mia domanda e infine annuì solenne.

"Credo di sì. Ma è troppo complicato... con Silvio e Giorgia..."

"Non si tratta di loro, ma di noi. Abbiamo bisogno di parlare liberamente o non avremo mai pace. Io non l'avrò mai. Non puoi immaginare cosa ho passato in tutti questi anni..."

"Anche io..."

Le si spezzò la voce e i suoi occhi divennero lucidi. Si morse il labbro. Non riuscii più a trattenermi. Il dolore, la ferita, tutto dimenticato, domato da un'emozione incontenibile. La tirai a me e Alessandra non oppose resistenza. Posò la testa sulla mia spalla destra e iniziai a massaggiarle la schiena, prima sopra il pigiama, e poi, quando non mostrò segni di resistenza, sollevai l'orlo della canottiera.

Ero su di giri. Poterla toccare di nuovo, sentire la sua pelle liscia, era un sogno che diventava realtà. Mi detti un pizzicotto per essere certo che non stessi sognando. In quegli attimi pensai a Giorgia solo di sfuggita. Per un solo istante mi sfiorò il pensiero di come avrebbe reagito se avesse saputo cosa stavo facendo. Per quanto tenessi a lei, quei momenti d'intimità con Alessandra erano un regalo mandato dal cielo e rifiutarlo, o farsi venire dei dubbi, sarebbe stato un sacrilegio. Era chiaro che la marcia di protesta, la polizia e la ferita facessero tutti parte di un progetto divino per riportarci insieme.

"Non sono la brava ragazza che credi tu," disse, come se si stesse confessando. "In passato ho fatto cose... cose di cui non vado fiera."

"Non m'importa. Io ti amo."

"Non dirlo," rispose, la voce smorzata dal cuscino in cui aveva affondato la faccia.

"L'ho detto e lo ridirò finché non mi crederai," replicai, testardo.

Sollevò il viso e si scostò dalla mia spalla per fissarmi da vicino. Aveva gli occhi asciutti e un'espressione severa.

"Fai sul serio?" domandò.

Non ebbi alcun dubbio su ciò che sarebbe accaduto dopo. Le premetti leggermente la schiena – era il massimo che potessi fare nello stato in cui ero – e poi portai la mano su fino alla nuca. Mi baciò dolcemente ed io contraccambiai, noncurante della scarica di dolore che mi trafiggeva la testa al minimo movimento. Si ritirò ma continuò a fissarmi senza parlare. Avevo la mente leggera e il cuore a mille. Si abbassò verso di me e mi dette un bacetto a lato della bocca, dopodiché si mise a sedere e fece un grande sorriso.

"Baci come un invalido," disse prendendomi in giro.

"Sono un invalido, ma non per molto," risposi, e un brivido mi smentì subito. Avevo di nuovo freddo.

"Fatti un po' in là," ordinò. Quando mi spostai, alzò la coperta e si distese al mio fianco. "Ti scaldo io."

Mi avvolse il petto con il braccio destro e mi accarezzò dolcemente lungo il corpo. Ero in paradiso; non volevo parlare o muovermi per paura di spezzare l'incantesimo. Ma avevo troppe domande da farle, sia sul passato sia sull'immediato futuro, così dopo un po' ruppi il silenzio.

"Quello che non capisco è..." iniziai a dire, ma m'interruppe subito.

"Ssh... Ora non dire niente," sussurrò.

"Ma..." provai a protestare, ma mi zittì con un bacio, questa volta pieno di passione.

Smisi di discutere e mi concessi il lusso di farmi guidare, senza il bisogno di pianificare, pensare o preoccuparmi di niente. Sentii la sua mano ovunque sul mio corpo, come in una rapida ricognizione del terreno di cui stava riprendendo possesso, ed io chiusi gli occhi per godermi quell'intimità che aspettavo da anni.

Poi, ovviamente, squillò il telefono. Alessandra scostò la coperta con un calcio e con uno sbrigativo "Torno subito" saltò giù dal letto e corse in salotto. Quando dopo poco tornò, aveva un'espressione impenetrabile.

"Era Giorgia. Hanno trovato Franco e sta bene... Più o meno. Si è rotto un braccio e lo stanno portando fuori città, da sua nonna. È a due ore da qui, ma là c'è un loro amico dottore che gli metterà il gesso senza fare domande. Si tratterrà per la notte e tornerà domani in giornata."

Sapere che Giorgia non sarebbe rientrata a breve fu un grande sollievo. Avevo ancora tempo per ricomporre tutti i pezzi del puzzle, perché era questo che Alessandra era diventata. Quella notizia non ebbe bisogno di commenti, così non dissi niente. Alessandra venne a letto e sorrise maliziosa.

"Mi ha fatto promettere che mi sarei presa cura di te e intendo essere di parola."

Si tirò la coperta sopra la testa e mantenne la promessa.

CAPITOLO 25

Quando la mattina seguente mi alzai, per la prima volta dopo anni mi sentii fortunato. La finestra era aperta ed entrava un misto di profumi primaverili che risvegliò sensazioni di rinascita e di benessere a lungo dimenticate. Da un'altra direzione, oltre la porta, arrivava l'aroma invitante del caffè appena fatto. Rimasi a letto, preda di una pigrizia che puoi concederti solo quando sei in vacanza e non hai nessun motivo valido per alzarti; lasciai che l'aria fresca che entrava dalla finestra giocherellasse sulla mia faccia, godendomi le sue carezze. La testa non mi faceva male come la notte prima e sentivo di essere tornato me stesso. Avevo anche fame e mi resi conto che non mangiavo dalla mattina precedente. Dalla cucina arrivavano dei rumori e con esitazione, mi misi seduto sul bordo del letto per prepararmi ad alzarmi. Rimasi un minuto a sedere, in attesa che mi passasse un leggero capogiro, e quando fui sul punto di mettermi in piedi, il telefono squillò. Sentii i passi veloci di Alessandra e poi la sua voce.

"Pronto. Dove siete?" Seguì una lunga pausa, dopodiché quella conversazione a senso unico proseguì. "Quando tornate? Ah, ah. Capisco... Vedo se è sveglio. Mi sembrava stesse bene quando stamattina l'ho controllato. Aspetta un secondo."

Un attimo dopo, la testa di Alessandra fece capolino da dietro la porta.

"Ah, sei sveglio... Stai bene? È Giorgia. Te la senti di venire al telefono?"

Annuii – fu un errore, perché il dolore mi trafisse il cervello – e mi alzai lentamente. Alessandra mi guardò nel mio sforzo senza cercare di aiutarmi. Credo avesse deciso di smetterla con quell'atteggiamento umiliante da crocerossina. Facendo attenzione a non scivolare o a inciampare sul tappeto, andai in salotto e presi la cornetta che Alessandra aveva appoggiato accanto al telefono.

"Ciao," dissi e fui sorpreso da quanto fossi rauco.

"Tesoro... come ti senti?" La voce di Giorgia sembrava sia preoccupata sia colpevole.

"Mi sento la testa il doppio del normale e sono un po' debole, ma credo che sopravvivrò."

"Ero così preoccupata, ma ieri sera ho chiamato Alessandra e mi ha detto che stavi bene... Altrimenti, credimi, sarei tornata a casa."

"Lo so, tranquilla. Quando torni?"

"Domani. Franco ha una frattura multipla scomposta e non se la passa bene. Siamo a casa di sua nonna, ma ha quasi cento anni e non può occuparsi di lui, quindi devo aspettare domani mattina che un amico venga a darmi il cambio. Mi dispiace..."

Strozzò le ultime parole e rimase in silenzio.

"Non preoccuparti. Alex si sta prendendo cura di me," dissi e lanciai un'occhiata ad Alessandra, che rispose con un inchino ironico e un perfido sorriso.

"Lo so, è fantastica... Amore, ora devo andare. Provo a telefonare di nuovo più tardi. Chiamo da un negozio di alimentari e il telefono si è appena preso l'ultimo gettone."

Proprio in quel momento cadde la linea e rimisi a posto il ricevitore.

"Ecco, tieni," disse Alessandra passandomi qualcosa avvolto nella plastica.

"Che cos'è?"

"Uno spazzolino nuovo. Va' a lavarti i denti e poi ti darò la colazione. Torna qui e mettiti a sedere sul divano."

"Sì, mamma," risposi. Detestavo ricevere ordini ma presi lo spazzolino e andai in bagno.

Tra i tanti tubetti di dentifricio avviati che decoravano la mensola sopra il lavandino, scelsi una marca che avevo già usato. Sul fondo del lavabo c'erano ancora dei piccoli grumi rossi di sangue coagulato; feci scorrere l'acqua calda per mandarli via prima di lavarmi i denti. Mi sentivo rigenerato, ma anche debole, così tornai in salotto e mi lasciai cadere sul divano. Alessandra portò il caffè e un cestino di brioches. Si accomodò accanto a me e mi mise il giornale davanti agli occhi.

"Sono uscita mentre dormivi e ti ho preso un quotidiano. Ti eri ficcato in un bel casino. Guarda," aggiunse, indicando i titoli, "uno studente morto, ucciso da un fuoristrada della polizia, e almeno cinquanta feriti. Sei un pazzo a farti coinvolgere in questo genere di cose!"

La rabbia nella sua voce mi colse di sorpresa e risposi docilmente.

"Non ne avevo idea. Che stupido."

"Stupido è la parola giusta. Spero che starai più attento... Non posso darmi malata tutte le volte che te le fai dare di santa ragione." Sorrise civettuola e si affrettò a prendere la sua tazza di caffè per non darlo a vedere.

"Perciò oggi non andrai al lavoro... Sai una cosa? Mi è venuto in mente che Ernesto sarà preoccupatissimo. Non sa dove sono e non mi vede da due giorni. Devo chiamarlo."

Presi il telefono dal tavolo accanto a me, lo appoggiai sulle gambe e digitai il numero dell'officina. La voce familiare di Marina, la nostra segretaria, ragioniera e factotum, disse, "Ecorluc, buongiorno." Ecorluc era il nuovo nome della nostra società per azioni, coniato da una fusione dei nostri nomi, Ernesto Coppa e Roberto Lucci.

"Ciao, Marina. Ernesto è già arrivato?"

"Roberto! Mio Dio, dove sei? Qui è stato il delirio ed Ernesto è molto preoccupato."

"Tranquilla, sto bene, ma ho avuto una brutta caduta e devo restare a letto per un altro paio di giorni." Mentre lo dicevo, sorrisi maliziosamente ad Alessandra, che incrociò il mio sguardo senza arrossire.

"Però, ascolta, qui c'è un ispettore della polizia che fa domande su di te, ed Ernesto non sa cosa dire. È dovuto andare con lui."

Sentii un brivido lungo la schiena. Il giornale diceva che il giorno prima trentamila persone avevano preso parte alla marcia di protesta. Perché tra tutta questa gente la polizia aveva messo gli occhi proprio su di me?

"Un ispettore? Che voleva?" sbottai.

Alessandra mi lanciò un'occhiata inquisitoria ma le feci segno di aspettare.

"Ha fatto un sacco di domande sull'incidente... Sai, quello della tua famiglia. Ha chiesto a Ernesto se sapeva qualcosa, se vi eravate sentiti prima e dopo... Domande del genere. Ernesto gli ha detto che al tempo frequentavate due collegi diversi e che non eravate in contatto, ma l'ispettore non è sembrato soddisfatto e gli ha chiesto di andare in centrale per rilasciare una dichiarazione. Che succede, Roberto? Che vuole?"

"Niente. È solo un dipendente pubblico che spreca i soldi dei contribuenti per un vecchio incidente. Marina, ascolta. Devo riposare e starò a casa di amici, ma non ti dirò dove. Oggi non ci siamo mai sentiti, okay? Di' a Ernesto che me la caverò, ma ho bisogno di stare a letto e non andrò in nessuna stazione di polizia. L'indagine – se di questo si tratta – ha aspettato anni e può aspettare qualche giorno in più. Capisci cosa intendo?"

"E come? Non ci siamo mai sentiti," disse Marina e riattaccò. Era proprio una brava ragazza.

Rimasi a sedere, assorto, con il telefono in grembo, finché Alessandra non lo mise via e si sedette di fronte a me.

"Ti dispiace dirmi cos'è successo?"

"Dopo tutti questi anni, un poliziotto è venuto a fare domande sull'incidente della mia famiglia. Se questa è la velocità con cui lavora la polizia..."

"T'infastidisce, vero? Si vede."

"È solo che ha portato a galla ricordi... cose a cui preferisco non pensare..."

"Hai parlato nel sonno, sai?" disse, seria.

"Spero di non avere detto niente di stupido," risposi sorridente, cercando di ravvivare l'atmosfera.

"Hai parlato della tua famiglia. Hai accennato all'incidente e poi è stato come se tu stessi parlando ai tuoi genitori. A un certo punto sembravi così arrabbiato che per poco non ti ho scosso per svegliarti."

"Immagino. Li sogno sempre. Mi mancano così tanto, nonostante tutto..."

Dovevo avere una faccia proprio triste, perché i suoi occhi si riempirono di compassione e mi accarezzò la guancia con le dita in modo materno.

"Dovresti lasciarti il passato alle spalle," disse.

"Vorrei poterlo fare... Ogni volta provo con tutto me stesso a non pensarci, ma tante cose me li riportano alla mente."

"Allora lascia che ti aiuti a dimenticare," disse a bassa voce e mi baciò sul collo.

"Apprezzo lo sforzo," dissi quando si fermò un istante, "ma dobbiamo parlare. Tutto questo mi confonde e ho così tante cose da chiederti..."

"Possiamo parlare più tardi," rispose.

Il suo tono di voce non lasciò spazio a discussioni.

Mi aspettavo che parlare con Giorgia non appena fosse tornata sarebbe stato strano. Per la prima volta da quando l'avevo conosciuta, non sapevo come avrebbe reagito, e tra l'altro, dovevo fare i conti con il mio senso di colpa. Era rientrata la mattina seguente e subito dopo che era venuta a vedere come stavo e mi aveva dato un bacio di sfuggita, Alessandra l'aveva portata in camera sua "per parlare". Sapevo esattamente cosa si sarebbero dette, perché Alessandra mi aveva spiegato come funzionava tra lei e Giorgia, ma non sapevo se questo mi rendeva meno agitato. A quanto pare il mio piano aveva funzionato e avevo riconquistato Alessandra, ma qualcos'altro era andato storto: durante il percorso avevo sviluppato sentimenti sinceri verso Giorgia.

"Che facciamo?" avevo chiesto disperato, rendendomi conto che la bolla in cui avevamo vissuto dal giorno prima sarebbe scoppiata con il rientro di Giorgia.

"Dipende..."

Eravamo distesi sul divano, dove avevamo fatto l'amore dolcemente, senza fretta. Alessandra non si era dimenticata che la ferita mi faceva ancora male ed io non avevo recuperato tutte le forze.

"Da cosa?"

"Da come ti senti a dividerti tra me e lei," aveva detto.

Quella frase mi colse alla sprovvista. Alessandra era calma e per niente imbarazzata. Mi scappò una risata nervosa. "Vuoi dire... noi tre?"

"Voglio dire che puoi trascorrere un po' di tempo con Giorgia e un po' con me, senza esclusiva. Finché facciamo tutto alla luce del sole e come concordato, dovremmo essere tutti felici."

"Ma perché credi che accetterà?"

Ero colpito dalla nuova Alessandra che stavo scoprendo. Affrontò tutta la questione con sfrontatezza, come se condividere il fidanzato con la sua migliore amica fosse la cosa più naturale della terra. Non ero mai stato un perbenista, ma credo che a quel punto arrossii.

"Abbiamo condiviso un ragazzo in passato, prima di Silvio. Quello era il mio ragazzo, perciò me lo deve," disse, facendola sembrare una cosa più che ragionevole.

"Ah, non lo sapevo... Non si arrabbierà con me? Sono sicuro che si sentirà tradita. E forse anche la vostra amicizia andrà a rotoli."

Penserete che sia pazzo; quello che mi stava proponendo è il sogno di qualsiasi uomo sano di mente, quindi perché fare il difficile? Ma mi sentivo davvero male. Avevo lasciato che il mio amore per Alessandra fosse una scusa per ignorare i sentimenti verso Giorgia, e l'avevo tradita – non sapevo come definirlo diversamente.

"Lascia fare a me. So come prenderla," aveva detto.

Poiché l'alternativa era tra confessare a Giorgia che ero un traditore o perdere di nuovo Alessandra, non ebbi altra scelta che lasciarla fare a modo suo. Tuttavia, non ero sereno né rilassato quanto lei.

"Ah, un'altra cosa," mi avvertì. "Silvio non deve mai e poi mai venire a sapere."

"Non sarò di certo io a dirglielo. Ad ogni modo, dov'è adesso? Sarebbe già dovuto rientrare."

"È stato trattenuto. Ha telefonato e ha detto che deve fermarsi qualche giorno in più. È stato coinvolto in una rivolta politica in Brasile – non conosco i dettagli ma c'entra qualcosa un amico di suo padre – e gli hanno sequestrato il passaporto. Ma ha detto che è questione di giorni prima che lo lascino andare via."

Un pensiero finora represso venne inevitabilmente a galla. "Lo ami?" domandai, temendo la risposta.

Esitò solo un attimo e poi disse, "Mi ci trovo bene e al momento mi basta così. Ma non deve mai e poi mai venire a sapere," ripeté. Lo disse con voce seria, mettendo perfettamente in chiaro che la questione le stava davvero a cuore.

Non mi stava raccontando tutto sulla sua relazione con Silvio, ne ero certo, ma trovai inutile indagare oltre, almeno per il momento. Dovevo concentrare i miei pensieri sul giorno seguente e su cosa avrei detto a Giorgia, in caso alla fine non l'avesse presa bene. Per la prima volta mi resi conto di quanto significasse per me e di come non volessi perderla.

Ero seduto sul letto di Giorgia, in trepidante attesa che le ragazze finissero di parlare. Quando Giorgia entrò in camera, chiudendosi dietro la porta, saltai in piedi e aspettai la scena pietosa a cui mi ero preparato spiritualmente. Invece, venne verso me, mi prese le mani nelle sue e mi baciò dolcemente sulle labbra, sollevandosi in punta dei piedi.

"Non vuoi picchiarmi?" domandai, cercando di allentare la tensione.

"Dovrei, ma sono così felice che tu e Alessandra vi siate riavvicinati che non ti spezzerò l'osso del collo... per questa volta," disse.

"Sono confuso," confessai. "Credevo che saresti stata furiosa con me e non ti avrei biasimato."

"Non sono arrabbiata con te. Be'... forse un pochino," ammise. "Ma non posso avercela con Alex. Io e lei siamo anime gemelle, siamo come una sola persona. Condividiamo tutto. Le donne a volte sono così, non so se riesci a capirlo. E tra l'altro, pensi che mi amerai meno a causa sua?"

"Ti amerò di più, se possibile," dissi, ed ero sincero.

"Vedi?" rispose con un sorriso raggiante.

Mi abbracciò con tutta la sua forza. Mi mise un braccio dietro le spalle e indietreggiai lentamente, finché con le gambe non incontrai il letto. Ancora avvinghiati, ci sedemmo per distenderci a coccolarci. Tutto ciò che volevo in quel momento era tenerla tra le mie braccia e lasciare che il calore del mio corpo le comunicasse la mia riconoscenza.

Trovavo l'atteggiamento di Giorgia verso la vita difficile da comprendere. Prendeva tutto alla leggera, in modo semplicistico, e non ero mai in grado di prevedere quando qualcosa che per me era insignificante si sarebbe rivelata di vitale importanza per lei – e vice-versa. Per questo motivo avevo spesso la sensazione che il nostro rapporto si muovesse sul ghiaccio sottile. Alessandra, d'altro canto, era diventata un completo mistero. A volte mi sembrava che fosse molto più matura di me, ma soprattutto ero disorientato dai cambiamenti nel suo carattere. Era strano e ambiguo perché credevo di conoscerla bene ma spesso mi sembrava di parlare con un'altra persona, con un'estranea.

Dopo aver fatto l'amore il giorno prima il ritorno di Giorgia e una volta che la mia indecisione tra lei e Giorgia fu messa da parte dalla proposta sfrontata di Alessandra di stare con entrambe, sentii che era arrivato il momento di chiarire il nostro passato.

"Non mi hai ancora detto come mai hai smesso di scrivermi."

Non mi rispose subito. Sembrava stesse cercando le parole giuste, ma quando il suo silenzio divenne insostenibile, fu categorica e distante.

"Era difficile trovare qualcosa da dire. Ho cercato, lo sai, ma le mie lettere piano piano sono diventate insignificanti, e le tue più brevi, prive di sentimento. Sapevo che dovevo scriverti, per aiutarti a superare i momenti difficili. Così continuai, ma un giorno lessi la lettera che avevo appena finito e mi resi conto che la distanza ci aveva reso ormai due estranei, al punto che le mie parole mi sembrarono una buffonata. Non l'ho mai spedita. Decisi che avrei aspettato una vera lettera da parte tua, una che riaccendesse i sentimenti che sapevo essere ancora dentro di me, ma d'un tratto non ricevetti più niente."

"Ma ti ho scritto e in quelle lettere c'era tutto il mio amore. Non hai idea di cosa stessi passando..."

"Adesso lo so. Ho scoperto, molto tempo dopo, che mia madre le intercettava e se ne sbarazzava, per questo non le ho mai ricevute. Ma sono venuta a saperlo troppo tardi, erano successe un sacco di cose ed io ero una persona diversa."

"Ma avresti potuto metterti in contatto con me. Io ho tentato ogni strada; quando non ti ho trovata, ho chiamato Alice..."

"Alice, quella stronza! Si è venuta a vantare con me di avermi protetto da te. Protetto! Non mi ha detto della tua telefonata per mesi. Quando me lo ha raccontato, mi sono arrabbiata così tanto che le ho dato uno schiaffo e le ho detto che non le avrei più rivolto parola."

"Mi domando come sarebbe andata se ..." dissi. Ebbi una stretta al cuore al pensiero di tutto il tempo che avevamo perso.

"Non sono brava al gioco del 'se fossi'," disse Alessandra. "La nostra vita è adesso e nessuno ci garantisce un futuro. Ad ogni modo, non voglio pensarci. Ho fame. Prendermi cura di te, invalido di guerra, è un lavoro duro. Devo mangiare e anche tu. Ho altri programmi per te oggi," disse. "Andiamo a preparare un po' di spaghetti."

Mangiammo la pasta dallo stesso piatto, seduti fianco a fianco sul divano, e bevemmo del Chianti da una bottiglia a fiasco. Se non vi sembra granché, vi sbagliate: era la cosa più simile al paradiso che potessi immaginare.

CAPITOLO 26

Quando mi svegliai da un sonno ristoratore, vidi che Giorgia era in piedi accanto al letto con una valigia in mano dall'aria familiare.

"Sono andata nel tuo appartamento a prenderti qualche vestito pulito. Quelli che avevi erano da buttare," disse e me la passò. "Alex è al lavoro, ma ho immaginato che non ci fosse pericolo a lasciarti un po' di tempo da solo."

"Che ore sono?" domandai.

"Sono già le tre del pomeriggio."

"Ho bisogno di una doccia," dissi. Mi sentivo tutto appiccicoso.

"Prima faccio il caffè, che ne dici?"

Annuii entusiasta. Giorgia uscì e rientrò cinque minuti dopo con una tazza di caffè fumante che bevvi d'un fiato. Gettai le gambe fuori dal letto e mi misi a sedere tutto pimpante.

"Torno tra dieci minuti," dissi, afferrando la borsa.

"Dove credi di andare?"

"Sotto la doccia, dove sennò?"

"Il colpo in testa deve averti mandato a puttane il cervello," disse. "Non penserai di farti la doccia da solo? Che m'invento se perdi l'equilibrio e ti spezzi il collo?"

"Sto bene, non agitarti," provai a controbattere, ma, in realtà, sentivo le gambe un po' instabili.

"Non se ne parla. Vengo con te."

"Non ho niente in contrario," risposi e sorrisi. Prendere un colpo in testa, a quanto pare, può avere anche i suoi vantaggi.

Farmi entrare nella doccia si rivelò tutt'altro che semplice. Per prima cosa, dovemmo togliere la fasciatura che, vista allo specchio, sembrava un turbante sporco. La garza si era appiccicata alla ferita e per farla venire via, Giorgia dovette tirarla leggermente bagnandola con l'acqua tiepida. Fece piano, ma sentii male lo stesso. Arrivata a metà, tirò con un po' troppa forza e per la prima volta nella mia vita, vidi letteralmente le stelle.

"Ahi!" urlai. Agli angoli degli occhi mi si formarono lacrime di dolore.

"Oddio, scusa tesoro! Farò più attenzione," esclamò Giorgia. Detti una rapida occhiata allo specchio. Vidi che avevo il viso contratto e mi sforzai di rilassare i muscoli facciali.

"Puoi farti perdonare sotto la doccia," scherzai per allentare la tensione, ma Giorgia si limitò ad annuire con aria seria.

Senza il turbante mi sentii molto meglio e mi toccai la tempia con molta cautela. In quel punto sembrava tesa e ruvida e quando mi guardai le dita, vidi un po' di sangue rappreso, ma nel complesso non ero messo malissimo. Mi tolsi lentamente i vestiti mentre Giorgia armeggiava con il rubinetto.

"L'acqua non è troppo calda, ma cerca di tenere la testa lontana."

Entrai con esitazione nella doccia per abituarmi piano piano al tepore dell'acqua, finché non fui con tutto il corpo sotto il getto che mi colpiva le spalle sotto la ferita. Giorgia si spogliò in un lampo, entrò dentro e si unì a me sotto l'acqua. Aveva una grossa spugna naturale in mano.

"Chiudi gli occhi e lasciati coccolare," ordinò.

Faceva sul serio e non avevo interesse a oppormi, così la lasciai fare. Ma come ogni cosa bella finisce, arrivò il momento di pulire la ferita.

"Piano!" Quasi urlai per metterla in guardia quando mi versò sulla testa un liquido puzzolente che bruciava come il fuoco. "Ma che roba è?"

"È un disinfettante. Dobbiamo lavare la ferita. Lo so che fa male, mi dispiace, ma il mio amico infermiere che me lo ha dato mi ha detto che è il migliore e che gli altri fanno molto più male. Dobbiamo pulirci la ferita tre volte al giorno, mi dispiace."

La fissai e provai a indovinare se le gocce che le scendevano dagli occhi erano l'acqua della doccia o lacrime. A giudicare dalla sua espressione, soffriva più di me.

"Va tutto bene, che vuoi che sia. Ce la faccio," dissi. Mi sentii molto coraggioso.

Mi abbracciò senza dire una parola ed io ricambiai l'abbraccio. La sua pelle bagnata contro la mia era come seta. Chiusi gli occhi, per godermi il semplice piacere del contatto ravvicinato con un altro cuore pulsante.

Dopo una lunga doccia e con indosso abiti puliti, mi sentii un uomo nuovo. Giorgia aveva fatto un lavoro fantastico con la fasciatura, che adesso era piccola e, nonostante fosse ancora ben evidente, non mi faceva più sembrare un soldato appena tornato dal fronte. Tutto d'un tratto avvertii un bisogno urgente di uscire e di sentirmi di nuovo vivo.

"Devo andare a prendere una boccata d'aria fresca," dissi.

"Vengo con te," rispose Giorgia, ostinata.

"No. Smettila di trattarmi come un invalido. Arrivo giusto al bar a comprare le sigarette e un giornale, e magari mi bevo un caffè."

Non mi aspettavo che cedesse facilmente, ma a quanto pare capì le mie ragioni.

"Okay, ma promettimi che non ti allontanerai."

"Parola di boyscout," risposi sorridendo sollevato.

Il mondo fuori sembrava diverso, anche se non avrei saputo spiegare in cosa. Era una sensazione soggettiva, frutto, senza dubbio, dal cambiamento nel mio orologio biologico dopo essere rimasto a letto per molto tempo. Fosse quel che fosse, il piacere di andare a piedi al tabaccaio fu immenso. Ero così di buon umore che decisi d'investire i miei soldi in un costoso pacchetto di Marlboro Gold e ne accesi una prima di uscire dal negozio, passeggiando in maniera elegante con un quotidiano arrotolato sotto il braccio. Poi mi misi a sedere a un bar lì vicino, accanto alla vetrina da cui potevo osservare la gente fuori a passeggio. Bevvi il caffè, fumai e sfogliai il giornale. Mi sentivo bene, vivo. Il mondo mi sembrava un luogo perfetto e in quel preciso momento non mi veniva in mente niente che potesse migliorarlo.

Anche se non l'avrei ammesso davanti a Giorgia, dopo la mia breve uscita ero abbastanza sfinito, soprattutto dopo avere salito le scale. Perciò fui felice quando insieme ad Alessandra, che nel frattempo era tornata dal lavoro, decisero di organizzare una cena speciale in onore del mio 'ritorno dal regno dei morti'. Mentre erano indaffarate in cucina, mi sedetti in pace sul divano, rilassato, a fissare il nulla con gratitudine.

La cena fu deliziosa, ma ebbi qualche problema con la bistecca per il dolore martellante alla tempia che mi prendeva ogni volta che provavo a masticare. Di fronte a un mio sussulto, le ragazze mi lanciarono un'occhiata indagatoria e dovetti dar loro una spiegazione.

"Possiamo masticarla noi per te," disse Alessandra e ridacchiò. "Sai, le squaw indiane lo facevano per i mariti guerrieri che non avevano più i denti."

"Oppure la frulliamo e t'imbocchiamo," aggiunse Giorgia a presa in giro.

"Molto divertenti, tutte e due. Grazie mille!" dissi. "Permettetemi di ricordarvi che non è colpa mia se sono vivo per miracolo."

"Dai, non essere sempre così serio!" reclamò Alessandra. Si alzò e fece il giro intorno alla tavola fino alla mia sedia, e poi mi abbracciò da dietro stampandomi un bacio sulla guancia. "Stiamo cercando di farti divertire. Rilassati, okay?"

Rimase dietro di me, a massaggiarmi delicatamente le spalle mentre con calma finivo la mia bistecca. Giorgia, che era seduta al mio fianco, mi appoggiò la mano sul ginocchio e mi accarezzò la coscia. Annuii ma non dissi niente. Non avevo nessuna intenzione di rompere l'incantesimo.

Non appena finimmo di cenare e di lavare i piatti, Alessandra sparì con discrezione nella sua stanza. Nel mangianastri, che, per quanto antico, ero l'unico oggetto moderno del salotto, Leonard Cohen stava cantando Sisters of Mercy. La canzone sembrava rispecchiare stranamente la mia affascinante e non ancora completamente comprensibile duplice relazione amorosa. Giorgia mi prese il mento con la mano e lo tirò delicatamente a sé, poi mi baciò lentamente, con intensità e desiderio.

"Avevo così paura di perderti... e mi sentivo tanto in colpa..."

"Tu non c'entri niente," cercai di consolarla, vedendo che stava di nuovo piangendo.

"Sì, invece. Ti amo così tanto..."

"Anch'io ti amo," risposi, schietto.

"Promettimi che per me ci sarai sempre... che mi amerai sempre quanto ti amo io."

"Sai che ti amo," dissi con voce roca.

"No, promettimelo!"

"Te lo prometto," risposi, di nuovo sincero.

Più tardi, mentre eravamo abbracciati distesi sul letto, nudi e felici dopo aver fatto l'amore, la porta della camera di Giorgia si aprì con un cigolio. Vidi che era entrata Alessandra, con indosso il suo pigiama infantile. Si avvicinò al letto ed io fissai Giorgia, per valutare la sua reazione. Sorrise compiaciuta – un sorriso a malapena accennato ma soddisfatto – e guardò Alessandra.

"Non riesco a dormire. Ho fatto un brutto sogno," sussurrò Alessandra, tradendo ancora una volta il suo lato fanciullesco. "Posso venire a dormire con voi?"

Giorgia sollevò la mano destra e prese quella dell'amica. "Ma certo, bambolina. Salta su," disse, tirandola verso di noi.

Senza dire una parola, Alessandra salì sul letto e si distese al mio fianco, dall'altro lato. Le feci spazio e si rannicchiò nell'incavo della mia spalla. Allungò la mano sinistra sopra di me e accarezzò delicatamente la spalla di Giorgia.

"Grazie," sussurrò.

Giorgia rispose con un sorriso.

Ma scommetto che il mio lo batteva.

CAPITOLO 27

Per quanto mi piacesse dormire a casa delle ragazze, era arrivato il momento di riprendere la mia vita di tutti i giorni e il primo passo era tornare al mio appartamento. Giorgia insistette ad accompagnarmi. Ero nervoso, in parte perché non ci tornavo dal giorno della protesta, ma anche perché sarei dovuto rientrare al lavoro. Alessandra era uscita presto per il turno e Giorgia ed io facemmo colazione tardi senza di lei. Volevo prendere il tram ma Giorgia volle chiamare un taxi a tutti i costi. Cedetti facilmente perché mi vergognavo ancora a farmi vedere in pubblico con la fasciatura in testa, ma anche perché quell'indolenza tipica di un malato in convalescenza mi dava gusto.

Aprii la porta di casa, ma non facemmo in tempo a varcare la soglia che apparve una figura dall'ombra del corridoio. Era in piedi in una rientranza e non l'avevamo notato. Mi colse di sorpresa quando ci venne incontro e lo stupore aumentò quando disse il mio nome.

"Il signor Lucci?" domandò.

Lo esaminai. Era basso e tarchiato, con la testa quasi completamente calva. L'abito grigio sgualcito che indossava gli dava un'aria anonima e lì per lì pensai che fosse una specie di venditore ambulante, anche se non aveva una borsa o una valigetta con sé. Tuttavia, non mi sembrò pericoloso, così lasciai che Giorgia entrasse in casa e gli risposi incuriosito.

"Sì?" dissi con freddezza. Non ero dell'umore di comprare niente.

Mi venne incontro con molta calma e si fermò a breve distanza.

"Signor Lucci, vorrei parlarle. Sono l'ispettore di polizia Bellini, della divisione anticrimine. Si tratta della sua famiglia."

"A quale proposito?" Sentii un brivido gelido percorrermi la schiena e la fronte sudare freddo. Evitai di asciugarmi perché sapevo che quel gesto avrebbe tradito la mia agitazione.

"Posso entrare? Non credo sia il caso discuterne qui fuori."

"Vorrei che mi mostrasse le sue credenziali, per favore. Non la conosco," dissi, ancora nella speranza che non fosse un vero poliziotto. Cercò il portafoglio nel taschino e mi fece vedere il distintivo. "Prego, si accomodi," dissi dopo avergli dato una rapida occhiata. Non ebbi altra scelta che rassegnarmi a quell'intrusione.

Una volta in casa, aspettai in silenzio che Bellini facesse una veloce ricognizione. Giorgia era in piedi accanto a me, chiaramente perplessa. Non capiva cosa stesse succedendo, e dopo qualche secondo il suo temperamento da rossa ebbe la meglio e dette in escandescenze.

"Che succede? Chi diavolo è lei? Cosa vuole?" Poi mi domandò, "Perché l'hai fatto entrare?"

"È l'ispettore Bellini," spiegai, cercando di restare impassibile. "Presumo stia indagando sull'incidente dei miei genitori. Dico bene?" aggiunsi, rivolto al poliziotto.

"Uh-huh," disse, annuendo di sfuggita.

"È una storia vecchia! Ve la siete presa comoda, perché importunarmi proprio adesso?"

"Facciamo quello che possiamo, quando ci ordinano di farlo," rispose. "E lei signorina, chi è?"

"Sono la fidanzata di Roberto. Che gliene frega?"

"Nel mio lavoro m'interessa tutto," commentò. "Potrei volere parlare con lei in separata sede. Scriva gentilmente qui il suo nome, il suo indirizzo e il suo numero di telefono," aggiunse, passandole un piccolo taccuino.

Giorgia gli dette un'occhiata e poi mi guardò; quando non dissi niente, prese il bloc-notes in modo sgarbato e ci scarabocchiò qualcosa prima di restituirglielo.

"Vorrei parlarle in privato, signor Lucci," disse alla fine l'ispettore.

Di qualsiasi cosa volesse discutere, non c'era alcun bisogno che Giorgia fosse coinvolta, così gl'indicai la cucina e lo invitai a sedersi al piccolo tavolo di formica.

"Aspetti un attimo, per favore," dissi e tornai da Giorgia che batteva il piede in attesa, fremente di rabbia.

"Fossi in te, lo butterei fuori a calci. Che faccia tosta, piombare in questo modo dopo tutti questi anni!"

"Lo so, lo so. Cosa posso farci se lavorano così? Potrebbe volerci un po' di tempo. È meglio se torni a casa."

"Ho alcune commissioni da sbrigare. Ti chiamo quando rientro."

Mi dette un bacio frettoloso e se ne andò. Tornai in cucina dove Bellini mi aspettava pazientemente al tavolo.

"Del caffè?" domandai, per allentare la tensione.

"No, grazie. Magari dopo. Ora, mi dica, come mai quella fasciatura in testa?"

"Sono scivolato per strada. Una brutta botta, ma niente che un po' di riposo non possa curare. Ho passato gli ultimi due giorni a letto."

"Lo so. Ho provato a mettermi in contatto con lei. Per questo stamattina sono passato nella speranza di trovarla in casa. Si domanderà perché tanta fretta dopo tutti questi anni, ma la verità è che abbiamo qui un collega di Roma in trasferta che sta indagando su un caso connesso e ha una certa urgenza di rientrare. Perciò devo chiederle di accompagnarmi in centrale, così potremmo raccogliere la sua deposizione."

"Non capisco," dissi, colto improvvisamente dal panico. "Perché dovrebbe essere un problema mio se avete un collega in trasferta da Roma? Non posso dedicarle del tempo in questo momento. Sa che sono stato male e devo tornare al lavoro. Hanno bisogno di me."

"Signor Lucci, sto cercando di rendere le cose più semplici possibili e glielo sto chiedendo gentilmente. La prego di non obbligarmi a usare altri mezzi, perché lo farei."

La sua voce era calma ma piatta e dura, e mi resi conto che non era un tipo con cui fare giochetti.

"D'accordo, se ha bisogno del mio aiuto non mi tirerò indietro. Chiamo il mio socio al lavoro e lo avverto che non andrò neppure oggi."

"Prego," m'incoraggiò Bellini.

Spostò lo sguardo sul tavolo, come a dire che la questione era chiusa, e andai in camera per telefonare a Ernesto. Era davvero incazzato e continuò a farmi una lavata di capo per essere sparito in quel modo, per averlo fatto preoccupare all'inverosimile, per non essermi minimamente preso il disturbo di alzare il telefono e fargli sapere cosa mi stava succedendo. Non mi restò che dargli ragione su tutta la linea e dirgli quanto fossi dispiaciuto. Non so se riuscii a tranquillizzarlo riguardo al fatto che la polizia era venuta a ficcanasare in officina – non ne parlammo più e gli sono sempre stato riconoscente, e sempre lo sarò, per non essersi mai intromesso nella mia vita privata.

Quando uscii di camera, assorto e ignaro di cosa mi aspettava, trovai l'ispettore Bellini in piedi accanto al portone d'ingresso e mi domandai se temesse che potessi provare a scappare.

"Ci vorrà molto?" domandai.

"Più che altro dipende da lei. Se collabora, forse sarà una cosa breve. Al suo posto vorrei sfogarmi," aggiunse mentre chiudevo a chiave la porta alle mie spalle.

Non mi spiegò cosa intendesse dire e non fui così ingenuo da chiederglielo. La sua auto blu era parcheggiata sul ciglio della strada – un'auto in borghese della polizia – e mi aprì lo sportello a lato del passeggero. Guidò lentamente attraverso il traffico ed io rimasi seduto in silenzio, concentrando i miei pensieri su quello che mi attendeva. Di una cosa ero certo: la mia vita e la mia felicità dipendevano dalla mia capacità di restare calmo.

La stanza degli interrogatori in cui mi accompagnò l'ispettore Bellini fece subito riaffiorare il ricordo di una simile dove ero stato trattenuto molti anni prima. La stazione di polizia era molto più grande e imponente di quella in cui mi aveva portato la Guardia di Finanza, e la stanza degli interrogatori era più moderna e in condizioni migliori, ma l'odore di paura era lo stesso. Mi stavo ancora guardando intorno per ambientarmi quando la porta si aprì ed entrò un uomo alto e magro sulla cinquantina.

"Il commissario Paci," disse Bellini, senza tante cerimonie, indicando il nuovo arrivato.

"Della polizia di Roma," aggiunse il sovrintendente. Non si offrì di stringermi la mano; preferì sedersi, e così fece Bellini, prendendo la sedia al suo fianco. Mi sentii stupido lì in piedi, così mi sedetti anche io sull'unica sedia rimasta, all'altro capo del tavolo, di fronte ai due poliziotti.

"Dunque, signor Lucci," disse Paci. Mi fissò, come in attesa di una risposta, e quando non dissi niente, continuò. "Quando era a Roma abitava con suo zio, è corretto?"

"Sì, certo."

"La stiamo registrando," disse il commissario indicando una scatola con dei fili collegata a un microfono posizionato sopra il tavolo.

"Aspetti un attimo," intervenne Bellini. "Qui a Milano facciamo le cose come si deve. Oggi è il venti di aprile, è mezzogiorno e mezzo e stiamo interrogando il signor Roberto Lucci. Sono presenti l'ispettore Bellini e il sovrintendente Paci," recitò caustico al microfono.

Paci lo guardò con un sorriso sarcastico. Riuscivo a percepire la tensione tra i due. Quando fu chiaro che Bellini aveva finito, Paci continuò.

"Prego, mi parli della morte di suo zio."

"Non c'è molto da dire. Zio Dan era malato da molto tempo – problemi cardiaci, sa – e una notte è venuto a mancare nel sonno."

"Perché l'ha fatto cremare?"

"Lo desiderava. Così mi aveva detto e ho voluto rispettare le sue volontà."

"Non è quello che mi hanno riferito i suoi amici. Piuttosto sostengono l'opposto, che era contrario alla cremazione. Senta, signor Lucci, perché non confessa e mette fine a tutta questa storia? Si sentirà meglio dopo che si sarà scaricato la coscienza."

Mi alzai in piedi su tutte le furie, con il viso avvampato che di sicuro era diventato paonazzo. Mi ritrovai a urlare e ad agitare in aria il pugno in faccia a Paci.

"Come osate! Con chi credete di parlare? Cos'è quest'assurdità sulla mia coscienza?"

"Come no, si chiede a un sospettato di confessare e 'caso chiuso'. A Roma usa così," borbottò tra sé e sé Bellini, sardonico, facendo arrossire Paci. Poi con voce ferma, ordinò, "Si sieda, signor Lucci!"

Non sapendo cos'altro fare, obbedii e fissai Bellini, evitando d'incrociare lo sguardo di Paci. Bellini mi studiò pensoso e dopo qualche secondo mi domandò, "Chi è Alessandra?"

Mi ricomposi, consapevole che dovevo dare l'impressione di volere collaborare. "L'unica Alessandra che conosco era la mia ragazza molti anni fa. Perché me lo chiede?"

"Se non le dispiace, per il momento lasci a me le domande. Stavate insieme all'epoca dell'incidente che ha causato la morte della sua famiglia?"

"Che intende dire con 'all'epoca dell'incidente'?"

"Intendo il giorno stesso."

"Credo che abbiate dati contrastanti. All'epoca dell'incidente io non ero con la mia famiglia, ero in un collegio, al Sant'Anna. Ero via ormai da un anno e non sentivo Alessandra da un bel po' di tempo."

"Allora perché si è vantato con lei di avere ucciso la sua famiglia?" domandò Paci a bruciapelo, suscitando in Bellini un'espressione avvilita.

"Sa, io penso che stia delirando," dissi. Ero arrabbiato e non m'importava più di cercare d'ingraziarmelo. "Non so da dove tiri fuori queste assurdità."

"Da questa lettera, tra le altre cose," rispose Paci, consegnandomi un foglio di carta.

Lo presi cercando di trattenere le mani dal tremare, perché in quel momento ebbi la certezza che, in qualche modo, la polizia era entrata in possesso di una copia della lettera che avevo scritto ad Alessandra. Forse lo zio Dan l'aveva fotocopiata prima di rimetterla nel portadocumenti. Perciò fu un immenso sollievo vedere che si trattava di un'altra lettera. Era scritta con la calligrafia ordinata dello zio, era datata due giorni prima della sua morte ed era breve, ma fu comunque un duro colpo. Me la ricordo ancora a memoria. C'era scritto:

Spettabile Commissario della Polizia di Roma,

ho ragione di credere che il figlio di mia nipote, Roberto Lucci, che ho sempre amato come un figlio, abbia ucciso l'intera famiglia, compresa la mia amata nipote, sua madre.

Roberto ha confessato il suo crimine alla fidanzata, Alessandra, e nel mio cuore non vi è dubbio che sia colpevole di tale peccato mortale. Le fornirò ulteriori dettagli quando troverà consono interrogarmi.

La prego di prendere sul serio questa lettera come questa grave questione richiede."

Seguiva la firma di zio Dan, insieme al suo indirizzo e al numero di telefono. Lessi e rilessi quella lettera, approfittandone per tornare calmo.

"L'abbiamo ricevuta qualche giorno dopo la morte di suo zio ma, come sa, siamo molto impegnati e non le abbiamo dato l'attenzione che meritava fino a qualche settimana fa," disse Paci.

Fece una pausa e mi fissò.

"Non so che dire. È pura follia," replicai, cercando di controllare la voce il più possibile. "Come le ho detto, non ero assolutamente vicino alla mia famiglia quando è avvenuto l'incidente e non tornavo a casa da molto tempo."

Fu il turno di Bellini. "Allora perché suo zio se n'è venuto fuori con una storia tanto assurda, se era infondata?"

"Non lo so. Era un uomo molto malato ed era sotto farmaci. Magari ha perso la testa. Ho sentito dire che gli anziani spesso perdono il contatto con la realtà e diventano paranoici."

"Non credo a una parola di quello che dice!" replicò Paci, sbattendo il pugno sul tavolo. "Vuole che le dica cosa penso? Penso," continuò senza aspettare una mia risposta, "che abbia ucciso la sua famiglia e che poi abbia ammazzato anche suo zio, probabilmente lo ha avvelenato, ed è per questo che ha avuto fretta di cremarlo. Stiamo facendo degli esami di laboratorio sulle ceneri e presto sapremo quale veleno ha usato. Tanto vale che confessi così ci risparmia la fatica."

Decisi d'ignorarlo e mi rivolsi a Bellini. "Ispettore," dissi, "non dovrei neppure disturbarmi a rispondere a tali accuse. Mio zio è morto per cause naturali e potete divertirvi con le sue ceneri quanto volete, ma non troverete niente. Mi sembra comunque una persona ragionevole, perciò se le do modo di verificare che la lettera di mio zio è un semplice frutto della sua immaginazione, mi lascerete in pace? Riportare la mente alla tragedia che ho vissuto è già stato abbastanza doloroso."

Paci fece per dire qualcosa, ma Bellini lo zittì con un gesto sprezzante. "L'ascolto," disse.

"Non è difficile mettersi in contatto con Alessandra, quella di cui parlavamo prima. Abita insieme alla mia fidanzata, che ha conosciuto questa mattina. Potete andare a chiedere a lei se ho mai detto niente sull'incidente dei miei genitori. Niente di niente, a parte condividere il mio dolore." Dopodiché detti un'occhiataccia a Paci, "Vantarmi, ha detto? Nella lettera questo non c'è scritto. Dovrebbe vergognarsi!"

Di nuovo, Paci sembrò sul punto di parlare ma Bellini lo frenò con un gesto imperioso della mano. Si alzarono tutti e due in piedi e l'ispettore parlò con fermezza.

"Andremo a interrogare questa Alessandra di cui parla. Nel frattempo dovrà aspettare qui. Mi assicurerò che le portino qualcosa da mangiare. Un panino? Ha esigenze alimentari particolari?"

"Non ho fame," dissi, scrollando il capo.

"Deve mangiare," rispose prosaico Bellini. "Potrebbe volerci un po'."

Bellini fu di parola e un giovane poliziotto in uniforme entrò con un panino e una Coca su un vassoio. Poi rimasi solo. Tre ore dopo, aprii la porta e feci capolino. In corridoio c'era un andirivieni di persone, la maggior parte in divisa. Fermai un giovane agente che stava venendo nella mia direzione con un giornale.

"Le dispiacerebbe prestarmelo? Sono ore che aspetto e mi sto annoiando," domandai, cortese.

Se fu sorpreso, non lo dette a vedere. Mi consegnò il giornale con un cenno del capo e rientrai nella stanza degli interrogatori dove mi sedetti a leggerlo da cima a fondo.

Subito dopo, avvertii l'urgenza di andare in bagno, così uscii fuori, individuai l'insegna WC più vicina, e poi tornai dentro alla mia lettura. Per essere sospettato di omicidio, non mi stavano tenendo di certo sotto stretta sorveglianza.

Quando Bellini fece ritorno era pomeriggio inoltrato. Era solo e fece qualche passo per la stanza. Io mi alzai in piedi e aspettai.

"Abbiamo fatto una lunga chiacchierata con la sua fidanzata, Alessandra. Quasi tutto quello che ha detto corrisponde. Per me è sufficiente per scagionarla, ma Paci è di altro avviso. È sicuro che le analisi delle ceneri riveleranno la presenza di veleno, quindi il caso non è ancora chiuso. È libero di andare, ma resti a disposizione, intesi?"

"Okay," dissi, ma non riuscii a trattenermi e aggiunsi, "Quel Paci è un cretino."

"Resti tra noi, ma mi trova d'accordo. Tuttavia, è competenza di Roma e non mia," rispose Bellini con un gesto volgare.

Avrei quasi potuto farmelo piacere.

CAPITOLO 28

Fuori dalla stazione di polizia, nel freddo del tardo pomeriggio, mi fermai all'angolo della strada e valutai il da farsi. Volevo andare a casa delle ragazze, in parte perché ero ansioso di ascoltare il resoconto del loro interrogatorio, ma anche perché sapevo che erano in pensiero per me. Tuttavia, ero certo che mi avrebbero fatto delle domande e che dovevo avere pronte tutte le risposte. Pertanto mi serviva tempo per pensare, così camminai finché non trovai un bar tranquillo dove mi sedetti a riflettere in pace davanti a un panino e a un caffè.

Finii di mangiare e rimasi lì a sedere, a fumare una sigaretta dietro l'altra e a ripercorrere nella mente l'interrogatorio di quel pomeriggio. L'aria fresca e il cibo contribuirono notevolmente a farmi tornare calmo e dopo mezz'ora pagai il conto e me ne andai.

Quando arrivai a casa delle ragazze era già buio. Entrai con la chiave che Giorgia mi aveva dato il giorno prima e chiusi la porta senza fare rumore. Nell'appartamento regnava il silenzio, sembrava non ci fosse nessuno, ma quando entrai in salotto, vidi che Alessandra era seduta sul divano con Giorgia di fronte a lei in una poltrona. Non appena si accorsero di me, balzarono in piedi e rimasero a fissarmi. Mi aspettavo che mi dessero il bentornato dopo la mia disavventura e che mi coccolassero come sapevano fare; prevedevo che Giorgia si sarebbe gettata tra le mie braccia, e che magari Alessandra avrebbe fatto lo stesso. Di certo non mi aspettavo che rimanessero lì ferme a fissarmi senza dire una parola di benvenuto, e la cosa mi lasciò un attimo interdetto. Poi, sapendo che toccava a me fare il primo passo, mi avvicinai a Giorgia e dissi, "Tesoro, sono tornato."

Patetico, lo so, ma non mi venne in mente niente di meglio. E Giorgia fece una cosa stranissima: alzò la mano destra per bloccarmi e scrollò la testa. "Non..." disse, e mi fermai.

"Che succede?" domandai.

Giorgia non rispose e rivolse lo sguardo ad Alessandra. Io feci altrettanto e aspettai che dicesse qualcosa. Deglutì velocemente, mentre si contorceva le dita, e poi con voce bassa e piatta, disse, "La polizia è stata qui. Ci hanno interrogato per due ore."

"Lo so. Li ho mandati io da voi, qual è il problema? So che non è piacevole – credetemi, ci sono passato anch'io – ma non c'è motivo di avercela con me. Non avevo scelta. Erano convinti che in qualche modo c'entrassi qualcosa con l'incidente della mia famiglia e ho dovuto dimostrare che non ero neppure presente quando è successo. Allora perché queste facce lunghe?"

"Ci hanno fatto vedere la lettera," disse Giorgia con voce cupa. Ora era in piedi alla mia sinistra, così dovetti voltarmi per guardarla e l'espressione sul suo volto mi spaventò, ma cercai di fare finta di niente.

"Ah, quella cavolata," dissi, finendo la frase con una risatina.

"Io... Noi non lo troviamo divertente. Quel poliziotto crede che tuo zio sia stato assassinato e stanno facendo dei test per dimostrarlo."

"Ma dai, non essere ridicola! Sono qui, giusto? Mi hanno lasciato andare perché neanche loro credono a questa stupida teoria." Iniziai a entrare nel panico quando vidi lo sguardo freddo e duro con cui Giorgia mi fissava. Detti una rapida occhiata ad Alessandra; la sua espressione era più dolce e sembrava più in imbarazzo che arrabbiata. "Non posso credere che lo stiate anche solo prendendo in considerazione," replicai, fissando dritto verso Giorgia.

Non dovetti fingere la rabbia nella mia voce – io ero arrabbiato. In quel momento avevo bisogno del suo supporto più di qualsiasi altra cosa, e invece si era messa a fare la moralista. Ma con mia sorpresa la botta venne da Alessandra, che con la sua voce dolce e compassionevole, portò tutti e tre a un punto di non ritorno.

"Quando ho letto la lettera di tuo zio, d'un tratto ho capito le cose che avevi detto."

"Le cose che ho detto? Quali cose?"

"Avevi la febbre e credevo tu stessi delirando. Continuavi a dire 'Non volevo che andasse in questo modo, mamma. Puoi perdonarmi?' E cose del genere. Poi ti sei rivolto a un certo signor Paolini – credo che a quel punto tu stessi sognando – e gli hai spiegato cosa avevi fatto ai freni dell'auto di tuo padre. Non capivo granché, perché hai borbottato alcuni termini tecnici, ma quello che ho sentito mi è bastato per afferrare il concetto."

"Alessandra..." provai a dire per fermare quel fiume di parole in piena, ma continuò con voce spaventosamente calma.

"Dopo, quando ti sei svegliato, ti ho chiesto cosa avessi sognato, ricordi? E tu hai detto che avevi avuto un incubo sulla tua famiglia e sull'incidente in cui erano morti."

"Non riesco a credere che mi stia succedendo davvero," dissi, scrollando la testa incredulo. "Mi stai accusando... Accusi me... E tutto a causa di un brutto sogno che ho fatto? Fino a che punto arriverà questa follia?"

Adesso, grandi e lente lacrime scorrevano silenziose dagli occhi di Alessandra e anche la sua voce trasmise il dolore che stava provando.

"Come lo spieghi? È venuto tutto fuori all'improvviso... la lettera, le tue parole... Sono così confusa... Alla polizia non ho raccontato niente del tuo sogno. Non volevo renderti le cose ancora più complicate. Ma non mi do pace al pensiero che, per quanto ti ami, forse avrei fatto meglio a dirglielo."

Giorgia rimase in silenzio, ma la sua presenza di donna caparbia, che non aveva ancora detto l'ultima, incombeva nella stanza. Di tanto in tanto le lanciavo un'occhiata furtiva, per assicurarmi che non sbottasse prima che avessi avuto la possibilità di spiegarmi.

"Ma sogno sempre la mia famiglia. Non lo faresti anche tu fossi nei miei panni? Dal giorno della loro morte mi do il tormento cercando di capire come sia avvenuto quell'incidente. La polizia non lo sapeva, o non si è disturbata a scoprirlo, e mi ha lasciato nell'incertezza. Ho considerato tantissime possibilità, sia da sveglio sia nei miei sogni. Questo è quanto, devo prendermi la colpa per la tragedia che ho vissuto?"

"Ma c'è la lettera. Non puoi fare finta di niente," disse Giorgia con voce fredda e piatta.

"Quella lettera è solo il frutto di un vecchio delirante. Guarda, puoi vederlo tu stessa: c'è scritto che ho raccontato ad Alessandra del reato che avrei commesso, ma io non le ho detto proprio un bel niente. Chiedilo a lei! Ti ho mai raccontato una tale idiozia?"

"E se ci fosse un'altra Alessandra? Una di cui non sappiamo niente," domandò Giorgia.

Con la morte nel cuore capii dalla sua domanda che Giorgia aveva superato una linea di confine che ci avrebbe irrimediabilmente diviso: quella della sfiducia. Guardai Alessandra; stava ancora piangendo in silenzio. Non vidi lacrime negli occhi di Giorgia, solo uno sguardo fisso, duro, freddo e indifferente. Seppi allora che avevo perso la mia battaglia.

"Quindi adesso che succede?" chiesi rassegnato all'inevitabile risposta.

"Ci serve una pausa finché questa storia non sarà risolta," disse Giorgia, con voce più sommessa, ora che non opponevo più resistenza.

"Mi avete spezzato il cuore, sapete? Ma sapete anche che vi amo ancora entrambe," dissi, sentendo per la prima volta gli occhi gonfiarsi di lacrime per la rabbia. Mi affrettai ad asciugarli con la mano, sperando che non se ne accorgessero, ma ne arrivarono subito delle altre.

"Anche noi ti amiamo," disse Alessandra. Tirò su con il naso e si tamponò gli occhi con un fazzoletto.

Così chiesi a Giorgia, "Mi ami anche tu?"

Per una frazione di secondo, il suo volto tradì la lotta interiore che stava vivendo.

"Le chiavi, Roberto," rispose, senza guardarmi negli occhi.

Le lasciai cadere sul tavolino e uscii, trascinandomi dietro ciò che restava della mia dignità in frantumi.

CAPITOLO 29

Fu una fortuna che avessi il mio lavoro, altrimenti sarei impazzito. È sempre stato uno stimolo per andare avanti nei momenti difficili; senza l'officina non so se ce l'avrei fatta nei mesi seguenti la mia rottura con Giorgia e Alessandra. Mi gettai a capofitto sul lavoro. Iniziavo presto la mattina e finivo tardi la sera, in modo da tornare a casa stanco morto: l'unica soluzione per riuscire di tanto in tanto a dormire senza sognare. Persi anche peso, perché spesso mi dimenticavo di mangiare e a volte, nel fine settimana, non avevo cibo in casa. Ma non m'importava. Le mie giornate erano condizionate da un dolore sordo e costante, che prosciugava le mie forze. A volte penso che avrei fatto meglio ad andare da uno strizzacervelli come mi aveva suggerito Ernesto, ma ero troppo depresso per prendermi cura di me stesso.

Tre mesi dopo la scena pietosa a casa delle ragazze, un giorno mi svegliai incapace di sopportare oltre quella separazione. Come ultima spiaggia andai alla sede di Lotta Continua e cercai Franco. Lo trovai indaffarato come sempre, anche se il braccio non era guarito bene e il gomito era bloccato in una strana posizione arcuata. Me lo disse quando gli chiesi come stava, poi aspettò che continuassi io il discorso. Eravamo in piedi alla porta della stanza principale e altre persone, tra cui qualcuno di mia conoscenza, continuavano a venirci addosso. Dovetti bisbigliare perché la nostra conversazione restasse privata.

"Franco, mi manca," dissi, senza giri di parole.

"Lo so. Mi ha raccontato tutto... Non voglio esprimere giudizi. Sono sicuro che è dura anche per lei."

"Puoi parlarle?"

"A che servirebbe?" domandò dopo un attimo di esitazione.

"Ho bisogno che sappia che la amo, che sento la sua mancanza. Non riesco a credere alla sua ostinazione."

"Sai quanto è testarda..." commentò Franco.

"Puoi dirle che voglio parlarle, che la voglio incontrare?"

"Onestamente, non lo so... Era così sicura di volerti stare lontano," disse Franco, scrollando la testa mestamente.

"Ma lo farai? Per me..." insistetti.

"Vediamo," disse alla fine senza grande entusiasmo. "Se cambia idea, ti chiamo."

Lo ringraziai calorosamente e me ne andai. Non mi chiamò mai, ma avrei dovuto sapere che non l'avrebbe fatto: non mi chiese mai il numero di telefono. Perciò mi rassegnai a non avere più notizie delle ragazze.

Poi Giorgia chiamò.

Erano sette mesi che non sentivo la sua voce ma la riconobbi subito non appena disse "Pronto, Roberto?" Avevo pensato spesso di telefonarle dopo il mio incontro con Franco e più di una volta mi ero messo a sedere davanti al telefono con la cornetta in mano, cercando di trovare il coraggio di comporre il numero. Non lo feci mai – sapevo che non mi avrebbe parlato. Dato che la speranza è l'ultima a morire, in un primo momento avevo sperato che dopo un periodo di pausa una telefonata sarebbe arrivata, ma mi ero sempre aspettato che sarebbe stata di Alessandra.

"Chi parla?" dissi, istintivamente restio ad ammettere di averla riconosciuta o di mostrare entusiasmo.

"Sono Giorgia... Come stai?" aggiunse, dopo una pausa.

"Sto bene. Me la cavo ... A parte il fatto che mi manchi."

"Non ti ho chiamato per me," si affrettò a precisare. "È stata Alessandra a chiedermi di telefonarti."

"Perché non l'ha fatto lei? Non ha bisogno d'intermediari."

"Roberto... Non sta molto bene. È in ospedale."

"Che le è successo? Ha avuto un incidente? Come sta?"

Mi spaventai e avvertii un nodo di dolore allo stomaco.

"No, nessun incidente. È malata e vorrebbe vederti... Sempre che tu non sia troppo arrabbiato con lei."

"Arrabbiato? Non sono arrabbiato. Mi manchi tu e mi manca lei. Mi mancate entrambe, cazzo! Ma cos'ha? Che problema ha?"

"È meglio se ne parli con lei. Se ti sbrighi, ce la fai a entrare per l'ultimo orario di visite. Segnati le indicazioni, è un labirinto."

Trovai una penna e scrissi sul dorso della mano le informazioni che Giorgia mi dettava. Volle che gliele rileggessi e dopodiché, disse, "Vai a trovarla, Roberto," e riattaccò.

Il Policlinico è un edificio immenso che risale a circa due secoli fa e anche con le istruzioni di Giorgia, mi ci vollero venti minuti e diverse svolte sbagliate nel dedalo di corridoi prima di trovare il reparto in cui si trovava Alessandra. Alla fine trovai la sua stanza, una grande, con dieci letti, sette dei quali occupati. A quanto pare nessuno aveva visite e la donna nel primo letto vicino alla porta – un'anziana signora con il viso incredibilmente rugoso – dormiva profondamente, così mi avvicinai in punta dei piedi all'ultimo letto accanto alla finestra, che l'infermiera del reparto mi aveva detto essere quello di Alessandra.

La stanza non era niente di speciale – era riservata ai pazienti a carico della sanità pubblica – e l'unico briciolo d'intimità era garantito da sottili tende verdi che circondavano il letto. Quelle di Alessandra erano tirate, ma feci subito capolino dove combaciavano, all'altezza della testiera. Poi la guardai. Dormiva ed era bellissima nonostante la mascherina dell'ossigeno che le copriva il naso e la bocca. La trovai dimagrita, tanto che gli zigomi sporgenti le davano un'aria strana. Era diversa. Continuai a fissarla, incerto se svegliarla o no, ma avvertì la mia presenza e aprì gli occhi.

"Roberto..." disse con un sorriso ammaliante ed io le presi la mano.

"Tesoro, mi hanno detto che ci stai dando delle grane," risposi contraccambiando il sorriso nella speranza di ravvivare l'atmosfera.

"Sei venuto," sussurrò, togliendosi la mascherina dell'ossigeno.

"Certo che sì. Ogni tentativo di tenermi lontano sarebbe stato inutile. Allora, dimmi, che ti succede?"

Esitò, chiuse gli occhi per un istante e deglutì prima di rispondere.

"Ricordi che dovevo vedere un dottore, che ero sempre stanca e non mi sentivo bene? Mi hanno fatto fare degli esami e non hanno dato buoni risultati. La chiamano 'insufficienza cardiaca congestizia' e peggiora con il tempo."

L'accarezzai per rassicurarla.

"È un bene che abbiano scoperto qual è il problema. Ho sentito che questo è un buon ospedale e sono sicuro che ti rimetterai in piedi in men che non si dica."

Non avevo idea di cosa significasse quel termine medico, ma sicuro come la morte sarei stato lì per darle coraggio e vederla guarire. Le strinsi forte la mano per ricordarle che poteva contare su di me, ma invece di confortarla, vidi che aveva gli occhi gonfi di lacrime.

"Amore mio, non piangere altrimenti farai piangere anche me," la minacciai scherzoso.

Sul momento non disse niente e aspettai pazientemente una sua risposta.

"Non c'è cura...," disse dopo qualche secondo di silenzio. "Peggiora... e basta... ed io sto così male."

Le sue parole non fecero davvero presa su di me, perché rifiutai l'idea che potesse non rimettersi del tutto.

"Non dire così," la rimproverai. "Se qui non sanno come curarti, sono sicuro che da qualche parte troveremo uno specialista che sa cosa fare."

"Oh sì, c'è una clinica privata in Svizzera, a Ginevra, dove utilizzano una nuova tecnica sperimentale. Ma è molto cara e devo prima trovare i soldi. Ma non preoccuparti, ci penserà Silvio a pagare. È ricco e sta prendendo accordi per portarmi là. Vedi, andrà tutto bene."

"Voglio aiutarti anch'io. Ho un po' di soldi da parte. Perché non hai chiamato me?"

"Ce la faccio, ma grazie..."

"Non ringraziarmi. Avresti dovuto chiamare prima me. Sono qui per te, lo sai."

"Sì, lo so..."

Strozzò le parole e tossì. La mano andò alla mascherina dell'ossigeno, la rimise sul naso e sulla bocca e respirò avidamente. Dopo qualche secondo la tolse di nuovo.

"Mi dispiace...," disse, "di... avere dubitato di te. Io..."

"Non affaticarti a parlare. Le scuse possono aspettare."

"No. Volevo vederti per dirtelo, sai, in caso che... Se io... se io..."

Le si spezzò la voce e mi chinai su di lei, appoggiai la guancia sul suo volto bagnato e le sussurrai in un orecchio, "Andrà tutto bene. Starai meglio. Ti amo e lasciamoci alle spalle il passato, okay?"

"Okay," rispose remissiva con un filo di voce.

Una mano mi dette un colpetto sulla spalla e mi alzai. L'infermiera che mi aveva indicato il letto di Alessandra era in piedi dietro di me.

"Signore, deve andarsene. L'orario di visite è terminato."

"Ancora un minuto, d'accordo?"

Annuì e aggiunse, "Ma per favore, faccia presto," e poi se ne andò.

"Domani torno. Aspettami," dissi.

Fece appena cenno di sì con la testa e la baciai delicatamente sulle labbra.

"Non andare da nessuna parte," aggiunsi, sperando di strapparle un sorriso. Non ci riuscii e le strinsi un'altra volta la mano, nel tentativo d'infonderle un po' di forza, e me ne andai.

Una volta fuori, lasciai che l'aria fredda mi entrasse nei polmoni e che mi ghiacciasse le mani senza guanti, in segno di penitenza. Fissai con disprezzo le decorazioni natalizie che avevano già appeso per le strade. Come osavano pensare di fare festa, mi domandai, quando la mia Alessandra giaceva in quel freddo edificio?

CAPITOLO 30

Non appena rientrai a casa, chiamai Giorgia. Avevo bisogno del suo aiuto per velocizzare le cose. Alessandra non mi aveva fatto una buona impressione e pensai che prima l'avremmo portata alla clinica di Ginevra, meglio sarebbe stato. La maggior parte dei miei risparmi era investita in fondi di capitale, ma ero certo che la banca mi avrebbe fatto un prestito di denaro contante. I soldi non m'importavano: avrei dato qualsiasi cosa pur di sbrigarmi a portare Alessandra al sicuro tra le mani dei medici giusti.

Lasciai squillare il telefono per due lunghi minuti prima di riattaccare. A quanto pare Giorgia non era in casa. Continuai a provare ogni mezz'ora, finché, demoralizzato, a mezzanotte rinunciai.

Andai a letto e rimasi lì sveglio sdraiato, a pensare a quanto sarebbe stata contenta Alessandra del fatto che fossi intervenuto e l'avessi aiutata con la sua guarigione. Fantasticai sul nostro futuro insieme e m'immaginai a passeggiare in sua compagnia nella bellissima proprietà di una clinica svizzera. Finalmente mi addormentai ottimista e impaziente di tornare a trovarla la mattina seguente.

Mi svegliai infreddolito e all'erta. Avevo lasciato la finestra accostata e la stanza era gelida. La sveglia sul comodino segnava pochi minuti dopo le sette di mattina, abbastanza tardi per provare di nuovo a chiamare Giorgia. Senza perdere tempo a lavarmi i denti, andai al telefono e feci di nuovo il suo numero. Questa volta rispose dopo pochi squilli.

"Pronto?" disse. Aveva la voce assonnata.

"Sono io, Roberto. Giorgia, ascolta, mi serve il numero di Silvio."

"Di Silvio? Per cosa?" domandò, ora più sveglia.

"Sai, avresti dovuto chiamarmi prima. So che Silvio sta raccogliendo i soldi per farla curare, ma voglio contribuire anch'io e voglio parlare con lui per aiutarlo a portare Alessandra in Svizzera più velocemente possibile." Ero consapevole che suonava come un rimprovero, ma l'intenzione era quella. Avevo l'impressione che Giorgia non capisse che la salute veniva prima di ogni altra cosa.

"Roberto..." esitò così a lungo che pensai fosse caduta la linea, ma poi continuò. "Silvio non sta raccogliendo un bel niente," disse a voce bassa.

"Che intendi dire? Forse non sei aggiornata. È quello che sta facendo. Me l'ha detto ieri Alessandra."

"È stato quattro mesi fa. Aveva promesso di mettere insieme i soldi nel giro di due settimane e poi è sparito. Ha il telefono staccato e l'appartamento di suo padre è chiuso. Quel maiale probabilmente ora è in Brasile e non si farà vedere in giro per parecchio tempo."

"Ma... Ma allora è ancora più importante che faccia qualcosa. Sai che ho dei soldi e che li userei subito. Conosci il nome della clinica in Svizzera e la persona con cui dovrei parlare?"

"Roberto," disse, con voce spaventosamente calma. "È troppo tardi. La clinica non la prenderebbe a questo stadio. Ormai il treno è passato."

"Io... Io non capisco." Sentii le ginocchia cedere e dovetti sedermi. "Allora perché ha detto che sarebbe andata in Svizzera? E se Silvio è sparito quattro mesi fa, perché non mi hai chiamato subito? Giorgia, avresti dovuto. Avresti dovuto chiamarmi!" Quelle ultime parole uscirono come un suono soffocato, mentre cercavo di trattenere le lacrime.

"Volevo," rispose, adesso c'era tristezza nella sua voce, "ma non me l'ha lasciato fare."

"Be', ieri però l'ha fatto ed è quello che conta. Meglio tardi che mai."

Rimase per un po' in silenzio, poi proseguì con esitazione.

"I dottori... le hanno detto che le restano ancora pochi giorni... È per questo che mi ha chiesto di chiamarti. Mi dispiace. È anche il motivo per cui l'ospedale mi lascia stare con lei fino a tardi la sera. Ieri le ho fatto compagnia fin dopo mezzanotte e me ne sono andata solo quando ero sicura che si fosse addormentata profondamente. È una settimana ormai che andiamo avanti così."

"Non ti credo. Non può essere!" entrai nel panico. "Voglio parlare con il suo medico. Come si chiama? Dammi il suo nome. Ci vado subito a parlare."

"È inutile. Hanno fatto tutto il possibile..."

"Dammi il suo nome!" urlai.

"Professor Margoni, ma..."

"Grazie," dissi freddo e riattaccai.

Non trovai il tempo per un caffè o per mangiare. Mi vestii in fretta e furia, mi lavai i denti alla meglio e uscii di corsa di casa. Per strada presi al volo un taxi che mi portò all'ospedale. Una volta dentro, corsi come un pazzo per i corridoi, chiedendo indicazioni a gran voce alle infermiere e ai dottori di passaggio, finché non raggiunsi una porta con una targhetta su cui era scritto "Professor A. Margoni, Medicina Interna". Bussai e girai la maniglia senza aspettare una risposta. Dentro la stanza, una segretaria di mezza età mi guardò con sdegno da sopra gli occhiali di corno.

"Signore, non siamo in orario di ricevimento. E comunque, ha un appuntamento?" domandò con l'aria di chi sapeva che ovviamente non ne avevo uno.

"No, la prego," dissi in affanno, "è una questione di vita o di morte. Devo parlare immediatamente con il Professor Margoni."

"A quale proposito?"

"Riguarda una delle sue pazienti. Alessandra..."

"È suo marito?"

"No, sono il suo fidanzato. Ma vede, devo parlargli del suo trasferimento in una clinica in Svizzera, è per questo che sono qui."

"Mi dispiace, ma anche se la lasciassi entrare, e ho precise istruzioni di non farlo, il professore non parlerebbe con lei di un paziente, salvo che non siate consanguinei." La sua voce adesso si era ammorbidita e sembrò più amichevole.

"Ma le sto dicendo che è questione di vita o di morte," insistei disperato.

"Lo è sempre," replicò, scrollando il capo in modo compassionevole. "Il professore non tratta casi semplici. Ma le dirò cosa fare. Tenga, prenda questo," disse, consegnandomi un foglio e una penna. "È un modulo per un consenso scritto che dice che il personale medico può parlare con lei sulle condizioni del paziente. Lo prenda e lo faccia firmare dalla paziente, poi venga di nuovo qui ed io vedo di farla entrare tra due appuntamenti. Torni entro mezz'ora."

"Grazie. Grazie!" risposi sperando che capisse quanto le fossi grato.

"Senz'altro," si limitò a dire e tornò alle carte che aveva sulla scrivania.

La stanza di Alessandra non era lontana dall'ufficio del professore e impiegai due minuti ad arrivarci. Ma non appena entrai, vidi che qualcosa non andava. C'erano solo quattro pazienti e il letto di Alessandra, quello che occupava il giorno prima, vicino alla finestra, era vuoto. Un materasso spoglio conferiva alla struttura metallica del letto un'aria fredda, asettica, e i tubi della maschera dell'ossigeno erano avvolti in modo ordinato sopra l'armadietto lì accanto. Mentre ero lì in piedi che lo fissavo a bocca aperta, entrò un'infermiera e l'afferrai per la manica della divisa.

"Dove avete portato Alessandra? Cosa le state facendo?" le dissi quasi urlando.

"Mi dispiace, ho appena iniziato il turno," rispose, con ammirevole pazienza e allontanando delicatamente la mia presa dalla sua manica. "Intende la paziente di questo letto?"

"Sì, questo," sottolineai dando un colpetto al materasso.

Esaminò una tabella sulla cartella che aveva in mano e mi guardò.

"La prego, si sieda," disse, indicando una poltroncina accanto al letto di Alessandra.

"Non voglio sedermi. Per favore, mi dica dove si trova così posso andare."

"Si sieda," ordinò, dandomi una spinta leggera ma decisa sulla spalla.

Feci un passo indietro e mi lasciai andare sulla poltrona. Immagino che già sapessi cosa mi aspettava, ma il mio cervello si rifiutava di accettarlo. Si chinò per avvicinarsi e guardarmi negli occhi, poi pronunciò la mia condanna all'ergastolo.

"Mi dispiace tanto. È deceduta questa mattina presto. Mi dispiace davvero tanto," ripeté.

Il mondo intorno a me divenne una massa indistinta; quando sollevai la testa che avevo nascosto tra le mani, riaprii gli occhi e l'infermiera non c'era più. Immagino che per lei fosse semplice routine.

Routine: una parola assurda per descrivere un momento che per me significava la fine di un mondo in cui valeva la pena vivere.

Sappiate che la morte vi sorveglia
gioir nei prati o fra i muri di calce,
come crescere il gran guarda il villano
finché non sia maturo per la falce.

Fabrizio De André, Recitativo – 1968

EPILOGO

"Papà! Sei ancora con quelle cassette? È tutto il weekend che le ascolti..."

La figlia adolescente di Ernesto Coppa irruppe in salotto seccata. Vedendo la faccia tirata del padre, si bloccò e la sua voce divenne preoccupata.

"Papà! Che succede? Ti senti bene?"

Ernesto si tirò su a sedere e nell'emergere dallo stato emotivo in cui l'aveva gettato quell'ultima cassetta, si rese conto che aveva la faccia bagnata di lacrime. Si affrettò ad asciugarle con i palmi delle mani e riuscì a fare un sorriso forzato.

"Sto bene, non preoccuparti. È solo che... Stavo ascoltando le cassette di Roberto, come mi aveva chiesto, guarda?" aggiunse passandole un biglietto.

Il foglio, scritto con l'inconfondibile calligrafia pulita e obliqua di Roberto, diceva, "Ti prego di ascoltare queste cassette."

"Cosa... Che dice?" domandò la figlia.

"Oh, un sacco di cose." Sospirò Ernesto. "Ma ora credo di essere arrivato alla parte peggiore. L'ultima cassetta era ancora nel registratore che abbiamo trovato accanto al suo corpo e deve avere registrato i suoi ultimi istanti. Non voglio farlo, ma devo..."

"Vuoi che mi sieda qui con te mentre l'ascolti?"

Ernesto le lanciò un'occhiata e quello che vide nella sua espressione risoluta fu una giovane donna matura convinta di quello che diceva.

"Mi farebbe piacere," rispose.

Senza aggiungere altro, si sedette sulle sue ginocchia, gli cinse le spalle con un braccio e inclinò la testa per appoggiarla alla sua.

Ernesto infilò l'ultima cassetta nel registratore, l'avvolse per qualche secondo e poi premette il tasto PLAY. La voce angosciata di Roberto lo fece rabbrividire...

Perciò vedi, mio caro Ernesto, qui la mia storia finisce, o almeno la parte degna di essere raccontata. Il resto lo sai. Conosci bene i lunghi anni grigi che ho trascorso a lavorare, trascinandomi senza alcuna passione o aspettative dalla vita, e concorderai con me che non sono interessanti, niente che valga la pena raccontare al pubblico.

Adesso sono seduto fuori sotto il portico e sento freddo, ma non per il vento gelido che soffia dai campi, è il freddo dentro di me che congela il mio cuore. Guardo attraverso i filari di cipressi e riesco quasi a vedere la statua dorata della Vergine Maria, la Madonnina, in cima al Duomo – anche se, ovviamente, da qui è troppo distante ed è solo uno scherzo della mia immaginazione. Ultimamente il mio cervello si prende spesso gioco di me; a volte penso di vedere mio padre camminare verso gli alberi mentre mi saluta con la mano, come faceva quando ero piccolo... o forse come voglio ricordarlo. E vedo molta altra gente che avevo dimenticato e che a volte mi parla. Sospetto che sia colpa delle medicine. Ma tra tutte le mie allucinazioni, quella che preferisco è la Madonnina. Mi aiuta a sentire il cuore di Milano battere dentro di me, come quando eravamo ragazzi. Così la mia mente riesce a tornare libera a quei tempi...

Non ho più avuto notizie dalla polizia. Avrebbero potuto avere la decenza di mandarmi un biglietto per confermare che il caso era stato chiuso, ma non si sono disturbati. Da parte mia, ho deciso di non telefonare a Bellini per chiedergli spiegazioni; non aveva senso svegliare il can che dorme.

Non ho più parlato con Giorgia. Dopo il funerale, l'ho vista solo una volta, circa dieci anni fa. Per poco non le sono andato a sbattere contro per strada, ma non penso se ne sia accorta. Non so se si è sposata e onestamente, non m'importa.

Sono andato a trovare Alessandra al cimitero almeno ogni settimana, spesso anche più di frequente, e a volte ne ho approfittato per andare a mettere dei fiori alla mia famiglia. Ogni visita alla tomba di Alessandra è stata come un nuovo appuntamento. Avvertivo la sua presenza e credo sinceramente che lei abbia percepito la mia. Ma non è stato lo stesso con la mia famiglia. Ho continuato a sentirli distanti, come se stessi disturbando il loro riposo, perciò le mie visite sono sempre state molto rapide.

Le mie relazioni, se così si possono definire, con le donne sono sempre state brevi e segnate dall'indifferenza. Ne ho avute molte – credo continuassi a illudere me stesso di potere trovare di nuovo la passione e l'amore – ma ognuna si è rivelata un mero e deludente soddisfacimento sessuale. Sai che ho ancora buona memoria, ma riesco a dirti solo una manciata dei loro nomi, e le loro facce sono soltanto una massa indistinta.

Ecco, ti ho detto tutto... Almeno quello che conta.

Ti starai sicuramente chiedendo che senso può avere mettere a nudo i miei segreti di fronte a cani e porci, essendo io vittima e portatore di sfortuna e miseria. Non ho una risposta valida a questa domanda, a parte dirti che sento sia mio dovere e un mio diritto condividere la verità con il mondo. Forse, e lo spero, imparare dai miei errori e da quelli degli altri aiuterà le generazioni future a fare la cosa giusta. Magari i padri impareranno a giudicare i propri figli con più indulgenza, a parlare di più con loro e a scoprire il loro mondo interiore, così da potersi godere un rapporto basato sull'amore incondizionato. E poi c'è la speranza che i figli trovino il modo d'instaurare un dialogo sincero con i propri genitori e di comprendere cosa conta davvero per loro, così impareranno a rispettarli. E poi ancora, magari gli amanti troveranno la forza di lasciare andare gli amori senza speranza, invece di trasformarli nel centro della propria miserabile vita.

E se qualcosa di tutto ciò avvenisse leggendo i miei errori, anche a una sola persona, allora il mio sforzo – il tuo sforzo – non sarà stato vano.

E ora, mio carissimo amico, consentimi di darti alcune istruzioni... No, anzi, non dovrei spiegarti niente... Desidero semplicemente dirti come penso che questi miei ricordi – o meglio, questa mia confessione – dovrebbe essere raccontata.

Aspetta. Sono stanco e devo riposarmi. Continuerò a registrare più tardi...

La cassetta riprese con il rumore di un respiro affannoso, e poi si udì di nuovo la voce di Roberto:

Stavo riposando e ho sentito delle voci che mi chiamavano. Sono sul portico adesso. Le senti, Ernesto? Non riesco a capire da dove arrivano.

Aspetta un attimo... Vedo qualcosa... Sì, vorrei tu potessi vedere i cipressi che ho di fronte È già buio, ma la Madonnina brilla luminosa oltre gli alberi contro il cielo scuro. Mi domando come sia possibile... So di essere troppo lontano dal centro di Milano per vederla, eppure distinguo in modo chiaro ogni singolo particolare...

Oh, sì... sì! C'è la mia famiglia che viene da dietro gli alberi; vedo distintamente la faccia di mio padre, e quella di mia madre. E c'è mio fratello che mi saluta con la mano. Ora mio padre sta parlando... Riesci a sentirlo nella registrazione? No, immagino che la sua voce sia troppo debole e lontana perché il nastro riesca a coglierla. Dice che gli sono mancato, ci crederesti?

Non mi ha mai detto niente del genere in passato... che gli sono mancato. È... è una bella sensazione – non so come spiegarlo.

Non vedo bene cosa mi sta indicando mio fratello perché ho gli occhi gonfi di lacrime, e sai cosa? Sono lacrime di gioia, sono sicuro che lo senti dalla mia voce. La mia famiglia mi è mancata troppo e per così tanto tempo...

Se ne stanno lì. Ma perché si sono fermati? Voglio che si avvicinino per parlare con me e registrarli. Ho bisogno che dicano a te e a tutti quanti che non è stata colpa mia...

Oh, adesso vedo cosa li trattiene. Stanno aspettando Alessandra. Eccola che arriva. Quanto è bella!

Spero tu riesca a sentirmi, Ernesto. Adesso parlare è diventato difficile e devo risparmiare il fiato per Alessandra, non posso parlare troppo.

"Alessandra, avvicinati!"

Si sta facendo buio e non vedo bene, ma so che mi sta facendo segno di andare da lei. Vorrei, ma i cipressi sono troppo distanti da dove sono seduto e sono troppo debole... Non credo di potercela fare.

Ma devo tentare...

Ha bisogno di me; mi sta aspettando. Hanno tutti quanti bisogno di me...

Nella cassetta si udì chiaramente il rumore di una sedia spinta all'indietro e poi la voce di Roberto divenne più lontana e più debole.

Ti racconterò quello che mi ha detto quando torno, Ernesto, okay? Aspetta un attimo...

"Arrivo amore mio. Aspettami..."

La registrazione finì con un suono indistinto simile a dei passi e poi ancora alcune parole in lontananza, le ultime della cassetta.

"Papà, mi dispiace. Non ho mai avuto intenzione di..."

Dopodiché ci fu solo il vento, che soffiò nel microfono per lunghi minuti, finché la cassetta terminò con un triste scatto.

Sull'Autore

Kfir Luzzatto è lo pseudonimo di Riccardo Luzzatto. Discendente da un'antica famiglia italiana in cui l'omonimo bisnonno fu uno dei Mille garibaldini, è nato e cresciuto a Milano. Quando era ancora un ragazzo si è stabilito in Israele dove ha studiato fino al conseguimento di un dottorato di ricerca in ingegneria chimica e ha iniziato la propria carriera di scrittore.

Ossessione, scritto in inglese e pubblicato nel 2012, è il secondo dei romanzi di Kfir Luzzatto ad essere tradotto in italiano. Tutte le notizie sull'autore e sulle sue opere sono consultabili su www.kfirluzzatto.com.

www.ingramcontent.com/pod-product-compliance
Lightning Source LLC
Chambersburg PA
CBHW031713170626
46808CB00005B/1731